找半生：
一个人的微阅读

侯德云 ◎ 著

百花洲文艺出版社
BAIHUAZHOU LITERATURE AND ART PRESS

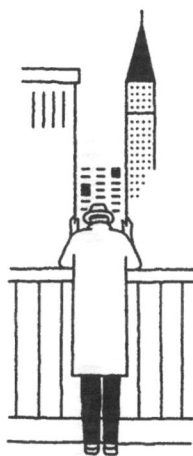

图书在版编目（CIP）数据

伴我半生：一个人的微阅读 / 侯德云著. -- 南昌：百花洲文艺出版社,2021.12（2022.8重印）

ISBN 978-7-5500-4463-0

Ⅰ.①伴… Ⅱ.①侯… Ⅲ.①小小说 – 小说创作 – 创作方法 Ⅳ.①I054

中国版本图书馆CIP数据核字(2021)第218409号

伴我半生：一个人的微阅读

侯德云　著

出 版 人	章华荣
责任编辑	李梦琦　万思雨
书籍设计	黄敏俊
制　　作	何 丹
出版发行	百花洲文艺出版社
社　　址	南昌市红谷滩区世贸路898号博能中心一期A座20楼
邮　　编	330038
经　　销	全国新华书店
印　　刷	湖北金港彩印有限公司
开　　本	787mm×1092mm 1/16　印张 17
版　　次	2022年2月第1版
印　　次	2022年8月第2次印刷
字　　数	250千字
书　　号	ISBN 978-7-5500-4463-0
定　　价	39.00元

赣版权登字：05-2021-402
版权所有，盗版必究

邮购联系　0791-86895108
网　　址　http://www.bhzwy.com
图书若有印装错误，影响阅读，可向承印厂联系调换。

自序：伴我半生的微阅读

现在是微阅读时代，有人这样说。也许是吧。

在老侯看来，微阅读范畴很广，比较短小的纸上文字，是一大种类，网上的碎片化阅读，也是一大种类，但我今天只说其中比较耀眼的一种"小"——微型小说。无论纸上还是网上，这种小你随时都能读到。

20世纪80年代的初中二年级语文课本，有作家王愿坚的一篇短文——《七根火柴》。老侯还记得它，只是不敢确定它是不是我读到的第一篇微型小说。但我实在想不起第一篇的名字。那就不妨把它当作开始。读它那年，我十六岁，至今已整整四十年。半生时光，倏忽而过，说来让人感喟。

这四十年里，老侯对微型小说，读得越来越深。

老侯对这一文体的密集阅读，始于20世纪90年代初期。一个标志性事件，1992年3月，《白小易微型小说100篇》由春风文艺出版社出版。我是这本书的第一批读者。我得老老实实承认，白小易的作品，让我受到相当程度的"惊吓"。它那么"轻"，那么飘忽，却又那么牵动心绪。这本书让我牢记了四个字——"微型小说"。

那时候老侯已深爱文学，也在报刊上发表过一些短小的散文随笔类文字，但从未想过有一天我会去创作微型小说。

很快，命运的指针指向了1994年7月，老侯完成了这辈子最重要的一次工作调动——从一个需要经常书写"本报讯"的办公地点，调到一家文艺单位。一位前辈告诉我，在这样的单位里，倘若没有点特长，你很难平息别人眼中的不屑。这话吓了我一跳。我苦思冥想，我的特长在哪里呢？

我只是爱好文学而已。而小说又被公认为文学里的老大，看来我不向小说靠拢还真就不行。遗憾的是，那时候我的文学功力，别说长篇小说，就连中短篇小说也驾驭不了。于是我决定从最短小的小说起步。在那位前辈的指点下，我把单位里库存多年的《微型小说选刊》和《小小说选刊》，连同蒙在上面的灰尘，都一摞一摞堆到办公桌上，终日埋头阅读。当我扫荡式地读过几十册选刊之后，我的创作也不经意地拉开了序幕。

1997年，老侯的一篇习作获得一家杂志的双年度优秀作品奖。随后我的作品便成为《微型小说选刊》和《小小说选刊》上的常客，我本人也因此被人叫作微型小说作家，或小小说作家。

老侯原本是把微型小说当作文学创作的练习，却没想到，竟一下子沉浸了二十几年。

即便老侯的写作触角近年来已经深入到史论、读书随笔以及中短篇小说等多个层面，还有很多人却依然把我看作是微型小说或小小说作家。我觉得这样也没什么不好，就像有人一辈子喊你的乳名，而你也乐意一声声地答应他。

二十几年来，老侯在扮演微型小说作家的同时，还扮演了鉴赏者的角色。

老侯觉得学习创作的最佳途径之一，是不断剖析别人的作品来提升自己的文学素养。我的这一习惯性动作一直保持到现在。粗略统计，我在这些年里写下了三十多万字的微型小说阅读随笔。

这三十多万字的阅读随笔中，老侯最看重的，是2017年7月，应一家媒体之约开设的《阅读课》专栏。

在开设这一专栏之前，老侯的阅读兴趣和写作兴趣，已明显偏向于史学，但曾经的文学履痕，无论如何也难以从他人的文化记忆里抹掉。于是就有了某位媒体人的突发奇想和对我的拳拳厚望。某人是我的挚友，我从不忍心拒绝他的请求，何况他的理由又是那么契合时代。他在微信上对我说："全民阅读的风气一日盛于一日，且这阅读正朝着一个既有趣又轻松的方向前行，在这阅读风尚的大众化进程中，你作为一个文化人，就不该倾注一点微薄之力吗？"

老侯当然应该。而且我还觉得，挚友说得没错，我即便为此倾尽全力，也还是微薄得很。

于是在那个草木葱茏的季节里，老侯开始了跟微型小说的又一次亲密接触。每周一期，每期推荐一篇微型小说佳作，或推荐一位发表过微型小说的作家，同时为它们或他们写一篇轻松自在的导读文章，里边有纯粹的欣赏成分，也有实践分析的成分。我的初衷，是希望我的文字，既能为追求"愉阅"的读者，又能为渴望写作的年轻人，提供一条小径，指明一个方向。

《阅读课》专栏整整开设了一年。说来也怪，当专栏还在进行当中的时候，我的创作灵感，竟一波一波地喷涌而出，无论如何也掩盖不住。于是就有了"新笔记"和"晚清传奇"两个微型小说系列的诞生。时至今日，这两个系列还在进行当中。

这本书的主体就是那五十篇专栏文章。在专栏文章之外，我应邀为其他报刊所写的微型小说品评文字，也酌情收录了几篇。

老侯期待自己的微薄之力，能在较大范围内引发感知的发酵。

是为序。

2020年11月18日

目录

第一辑 作品

行为艺术：读《奇骗》

　　袁枚这人，想必大家都比较熟悉。清代乾嘉年间的社会名流，读书人的楷模。后人为他冠名：著名诗人、散文家、文学评论家和美食家。前面三个"家"，老侯都没觉得有多稀奇，可头戴美食家头衔的人，实在是屈指可数。人不吃饭不行，可你瞅瞅《随园食单》，看人家袁枚怎么吃，再瞅瞅咱的餐桌，嗨，不说也罢。

　　袁枚的住地叫随园，时人称他为"随园先生"。

　　老侯对随园先生一向比较喜欢。喜欢他的"性灵说"。我读过他不少作品，《小仓山房文集》中的一些，《子不语》中的一些，还有《随园诗话》中的一些……特别是《随园诗话》，一度是老侯的案头书，每晚伴我度过睡前的那段惬意时光。

　　我在笔记小说《老僧镜澄》中写到袁枚。说，乾隆年间，南京小仓山水月庵主持镜澄，喜欢写诗，且写得好极好极，却四十年间与山下的随园主人，大诗人和大诗评家袁枚素无往来。这位袁先生有一怪癖，家中四面不设围墙，园中四季花木景致，都向游人敞开，要来便来，要去便去，跟今日的公园近似。镜澄的朋友老吴，一日畅游随园，与袁枚偶遇，交谈甚欢。谈话间，老吴背诵两首镜澄的诗，袁枚连连称好。老吴傍晚回到水月庵，跟镜澄说起白天的奇遇，随后有了这样的情节：

　　　　老吴站着跟镜澄说话，满脸喜色，告诉镜澄，随园先生，夸他的诗好。

　　　　什么诗？《留澹川度岁二首》嘛。这诗，老吴几乎每天都要摇头晃脑吟诵一番。

老吴模仿随园先生的行状，点头，说一个好，再点头，又一个好，三点头，又又一个好。

老吴口中啧啧有声："一连三个好啊。"

随园先生喜欢镜澄的诗，不奇怪。先生有话："诗者，人之性情也，性情之外无诗。"镜澄的诗，正是以性情动人。

谁知镜澄听了老吴的话，只是嘴角稍稍一动，随后闭上眼睛，口中喃喃，不再搭理老吴。

老吴赔着几分小心说道："要不，明天我陪你下山，拜访随园先生？"

镜澄慢慢睁开眼睛，吐一口气："老僧出家四十余年，不曾踏入随园半步。"

老吴心说，人家随园先生，名闻天下的诗坛伯乐，平日喜称人善，有"广大教化主"之誉，可谓"当代龙门"，你镜澄拜访一下，等于跳了龙门，岂有不去之理？

镜澄似乎看透了老吴的心事，缓缓说道："和尚自作诗，不求先生知也。先生自爱和尚诗，非爱和尚也。"

你说这老僧镜澄，是不是很有个性？

小说的结尾，是某年某月，随园先生闻知老僧镜澄之执拗，呵呵一笑，说："和尚不必来，不必不来。"

不谦虚地说，老侯觉得这篇作品有点意思。

同时老侯还觉得，袁枚笔下的微型小说《奇骗》，比老侯的《老僧镜澄》更有意思。

说来好生惭愧，老侯前不久才知道，袁枚写过一本志怪小说集《新齐谐》。这里我要说的《奇骗》，就是出自该书。

《奇骗》写了一个连环骗局，与美国系列电影《谍中谍》有些类似。主要人物有四个：金陵老翁、钱店（银行）店主、送信少年、看客（文中称之为"客"）。老翁拿银子去钱店兑钱，为银子的成色，跟店主喋喋不休。这时一少年走进钱店，称老翁为"老伯"，说真是赶巧了，我是你儿子的同事，你儿子托我带家信和银子来了。交毕，"一揖而去"。老翁拆开信，对店主说，我这老眼，看不清啊，你帮我瞅瞅。店主读信，都是家常话，最后一句说，给家里带了"纹银十两"。老翁很高兴，对店主说，把我的银子还我吧，不用计较成色了，我儿子说他给我十两银子，就用这十两换钱吧。店主将银子称重，却是十一两多，顿生贪心。信上不是说十两嘛，就按十两换钱好了。老翁刚走，店中一位看客提醒店主可能被骗。店主剪开银子，果然是铅胎假银。在看客指点下，店主追上老翁，与之争执。周边的人问怎么回事，店主说如此这般这般，并拿出假银给大家看。老翁说这银子好像不止十两，不是我的。一称重，果然不止十两。众人责问店主，"店主不能对，群起殴之"。

这是老侯所见的骗子故事中，最具智慧含量的一例。哪是行骗啊，简直就是行为艺术，其行骗的目的，从物质层面一跃而进入到精神层面。

老侯从没见过这般爱惜羽毛的骗子。比较而言，当代骗子，都形而下得很，渣得很。

老翁成功地运用店主的贪心，以团伙作案的方式，为自己洗刷了骗子的名声。严格说来，那店主，不也是一个骗子吗？骗子把骗子骗了，是本文的一大亮点。

此外，这篇作品中蕴含的故事逻辑，也无懈可击。以看客为例，店主要他带路去找老翁理论，他不肯去。不肯去的理由很充分，我跟老翁是邻居嘛，弄这事，不是结下仇了？店主再劝，还是不肯。非得等店主"酬以三金"才勉强答应带路。远远望见老翁在酒肆喝酒，便对店主说："汝速往擒，我行矣。"这位看客在事件行进过程中的一言一行，都合情合理，毫无破绽。而且呢，又随手骗得"三金"。

别的话不说了，老侯只想在四个"家"之外，为袁枚先生再戴一顶"小说家"的帽子。他老人家爱戴不爱戴都得戴，就这么定了！

延伸阅读：

奇　骗

[清]袁枚

骗术之巧者，愈出愈奇。

金陵有老翁，持数金，至北门桥钱店易钱，故意较论银色，哓哓不休。一少年从外入，礼貌甚恭，呼翁为老伯，曰："令郎贸易常州，与侄同事。有银信一封，托侄寄老伯，将往尊府，不意侄之路遇也。"将银信交毕，一揖而去。老翁拆信，谓钱店主人曰："我眼昏，不能看家信，求君诵之。"店主人如其言，皆家常琐屑语。末云："外纹银十两，为爷薪水需。"翁喜动颜色曰："还我前银，不必较论银色矣。儿所寄纹银，纸上书明十两，即以此兑钱何如？"主人接其银，称之，十一两零三钱。疑其子发信时匆匆未检，故信上只言十两。老人又不能自称，可将错就错，获此余利。遽以九千钱与之。时价纹银十两，例兑钱九千。翁负钱去。

少顷，一客笑于旁曰："店主人得无受欺乎？此老翁者，积年骗棍，用假银者也。我见其来换钱，已为主人忧，因此老在店，未敢明言。"店主惊剪其银，果铅胎。懊恼无已，再四谢客，且询此翁居址。曰："翁住某所，离此十里余，君追之，犹能及之。但我，翁邻也，使翁知我破其法，将仇我。请告君以彼之门向，而君自往追之。"店主人心欲与俱，曰："君但偕行，至彼地，君告我以彼门向，君即脱去，则老人不知是君所道，何仇之有？"客犹不肯。乃酬以三金，客若为不得已而强行者。

　　同至汉西门外，远望见老人摊钱柜上，与数人饮酒。客指曰："是也，汝速往擒，我行矣。"店主喜，直入酒肆，捽老翁，殴之，曰："汝，积骗也，以十两铅胎银换我九千钱。"众人皆起问故。老翁夷然曰："我以儿银十两换钱，并非铅胎。店主既云我用假银，我之原银可得见乎？"店主以剪破原银示众。翁笑曰："此非我银。我止十两，故得钱九千。今此假银似不止十两者，非我原银，乃店主来骗我耳。"酒肆人为持戥称之，果十一两零三钱。众大怒，责店主。店主不能对，群起殴之。

　　店主一念之贪，中老翁计，懊恨而归。

鲁迅小说中的另类：读《一件小事》

鲁迅的微型小说《一件小事》，我怎么看，都觉得是另类。是鲁迅小说中的另类。其中有让人生疑的人性亮点，也有硌人眼球的自我反省，看起来特别不像出自鲁迅之手。我这样说，理由有两个：其一，鲁迅作品中的人性亮点，极少见；其二，鲁迅的自"我"反省，哪怕是虚拟的自"我"反省，也极少见。

《一件小事》的亮点，聚焦在人力车夫身上，也就是当年所说的"普罗大众"身上，用现在的话说，是在"低端人群"身上。而主动反省的那个"我"，则是有钱阶层，属于穿得起皮袍的高端人群。你瞅瞅这里边，是不是有点阶级的意味？

故事简单到疑似一篇中学生记叙文的模样。

民国六年冬天，"大北风刮得正猛"，一个穿皮袍的人，出门叫了人力车，赶往"S门"。途中，一个穿着破烂、头发花白的老女人，"从马路边上突然向车前横截过来"，车夫让开道，老女人的破棉背心没系扣，兜到车把上，被拽倒了。是"慢慢地倒了"。

皮袍客料定老女人没有受伤。老女人却对车夫说："我摔坏了。"

皮袍客心说："我眼见你慢慢倒地，怎么会摔坏呢，装腔作势罢了，这真可憎恶。"

车夫却是"毫不踌躇"，搀着老女人，往"巡警分驻所"走去。那个分驻所，大约等于交通支队之类的单位吧。

就在这时，皮袍客看着车夫和老女人远去的背影，脑子里突然开始打雷，精神境界咔嚓咔嚓地逐渐升华起来：他竟然看见车夫的背影越走越高大，"须仰视才见"，同时还感觉到有一股力量向他压榨下来，要"榨"出他藏在皮袍下面的那个"小"。

好，故事就讲到这里。其实我不讲，大家也都熟悉，都在初中语文课本上"学"过嘛。

现在我们回头，用理性，把故事情节再捋一遍，看看能捋出什么东西。

我捋了一下，很快捋出一些疑点。

其一：老女人"从马路边上突然向车前横截过来"。这行为，不就是近年来屡屡发生的碰瓷吗？

其二：我跟皮袍客想的一样，慢慢倒下，怎么会摔坏？碰瓷才会说"摔坏"对不对？

其三：按常情常理，验证老女人是不是真摔坏了，或者打算给她治疗，都应该送她去医院，干吗要送交通支队？车夫的行为，有悖于常情常理。

其四：车夫把顾客扔在道上，连句客气话都不说，是不是不近人情？

其五：为什么是巡警出来告诉皮袍客，说车夫不能拉他？车夫自己不出来，是被老女人揪住不放还是怎么？嗯？

我使出很大力气，想找到让皮袍客脑子里打雷的前因。可惜找不到。使劲找也找不到。为什么要打雷？很奇怪嘛，像车夫不送老女人去医院一样奇怪。

我这是以小人之心度皮袍客之腹。没法子。老侯的精神境界就这么矮，比武大郎还矮，怎么提，都提不上来。

说起来，还是人家皮袍客更让人心热，"从外套袋里抓出一大把铜圆"，让巡警转交车夫。这个细节，是鲁迅刻意要让我们看到，打雷不能白打，皮袍客的灵魂深处已经发生了革命。

有人说《一件小事》是一篇"幼稚的记叙文"。你咂摸咂摸，这话是不是有点道理？

《鲁迅年谱长编：1881—1921（第一卷）》记载，《一件小事》发表于1919年12月1日《晨报·周年纪念增刊》。收入小说集《呐喊》时，鲁迅在篇末误记为1920年7月20日。这个错误，一直错到现在。鲁迅的错，谁都"不舍得"纠正，说起来也是比较奇怪。

我特别想说的是，鲁迅的小说，在《一件小事》前后，都以揭示人性的阴暗为己任。无论是《孔乙己》《药》，还是《故乡》《阿Q正传》《祝福》，都一样。连曾经那么诗意的少年玩伴闰土，成年后也被奴性所束缚。"豆腐西施"杨二嫂更惨，浑身都是流氓性。

鲁迅不会看你是底层，是草根，是"低端人群"，就放过你身上的劣根性。他才不会，他是"一个都不饶恕"的人。毕飞宇说得好，鲁迅他阴，他刚，他冷，他的小说，肩负着"启蒙"的伟大使命。

可鲁迅偏偏把一抹阳光打在人力车夫的背影上，甚至不惜跟生活逻辑对立，执拗地把思维正常的皮袍客，弄得很"小"。

鲁迅在《一件小事》的结尾段落，说"几年来的文治武力"像他小时候读过的"子曰诗云"一般，都忘了。唯独发生在"民国六年"的这件小事，"总是浮在"眼前，"有时反更分明"，想忘也忘不掉。

看来鲁迅是受到了某种刺激。"几年来的文治武力"，借他本人的话说："见过辛亥革命，见过二次革命，见过袁世凯称帝，张勋复辟，看来看去，就看得怀疑起来，于是失望，颓唐得很了。"

鲁迅果然是受了刺激，对穿皮袍的高端人群感到失望，一念之差，才有了这篇让后人反复误读的作品。

我注意到百度百科对《一件小事》的过分解读："一般人只会把它看作是一曲人力车夫正直无私品德的颂歌，而不会将之上升到赞扬劳动人民，提倡知识分子必须向劳动人民学习"的精神高度。

你瞅瞅人家百度百科说得多好，跟我们当年中学语文教学中的"标准答案"几乎一模一样。

延伸阅读：

一件小事

鲁 迅

我从乡下跑到京城里，一转眼已经六年了。其间耳闻目睹的所谓国家大事，算起来也很不少；但在我心里，都不留什么痕迹，倘要我寻出这些事的影响来说，便只是增长了我的坏脾气，——老实说，便是教我一天比一天的看不起人。

但有一件小事，却于我有意义，将我从坏脾气里拖开，使我至今忘记不得。

这是民国六年的冬天，大北风刮得正猛，我因为生计关系，不得不一早在路上走。一路几乎遇不见人，好不容易才雇定了一辆人力车，教他拉到S门去。不一会，北风小了，路上浮尘早已刮净，剩下一条洁白的大道来，车夫也跑得更快。刚近S门，忽而车把上带着一个人，慢慢地倒了。

跌倒的是一个女人，花白头发，衣服都很破烂。伊从马路边上突然向车前横截过来；车夫已经让开道，但伊的破棉背心没有上扣，微风吹着，向外展开，所以终于兜着车把。幸而车夫早有点停步，否则伊定要栽一个大斤斗，跌到头破血出了。

伊伏在地上；车夫便也立住脚。我料定这老女人并没有伤，又没有别人看见，便很怪他多事，要自己惹出是非，也误了我的路。

我便对他说："没有什么的。走你的罢！"

车夫毫不理会，——或者并没有听到，——却放下车子，扶那老女人慢慢起来，搀着臂膊立定，问伊说：

"你怎么啦？"

"我摔坏了。"

我想，我眼见你慢慢倒地，怎么会摔坏呢，装腔作势罢了，这真可憎恶。车夫多事，也正是自讨苦吃，现在你自己想法去。

车夫听了这老女人的话，却毫不踌躇，仍然搀着伊的臂膊，便一步一步地向前走。我有些诧异，忙看前面，是一所巡警分驻所，大风之后，外面也不见人。这车夫扶着那老女人，便正是向那大门走去。

我这时突然感到一种异样的感觉，觉得他满身灰尘的后影，霎时高大了，而且愈走愈大，须仰视才见。而且他对于我，渐渐地又几乎变成一种威压，甚而至于要榨出皮袍下面藏着的"小"来。

我的活力这时大约有些凝滞了，坐着没有动，也没有想，直到看见分驻所里走出一个巡警，才下了车。

巡警走近我说："你自己雇车罢，他不能拉你了。"

我没有思索地从外套袋里抓出一大把铜圆，交给巡警，说："请你给他……"

风全住了，路上还很静。我走着，一面想，几乎怕敢想到我自己。以前的事姑且搁起，这一大把铜圆又是什么意思？奖他么？我还能裁判车夫么？我不能回答自己。

这事到了现在，还是时时记起。我因此也时时熬了苦痛，努力地要想到我自己。几年来的文治武力，在我早如幼小时候所读过的"子曰诗云"一般，背不上半句了。独有这一件小事，却总是浮在我眼前，有时反更分明，教我惭愧，催我自新，并且增长我的勇气和希望。

活生生一群嘴脸：读《会餐》

《会餐》只是个篇幅稍长一点的微型小说，给人感觉却很长很长，长得让我放不下。读完睡去，活生生一群嘴脸，在梦里晃。晨起，惺着眼，回味一阵。突然开悟，还不赶紧，写了它！

故事背景，是"上山下乡"那会儿。八月十五，上级要求生产队会餐。你瞅瞅，连会餐这种事，都得上级下指示，不光指示，还要评比。简直是把计划经济计划到了牙缝里。

会餐得花钱。蔬菜不花钱，酒得花钱嘛。队长计算一下："夏天来的几个知青，旗里拨了安家费，队上总算还有点儿现金。多打酒，吃了，冬天队上若有钱，好歹补上。"

酒的问题解决了，其他便好办。杀猪，做豆腐，做成四道菜：煮肉、豆腐炖肉、炖豆腐、肉汤炖土豆。此外加一汤。主食是烙饼。

备餐的过程写得热闹。惯例，猪肝归屠夫所有。可那年队里搞"斗私批修"，队长又没有明说给不给屠夫猪肝，弄得屠夫心里没底，杀第一头猪时，故意把一腔子猪血给糟蹋了。

会餐时间是晚上。中午时，队里的人便来围观。不光是人，鸡也来，狗也来，小猪也来。

菜做好了，一道一道盛到桶里。"几十只桶被人提到队部，出来的人嘴都动着。"这不算稀奇。稀奇的是，"有的人捏一块肉在嘴里，并不嚼，慢慢走开，孩子跟了去，到远处，才吐给孩子"。有爱有尊严，阿城的一双眼，怎么看得见那么多细节。

会餐终于开始，各种嘴脸在阿城笔下，依次生动起来。

"旗里的干部先讲话"，讲了些"遥远的大事"。"讲完，大家鼓掌"，然后队长讲，队长讲到"增产节约"，讲到"世界上还有三分之二受苦人过不上我们的日子"，讲"感谢"，讲"虽然——可是——吃吧"。

会餐的总体局面是："第一巡菜几乎没有嚼"就没了，于是第二巡赶紧上，"到第三巡，方才慢下来，说话多起来，而且声儿大起来"。

队里的老人有意思了。队长对老人表达尊重，不光炒了一副猪肝给他们下酒，还专门安排"几个极有声望的老者和旗里视察的干部坐一小桌"。老人的表现也可圈可点。旗里干部讲完话，"老人们笑着邀干部坐回去"；队长给老人斟酒，"老人们颤着手拦"，没拦住，"还是满了"；吃完烙饼，老人们都很体面，"先出来了"。

于是"屋里大乱"。

知青和土著，各出一个代表，"开始赌起四大碗"，四大碗干下去，然后赛马。知青先上马，"别人一鞭"，马箭一样射出去，把知青甩到地下，"众人都喝彩"；土著后上马，先是踏不上镫，转圈，终于踏上，缰绳一抽，也是箭一样射出去，"众人又喝彩"。谁都没料到，不多时，马回来了，那壮汉却没回来，不知遗落在哪丛草棵子里。

屋里大吃大喝之际，队里的小孩子，都爬在窗户上，"不动眼珠盯着看"，孩子们的母亲，"在后面拽不动，骂骂咧咧地走开，聚在门外唠嗑"。

这边赛马，那边，队里的女人和孩子都涌进屋，"并不吃，只是兜起衣襟，桌上地下，竟一点儿不剩，只留下水迹"。

阿城笔下的各种嘴脸，跟那个时代的底色，贴得很紧。我能感受到凝结在其中的岁月的重量。这重量，压得我喘不上气。

好在，这般吃相，现在难得一见。但也不是一点遗痕也没有。辽南乡村，至今仍有遗俗，喜事赶礼，娘们都带着家什去，也是"并不吃"，看谁眼疾手快，将上桌的一盘盘菜肴统统掠走。前些日子笔者听说，大连市内几个兄弟姐妹，远赴庄河乡下参加婚礼，目睹这般场景，受到极大惊吓。

阿城的小说，写吃的篇目很多，《棋王》里写，《树王》里写，《孩子王》里也写，这篇《会餐》，更是从头到尾，围绕着吃来写。我猜，阿城对饥饿，怀有深深的恐惧。

阿城的小说有一个突出特点：雄壮。浑身肌肉紧绷绷，什么大胸肌、大阔肌，什么三角肌、腹直肌，一律紧绷绷，看着像猛男。

阿城的性格，也猛男。

看来，性格与文章之间，的确有某种隐秘联系。

叙事与抒情：读《陈小手》

在我的阅读范围之内，还没有发现哪位中国当代作家比汪曾祺先生更看重小说的语言问题。他在《小说笔谈》一文中，用了一个小节的篇幅专门谈论小说语言的"叙事与抒情"。他说："现在的年轻人写小说是有点爱发议论。夹叙夹议，或者离开故事单独抒情。这种议论和抒情有时是可有可无的。"他说："一件事可以这样叙述，也可以那样叙述。怎样叙述，都有倾向性。"他说，倾向性不需要"特别地说出"。怎样表现倾向性呢？"中国古语说得好：字里行间。"在这篇文章中，汪曾祺先生还告诉我们，一个小说家，要懂得"在叙事中抒情，用抒情的笔触叙事"。

让我们一起阅读汪曾祺先生的微型小说名作《陈小手》。

陈小手满头大汗，走了出来，对这家的男主人拱拱手："恭喜恭喜！母子平安！"男主人满面笑容，把封在红纸里的酬金递过去。陈小手接过来，看也不看，装进口袋里，洗洗手，喝一杯热茶，道一声"得罪"，出门上马⋯⋯

在这段叙述之中，我看见汪曾祺先生向陈小手投去的是一缕赞赏的目光。"看也不看"，暗示了陈小手不是一个唯利是图的人。汪曾祺先生赞赏的正是陈小手的豁达。接下来一句，"陈小手活人多矣"。除了加大赞赏的浓度之外，汪曾祺先生在这里还预先表达了对陈小手不幸身亡的惋惜与同情，也预先表示了对"团长"骄横跋扈草菅人命的愤恨。

团长的太太（谁知道是正太太还是姨太太），要生了，生不下来。叫来几个老娘，还是弄不出来。这太太杀猪也似的乱叫。团长派人去叫陈小手。

括号里的一句"谁知道是正太太还是姨太太"，意味深长，它表达了汪曾祺先生对"团长"的冷漠，到了"弄不出来"，"杀猪也似的乱叫"，作者的情感渐渐从冷漠上升到厌恶的程度。然而叙述还在延伸：

　　这女人身上的脂油太多了，陈小手费了九牛二虎之力，总算把孩子掏出来了。

"脂油"和"掏"是厌恶的继续，也是作者倾向性的继续。汪曾祺先生没有对"团长"和"团长太太"发表一个字的议论，但他的主体情绪已经毫无保留地抒发出来了。他是怎样抒情的呢？——"字里行间"。

《陈小手》完成了汪曾祺先生"叙事与抒情"理论的实践阐述，为我们指出了小说语言的方向。这是一笔永恒的文学遗产，可以让每一个有志于文学创作的人享用终生。

汪曾祺先生在谈到微型小说的时候曾经说过，微型小说"要做到字字珠玑，宣纸过墨不能易之，一个字不能改"。这是一个多么令人向往的境界。我终于认识到，微型小说应该是小说中的绝句，微型小说作家必须像唐人写绝句一样去锤炼作品语言才行。这是拯救微型小说唯一的途径。

我的朋友王海椿对汪曾祺先生的作品也情有独钟。他对我说："汪曾祺写得从从容容，初读似乎平淡，细细品味之后，不禁拍案叫绝：有味！"

能说出这样一番话的人，他身上一定饱含着优秀作家所特有的品质。王海椿后来果然成为一个优秀的微型小说作家，他以《雪画》《大玩家》《大家子弟》等诸多优秀作品而闻名全国。

有志于微型小说创作的文学爱好者，甚至包括一些当红的微型小说作家，都应该好好学习汪曾祺先生的小说语言。写到老，学到老，直到自己笔下的作品"字字珠玑，宣纸过墨不能易之"。

陈小手

汪曾祺

我们那地方,过去极少有产科医生。一般人家生孩子,都是请老娘。什么人家请哪位老娘,差不多都是固定的。一家宅门的大少奶奶、二少奶奶、三少奶奶,生的少爷、小姐,差不多都是一个老娘接生的。老娘要穿房入户,生人怎么行? 老娘也熟知各家的情况,哪个年长的女佣人可以当她的助手,当"抱腰的",不须临时现找。而且,一般人家都迷信哪个老娘"吉祥",接生顺当。——老娘家供着送子娘娘,天天烧香。谁家会请一个男性的医生来接生呢? ——我们那里学医的都是男人,只有李花脸的女儿传其父业,成了全城仅有的一位女医人。她也不会接生,只会看内科,是个老姑娘。男人学医,谁会去学产科呢? 都觉得这是一桩丢人没出息的事,不屑为之。但也不是绝对没有。陈小手就是一位出名的男性的妇科医生。

陈小手的得名是因为他的手特别小,比女人的手还小,比一般女人的手还更柔软细嫩。他专能治难产,横生、倒生,都能接下来(他当然也要借助于药物和器械)。据说因为他的手小,动作细腻,可以减少产妇很多痛苦。大户人家,非到万不得已则不会请他的。中小户人家,忌讳较少,遇到产妇胎位不正,老娘束手,老娘就会建议:"去请陈小手吧。"

陈小手当然是有个大名的,但是都叫他陈小手。接生,耽误不得,这是两条人命的事。陈小手喂着一匹马。这匹马浑身雪白,无一根杂毛,是一匹走马。据懂马的行家说,这马走的脚步是"野鸡柳子",又快又细又匀。我们那里是水乡,很少人家养马。每逢有军队的骑兵过境,大家就争着跑到运河堤上去看"马队",觉得非常好看。陈小手常常骑着白马赶着到各处去接生,大家就把白马和他的名字联系起来,称之为"白马陈小手"。

同行的医生，看内科的、外科的，都看不起陈小手，认为他不是医生，只是一个男性的老娘。陈小手不在乎这些，只要有人来请，立刻跨上他的白走马，飞奔而去。正在呻吟惨叫的产妇听到他的马脖子上的銮铃的声音，立刻就安定了一些。他下了马，即刻进了产房。过了一会儿（有时时间颇长），听到哇的一声，孩子落地了。陈小手满头大汗，走了出来，对这家的男主人拱拱手："恭喜恭喜！母子平安！"男主人满面笑容，把封在红纸里的酬金递过去。陈小手接过来，看也不看，装进口袋里，洗洗手，喝一杯热茶，道一声"得罪"，出来上马，只听见他的马的銮铃声"哗棱哗棱"……走远了。

陈小手活人多矣。

有一年，来了联军。我们那里那几年打来打去的，是两支军队。一支是国民革命军，当地称之为"党军"；相对的一支是孙传芳的军队。孙传芳自称"五省联军总司令"，他的部队就被称为"联军"。联军驻扎在天王庙，有一团人。团长的太太（谁知道是正太太还是姨太太）要生了，生不下来。叫来几个老娘，还是弄不出来。这太太杀猪也似的乱叫。团长派人去叫陈小手。

陈小手进了天王庙。团长正在产房外面不停地"走柳"，见了陈小手，说："大人，孩子，都得给我保住，保不住要你的脑袋！进去吧！"

这女人身上的脂油太多了，陈小手费了九牛二虎之力，总算把孩子掏出来了。和这个胖女人较了半天劲，累得他筋疲力尽。他迤里歪斜走出来，对团长拱拱手："团长！恭喜您，是个男伢子，少爷！"

团长龇牙笑了一下，说："难为你了！——请！"

外边已经摆好了一桌酒席。副官陪着。陈小手喝了两口。团长拿出20块大洋，往陈小手面前一送："这是给你的！——别嫌少哇！"

"太重了！太重了！"

喝了酒，揣上20块现大洋，陈小手告辞了："得罪！"

"不送你了！"

陈小手出了天王庙，跨上马。团长掏出手枪来，从后面，一枪就把他打下来了。团长说："我的女人，怎么能让他摸来摸去！她身上，除了我，任何男人都不许碰！你小子太欺负人了！日他奶奶！"团长觉得怪委屈。

小提琴之殇：读《琴怨》

很久了，有六七年的时间，我一直在寻找鲍昌。我寻找的是微型小说的鲍昌。

终于找到一份介绍鲍昌的短文，第一句是这样说的："中国当代作家，生于1930年，卒于1989年。"他的短篇小说《芨芨草》在1982年获得全国优秀短篇小说奖，而那时候，老侯还是一名乡村中学的学生，根本没听说这件事。他的长篇历史小说《庚子风云》，我也不曾读过。简介的最后一句是这样写的："晚年曾专门致力于小小说创作，发表了一批质量很高的小小说作品。"可这批"质量很高"的小小说或叫微型小说躲到哪里去了呢？我查阅了很多出版物，只找到《琴怨》《未了的债》等屈指可数的几篇。

如果不是有幸读到了《琴怨》，那个名叫鲍昌的人，肯定会被一些信息的灰尘埋没在我的记忆之中。

《琴怨》是一首婉约的诗。它又像是一首小提琴曲，为我们演奏挥之不去的浓郁的忧伤。那是来自心灵深处的忧伤。

小说的背景是一个歇斯底里的时代，"文化大革命"的疯狂遮盖着人们内心的不安和恐惧。在这个时候，一个年方十九，需要照顾两个弟弟的女孩子，把自己的全部情感寄托给了琴声的悠扬。

"一年以后，那琴声就宛如江上之歌吹、谷中之林籁。他觉得：琴声也有情呢，琴声也有色的。是踩碎花瓣的游春女儿之情；是绿草湖边朝霞的颜色。"

这是极度苦闷之中短暂的欢乐，是划破心灵夜空的闪亮的流星。

"给我拉支《梁山伯与祝英台》的曲子吧！"

这是爱情的萌动，是一场"蝴蝶织成的没有挂牵的梦"。

"叶老师应该知道：我太苦了，没有人爱我。"

"遗书"里的这一声表白，是那位少女对整整一个时代的控诉，类似于乐曲中骤然而起的高潮，让另一个时代的良心微微发颤。

这篇微型小说的结构值得我们注意。它不是以时间的顺序，而是以记忆的顺序、抒情的顺序结构而成的。它淡化了情节，以诗的因素融贯全篇。它的韵味是醇厚的，有着只可意会而难以言传的朦胧。

我总觉得《琴怨》是用小说的形式写成的诗。它拥有很强的艺术个性，这种艺术个性会帮助它抵御时间漫长的风化。它为我们指出了一种结构的方向，也指出了一种意境的方向，同时也有力地展示了作者主体构想上的独断专行。

"一切作品都需要个性，都必须浸透作者的人格和感情，想达到这个目的，写作时要独断，彻底的独断！"我们应该牢记沈从文先生的教导，像鲍昌那样独断专行地开辟自己的文学道路。

淡淡的哀愁：读《洗澡》

"还有瘦弱的何立伟。他的话软而缓，还常像毛主席教导的用手势加强语势。他爱谈沈从文，爱谈细节而不是观念……我想，他应该住在一条石板路的尽头，门前有着青苔。他该住有院子的平房，最好临着浅水。阳光由树叶筛过，抖落在院中的石凳上。他的生活里要一点老酒，有把蒲扇。"

这是陈村为何立伟画下的一幅精神肖像。我喜欢这幅肖像。我认为像何立伟这样的作家，是应该写出一些好作品的。

何立伟果然写出了一些好作品，比如，短篇小说《白色鸟》，微型小说《洗澡》。

我喜欢看何立伟的《洗澡》。

"老何下班回家，迈着比肋下的公文包更为沉重的步子，走在拥挤的人群里"。从"老何"身上，我看见了自己的影子，当然也看见了何立伟的影子。"一张张都市的疲惫的脸"，随着红绿灯的交替闪烁，"走走停停，停停走走"。有什么办法呢？我们必须每时每刻面对这样的生活。而这种面对，的确，"多么叫人无可奈何啊"。

何立伟在这里表达的是一个生活在都市里的人对自然的向往。脚下的柏油路，散发不出泥土的芳香。名与利的争夺，人情的冷漠，这些情感的沙尘暴肆虐得太久了，让我们每个人的心灵都蒙满尘埃。我们什么时候才能给自己的心灵洗一次澡呢？

"老何"是幸运的。从一首柔和明丽的钢琴曲中，他"想到了春天的原野，山间的绿树，明净的溪涧和婉转的鸟鸣"，而且从中享受到"自然和生命的美丽的呼吸与盎然的诗意"。

　　然而"老何"又是不被人理解的。"你说什么，嗯？洗澡？嗯？那个鬼地方有个澡堂子吗？嗯？""老婆同志"的一声现实主义的怒喝，让善于幻想的"老何"只能忍气吞声地走上实际生活的堤岸，让心灵乖乖地穿上都市人的衣裳。他的无奈会有多深呢？

　　何立伟用他细腻的笔墨向我们传达了一种淡淡的哀愁。他从一件貌似平淡的生活小事中看到了心灵与心灵之间强烈的对抗。这是一种真正的眼光。发现，不断地发现，是每一位作家与生俱来的使命。当代作家身上最缺乏的，正是这种使命感。

　　何立伟很欣赏废名。废名说过："我写小说同唐人写绝句一样。"何立伟也是用这个标准来要求自己的。这样的作家让人信服，也让我们敬佩。比这更重要的，是他们为我们树立了写作态度上的榜样。

很长的作品：读《紫色人形》

　　《紫色人形》是一篇很长的微型小说。我指的不是它在叙述上的长度，而是指它留给读者思考的长度，以及读者的情感波折起伏的长度。

　　一个男人和一个女人，"相好了许多年，吃了很多苦，好不容易才盼到大喜的日子"。新婚之夜，一场大火，把他们变成了两块焦炭。在医院的病床上，"为了怕对方难过"，他们都丧失了呻吟的能力。"夜深人静的时候，他们会给对方唱我们听不懂的歌。"女人知道他们要死了，向护士提出了自己的要求，"把我抱到他的床上去，我要和他在一起"。谁能忍心拒绝这样的要求呢？他们离开医院以后，在一块"豆青色油布中央"，留下了"两个紧紧偎依在一起的淡紫色人形"。

　　《紫色人形》是美丽的，它是一枚爱情的花朵。

　　如同拉里·巴塞洛缪的摄影作品都是视角的捷报一样，毕淑敏在这里向人们宣告的无疑是情节的胜利。它使我确信：新鲜的有特色的情节，依然是我们这个时代的小说家所面临的难题。

　　我不知道这篇作品是否拥有真实的生活底片，但不管怎么说，它在读者那里所引发的心灵震撼以及所得到的广泛赞誉，都再一次提醒我们：情节永远是小说艺术最忠诚的保卫者。

　　《紫色人形》是一篇精彩的作品，但我觉得，它不应该成为一块微型小说的里程碑，更不应该成为其他作家创作实践中的向导。这篇作品的缺憾之处，就像夏日池塘的蒲草一样显而易见。

　　这篇作品的语言是平直的，也是干枯的，像是被思维的烈日烤干了情感的水分。毕淑敏显然背叛了汪曾祺先生对小说语言的倡导，"在叙事中抒情，用抒情的笔触叙事"。也就是说，作者的主观情绪没有在字里行间得到充分的表达。这使我对小说中的两个次要人物，化验员"我"和曾经当过护士的"我"，都产生了不同程度的反感。前者是麻木的。后者喋喋不休的饶舌，绕来绕去，很像是在进行一次自我表扬，表扬自己当年是如何"态度好技术高"。

此外，老侯不得不说的是，这篇作品用的是一种俗套的陈旧的结构方法。这种结构方法已经被19世纪和20世纪初期的西方作家磨损得破败不堪，很久很久以后，又被毕淑敏在文学的仓库中像寻找一块油布一样"给翻了出来"。

概而言之，《紫色人形》可以说是情节的富农，语言的贫农，结构的雇农。尽管如此，我仍然觉得它是一篇精品。原因在于，即使像这样有明显缺憾的精品，在微型小说创作中也非常罕见。

小人物的活法：读《刀削面》

当代笔记小说，阿成是不容忽视的存在。

很多作家都是名不副实的，要么被高估，要么被低估。阿成也一样，也名不副实。他是被低估的作家。当然，高估低估，要看跟谁比……这是题外话，不说也罢。咱们接着说阿成的笔记小说。

这回，说说他的《刀削面》。这篇作品，也可以排列在微型小说阵营。

《刀削面》的开头和结尾，都看似随意——阿成很多小说的开头和结尾都看似随意——从读者角度来看是随意，对作者本人而言，却是精心构思而成。

先说开头："在奋斗路那儿，有一家大同面食馆，我常领着老婆孩子去那儿吃一顿。"说完这句，阿成立刻把话题荡开，说别的，说领着老婆孩子去"台中牛排馆"吃饭的事，很详细，用了六个自然段。

"台中牛排馆"是自助餐，品种很多，各种肉，各种蔬菜，各种炒菜，各种甜食，各种主食，各种饮料，价格四十八元一位。在作者看来不算贵，何况，家人可以吃得比较自由些。结果呢，吃得倒是比较自由，可家里人都"认为贵。太贵！"。

于是领着家人去大同面食馆，吃山西风味的刀削面。

然后，话题再次荡开，说他"年轻的时候，就喜欢吃山西刀削面"。说起八角街一个不大的面馆，"一大锅沸开的水，大师傅娴熟而惊险的削面技术，嚓嚓嚓，削得薄而利落。"你瞅瞅他观察得多细！做法说完，说吃法，"加老醋、加蒜末，加一点酱油"，吃出"一额的汗"，上瘾了，常去吃。随之不经意地跟汉堡包做了比较，后者"黏不叽的，咬在嘴里，有一种被洋人调戏的感觉"，每次吃，也还是觉得贵。

看到这里，我笑了。我对汉堡包的感觉，跟阿成一样一样的。知心人哪。

这个环节阿成也说得详细，用了五个自然段。

然后，又说某年在天津吃刀削面的事。不是他自己，还有几位工友。路上看见刀削面馆，阿成要吃，别人都反对。"有大菜馆吃这东西干什么？"之后是阿成吃，别人看，然后是跟工友的对话。

这一碗刀削面吃得有些尴尬，差点跟工友之间把关系闹僵，"一路上大家半天没说话"嘛。

你瞅瞅阿成，为了一碗刀削面，啧啧。

最详细的叙事，发生在北京。阿成和文友老邱——老邱嘛，我认识。如果可以对号入座的话，不光认识，还一起玩过喝过聊过，挺逗的一个人，还直率——阿成的小说，有些环节是可以当真的，有些不可，不过我很愿意相信，发生在老邱身上的事，是真的。

哥俩好长时间没见，老邱要请饭，阿成说，一碗刀削面。老邱不干，"那不扯呢吗？那叫啥呀？"但阿成再三坚持，于是颇费周折，在一家大商场的顶层吃上了刀削面。

阿成的坚持，一定让老邱觉得一阵阵犯糊涂。但我能理解。有时候，一口饭，跟一个人，有共通之处。你见一个人，有时千山万水的，还总是情哩，吃一口饭，怎么就不可以费些周折？怎么就不是情呢？

我想现在该做个小结，拢拢思绪。小人物的生活，大抵如此的吧：情系物美，更要价廉。刀削面对于阿成，对于阿成笔下的"全家"就是这样。

有人总结说，国人最爱听的词汇，有两句，一句是"打折"，另一句是"免费"。呵呵。难怪骗子总最喜欢用这两个词汇构筑陷阱。

《刀削面》的结尾是神来之笔。还是那家大同面食馆，阿成与小女儿在吃面，看见一对母女走进来，女儿十四五岁，"她们选了一个小桌坐下"，"只要了一碗刀削面"，"女儿吃着，说着"。

最揪心的一句话，是"母亲坐在对面，静静地看着"。

一碗刀削面，女儿吃，母亲看，而且是"静静地看"。这里边，会不会暗藏了一个让人伤感的故事呢？

阿成肯定感觉到了什么，"慢慢地流下了眼泪"。

小人物的生活，大抵如此的吧，难免遭遇一些些伤感的故事，也止不住为这样的故事洒些同情的泪水。

阿成以刀削面为把手，向我们表达了人与食品之间，以及人与人之间的微妙关系。这样的精品佳作，在笔记小说之林，在微型小说之林，都不多见。

灵魂的丰富性与可能性：读《虚构的生活》

很多年来，我都把阿成看作是文学上的老师。2006年10月初，还曾陪他沿辽东半岛的海滨溜达了几天，借机当面聆听他对小说的见解。他的见解，修正了我的颇多误解。话犹在耳，至今不忘。

不过在这里，为了行文的简洁，我得叫他，阿成。

先不说阿成，先说别人。这也是阿成小说所惯用的叙述方式。貌似东拉西扯，不知不觉，就扯到妙处。

先说作家刀尔登。刀尔登在一篇文章中说，倘若一个初中生，每天只有半小时左右自由阅读时间，他要给他推荐什么书呢？他说他"只会推荐文学书以及细节丰富的历史书"。原因是，"只有一种知识，接触得越早越好，那就是对人类社会、人类行为的丰富性的认知，而我想不出有比文学书和特定种类的历史书更好的教材了"。

"人类行为的丰富性"，小说的存在理由，就在于此。

以前我更看重随笔，读与写，都看重。在我看来，随笔提供了人类思想的多样性。

此刻，我便是借助"思想的多样性"来谈论"行为的丰富性"。

现在我觉得，随笔重要，小说也重要。

特别是阿成的小说，在我眼里，比别人的小说更重要一些。不瞒诸位，最近我重读他的小说集《安重根击毙伊藤博文》，获益颇多，思维的竹篮里，又增添了一大捧麦穗。

阿成有时喜欢在小说里谈论小说。短篇小说《漏水》里有这样的说辞：小说就是研究人类的灵魂，艺术地展示人类灵魂和人类灵魂的历史。

说得好。

这就出现一个问题，"人类行为"与"人类灵魂"是什么关系？

我觉得是一回事。行为是人的外相，灵魂是人的内在。有什么样的内在，就有什么样的外相。内在决定外相，灵魂支配行为。

好了，现在该说正题了。再不说，即便是最爱扯也最能扯的阿成，大概也忍受不了。

阿成调配文字和拿捏细节的功夫，是高手中的高手，但我今天不想说这些。我只想说说灵魂，说说灵魂的丰富性和可能性，尤其是可能性。

灵魂的丰富性，是由许许多多"独特的这一个"所组成。阿成以往的作品，足以成为丰富性的注脚。《虚构的生活》所包含的三篇微型小说，当然也是丰富性的组成部分，但我更看重蕴含在其中的可能性。用阿成自己的话说，他"写了一种生活中的可能，一种灵魂的真实"（引自阿成与大年的对话录《灵魂记录者》）。

《我一般不经常坐出租车》，写两个边缘人在出租车上聊天。"我"以唾沫星子为颜料，以彩票为笔，给出租车司机画了一个八百万的大馅饼。然后，司机的生活开始紊乱。有了八百万以后，该怎么办呢？老婆即便不换，也总得有个情人吧？指定得有。此外还要换房子，买车，旅游。旅游不能总在国内，还得出国转转。还必须带上情人一起去，"要不咋整，哭叽尿嚎的"。谁知一不小心，情人怀孕了。怀孕是个麻烦。等把这麻烦像竹笋一样一层层剥到最后，司机竟被法庭判了三年强奸罪。司机害怕了，高低不要那八百万，觉得还是开出租车好。同样是开出租车，现在跟以前不一样，现在有了满胸膛的幸福感。这貌似荒诞的演绎，其实每一步都不违背生活逻辑。

《我下礼拜再来》，也是"重要的人生一课"。"我"被自己的臆想吓坏了。"我"本来活得好好的，但在经历了一块钱活一天的臆想和残酷地"假设自己连一块钱的生活费都没有了"之后，立马生出向舅舅借钱的冲动。这冲动看似突兀，却有现实的支撑，工厂只给"我"开六成工资嘛，要是降到四成呢，要是……于是去了舅舅家，"多了我也不借，就借一万块钱"。不料舅舅不肯，说只能借十块。看"我"表情奇怪，舅舅赶紧开导"我"一番。他说你的姨和舅加起来一共七个，你每人借十块，一周借一次，如此这般，"日子就好过了"。舅舅说得有道理没有？我觉得有。这篇作品在黑色幽默之下，在戏谑的叙事口吻之下，凸现了很强的象征意味和寓言意味，它指向了一种不可预测的未来和对未来的恐惧。

与大标题重名的《虚构的生活》，在荒诞的路上似乎走得更远。一男一女到公园的松树林里约会。（说到约会，阿成一下子把话题荡开。他让一对年轻男女对坐在咖啡厅或茶厅里，在咖啡和甜点的滋补下，谈天气，谈音乐，谈绘画，还要谈谈阿成的小说。这一桥段，阿成津津有味写了接近四百字。删掉可不可以？可以。但留着更好，读来更有滋味。汪曾祺先生说，"善写闲文，斯为作手"，信夫？）说好了傍晚七点到，但女的没来。男的死心眼，一直等下去，没想到等来两个打劫的。男的谎称没钱，结果被剥了衣服。打劫的刚走，跟男人约会的女人就出现了，她也被剥了衣服，只剩裤头和乳罩。你说这俩人怎么这么倒霉啊。好在结局不赖，"后来我们两个手牵着手离开了公园"，男的甚至还想对女的说"我爱你"。

我遇到过一些喜欢追问"意义"的读者。我被他们问得头大。小说非得有意义吗？当然可以有。不过也可以不那么明显地有，甚至可以没有。我固执地以为，只要能写出灵魂的丰富性和可能性，便是杰作，就像阿成这样。

恋爱般的感觉：读《莲池老人》

贾大山的《莲池老人》让我有了一种恋爱般的感觉。

我爱的是莲池老人幽默达观的处世哲学。我爱的是贾大山流畅自如像山泉一样清凉明净的语言品质。我爱这篇作品中疏朗散淡的禅机和自然情趣。

现实的人生境况，古典的诗意，在《莲池老人》中和睦共处。

莲池老人在小说中的"亮相"，是一幅意境悠远的中国传统山水画。不是工笔，是小写意：

> 寺院的山门殿宇早坍塌了，留得几处石碑，几棵松树，那些松树又高又秃，树顶上蟠着几枝墨绿，气象苍古；寺院的西南两面是个池塘，清清的水面上，有鸭，有鹅，有荷；池塘南岸的一块石头上，常有一位老人抱膝而坐，也像是这里的一个景物似的。

随着叙述的伸展，我很快又看到了一幅田园风情图：

> 他又在自己的院里，种了一畦白菜，一畦萝卜，栽了一沟大葱。除了收拾菜畦子，天天坐在池边的石头上，看天上的鸽子，看水中的荷叶……

汪曾祺在《晚饭花集》自序中说："我写的人物都……是我每天要看的一幅画。这些画幅吸引着我，使我对生活产生兴趣，使我的心柔软而充实。"两位著名作家的创作手法在这里不期而遇。我们从这种不期而遇中悟到了什么?

我相信,贾大山在塑造莲池老人这个小说人物的时候,他的内心也一定"柔软而充实"。

莲池老人负责看护寺院里的钟楼,每月从文物所领取四元钱的补助。这点钱实在微不足道,但他好像对此并无怨言,把"一畦白菜,一畦萝卜"的日子过得有滋有味。也许,真的是池塘边的清风明月、水气荷香给了他一种非同凡响的"功夫"。这种"功夫"让他看破尘嚣,知足常乐。在买电视的问题上,在"抢占宅基地"的问题上,他的一言一行,都让我们忍俊不禁,但又不能不赞同他的观点和做法。这是一个真正理解了生活又懂得怎样生活的人。

我希望生活中能多一些莲池老人,这样的人多了,我们的生活就会少一些浮躁;我希望文坛上能多一些贾大山,这样的作家多了,我们的文学就会多一些纯真。

老作家孙犁说贾大山的作品"是一方净土……是作家一片慈悲心向他的信男信女施洒甘霖"。这无疑是一句真知灼见。

我敬佩莲池老人。我更敬佩贾大山。

反复阅读《莲池老人》,使我确信:有一种作品,需要我们用一生的时间去欣赏,品味。反复阅读《莲池老人》,同时也使我确信:有一种作家,需要我们用一生的时间向他表达由衷的敬意。

当年最爱：读《红绣鞋》

很多人都知道，我的文学履历中，有个属于微型小说的桥段。我的短文训练，在这一桥段得到了很好的磨砺。这磨砺，让我受益至今。

作家的成长，都是从阅读开始的。无论是长文作家，还是短文作家，都一样。美国学者寒哲说："一本好书有很多父亲，也有很多孩子。"说得好。

在微型小说阅读板块，我的第一次震动，来自河南作家王奎山。他的《红绣鞋》，我看得惊呆。之后差不多有两年时间，我几乎翻遍单位阅览室里积攒多年的《微型小说选刊》《小小说选刊》和《百花园》杂志，多方寻觅他的作品。那是1995年前后，不像现在，有这么宽敞的网络窗口，可随时欣赏多样的文学风景。

我至今还记得当年初读《红绣鞋》时的激动心情。很激动。激动之余还纳闷，怎么可以写得这么好呢，好得没有任何商量余地。

作者在叙事的明处，安置了两个人物，七婶和麦苗。暗处还藏了两个，贵和麦叶。四个人，演绎出一场情感大戏。

腊月二十四，是麦苗出嫁的日子。七婶的表现有些异样，她想"躲过这一天"，免得看见麦苗自己伤心，同时免得让麦苗难受。这里头有故事了。读者的好奇心让这无厘头的叙述给勾了起来，咋回事呢？

往下看：怕什么来什么。七婶刚做好饭，麦苗来了，叫一声"婶"，就去了西屋。那是贵参军前住的房间。

读者的好奇心又跳一下：麦苗去西屋弄啥哩？

往下看：一会儿工夫，麦苗出来了，脸上"出奇地平静"，先跟七婶唠家常，饭做了没？做了……然后麦苗的举止奇怪了，放了饭桌，搬了小靠椅，拉七婶往上座。

读者的好奇心还要跳：咦，这又是弄啥哩？

往下看：麦苗给七婶盛了饭，"小心地来到七婶面前，庄重地跪下"，说："娘，吃饭吧！"

七婶不是七婶，是"娘"。麦苗这一声"娘"，无异于引爆一颗情感的天雷，在读者心头轰然炸响。

之后从麦苗和七婶的哭泣和对话里，我们可以了解到，七婶的儿子贵，在部队里牺牲了。麦苗是贵的未婚妻。

麦苗和七婶，哭一阵又一阵，一直哭到迎亲的音乐声和鞭炮声进了村。

麦苗临走时有两句话，都把七婶当娘来说的。一句，担水劈柴之类的力气活儿，"都给麦叶交代过了"，还有一句"娘，你回吧，过了三天我回来看你"。新娘子三天回门嘛。此时，麦苗已经完成了在七婶面前的身份转换，她不再是贵的前未婚妻，而是七婶的女儿。

多好的女儿呀。

写到这里，故事的高潮算是过去了。但还有一个悬念没有揭开，麦苗去西屋，到底弄啥哩？

往下看：麦苗走了，七婶背靠着院门，脑子里一片空白，等音乐和鞭炮声停了，她才踉踉跄跄进屋……

七婶一定要进西屋才行，不然悬念还是悬念，那怎么行呢？

七婶果然进了西屋，"她想给贵说几句话"，于情于理，都说得过去，对不对？

于是，高潮之后的又一个高潮，天雷之后的又一声天雷，陡然炸响：七婶看见，贵的遗像前面，有一双耀眼的红绣鞋。

阅读进行到最后一刻，读者跳了又跳的好奇心才终于得到抚慰。如此高超的叙事手段，在微小说部落，极为罕见。

王奎山不是一般地厉害。

事后回顾，似乎可以这样说，是《红绣鞋》激起了我的上进心，让我在微型小说领域"奋斗"了好些个年头。

王奎山是我微型小说创作的启蒙师，也是相熟的忘年交。很多年里，我都叫他"奎山"。

在一篇谈论奎山的随笔中，我这样说他："奎山的作品是静美的，这得益于他叙述语言的炉火纯青。他的语言像是山泉中的游鱼，每一个鳞片都那么干净。欣赏这样的叙述语言，你的目光会变得像朝霞映照的水波一样明亮。"

2012年5月24日，上午八点半，奎山病逝，享年六十六岁。他是能写而且愿意写的，退休后所钟情的千字随笔，写得好极好极。他的离世，不仅是微型小说的损失，也是短文学的损失。

奎山离世当晚，我写下一篇伤感的文字，《怀念奎山》。时隔五年，再次解读《红绣鞋》，我还像当年一样伤感，还像当年一样，想念奎山。

顺便说一句，奎山的人品，也《红绣鞋》般，好得没有任何商量余地。

延伸阅读：

红绣鞋
王奎山

一大早，七婶就起来了。她知道今天是什么日子。今天是腊月二十四，是麦苗出嫁的日子。她想简单地弄点饭吃吃，就到黄瓜园贵他姑家去。她想躲过这一天，免得自己看到麦苗出嫁伤心，也免得麦苗难受。

刚刚做好饭，麦苗就一头撞了进来。麦苗进了屋冲她叫了一声"婶"，就到西间里去了。

她没有往西间里去过。平日她就不常往西间里去。那是贵住的房间，贵参军前就住在西间里。

过了一会儿，麦苗从西间里出来了。七婶抬眼看了一下麦苗，见麦苗脸上竟是出奇地平静。她知道麦苗是个挺有主见的闺女，就放心了。

麦苗说："婶，做饭了没？"

七婶说："做了，刚做好。"

麦苗说："婶，我来晚了。"

七婶说："看你说的。今儿个是啥日子！"

麦苗麻利地将平日吃饭的小方桌往屋当间一拉，用抹布擦净了，又在上岗子上放一把小靠椅，就拉七婶往上坐。

七婶明白麦苗的意思了。七婶明白麦苗的意思以后，无论如何也不肯往上岗子上坐。

七婶说："苗儿，你看你。"

麦苗说："婶，你上坐，你上坐。"

七婶说："这妮子，你看你。"

麦苗说："婶你上坐，我有话说。"

七婶说："这妮子，哪能那样哩，不兴不兴。"

到底没有麦苗的力气大，被麦苗连推带拉按到了小靠椅上。

七婶说："屋里有爹有娘的，那可不兴。"

麦苗不答话，麻利地抹了一只碗，盛了一碗红薯稀饭，又拿了一个馍，一双筷，小心地来到七婶面前，庄重地跪下。

七婶仰起头，闭上了眼，眼泪却止不住地淌了下来。

麦苗说："娘，吃饭吧！"

麦苗说："麦苗今儿个就要走了，再给娘端一碗饭。"

麦苗说："往后，娘再想吃麦苗端的饭，就难了。"

七婶只好睁开眼，将饭接过来，放到桌子上。抬眼去看麦苗时，见麦苗早已哭成了泪人儿。两个人遂抱在一起，畅畅快快地哭了起来。

过了一会儿，七婶首先止了哭，又扳起麦苗的头，用手给她擦脸上的泪。

七婶说："苗儿，今儿个是你的喜日子，高高兴兴地走。"

七婶说："啥也不怨，怨俺贵没福。"

停了一下，又自言自语地说："一个团一千多号人，人家都平安回来了，偏你……"说着说着就提高了声音，"人家都知道有爹有娘有老有小你个龟孙啥都不知道哇我的傻儿我的憨乖乖……"

又大声哭了起来。

麦苗也跟着哀哀地哭。

隐隐约约地，远处传来了欢快的音乐声。七婶止了哭，细细地听。麦苗也细细地听。

欢快的音乐声越来越近，越来越清楚。

又响起了一阵噼噼啪啪的鞭炮声。

七婶说："苗儿，快回吧，人家来了。"

麦苗点点头，刚走了两步，又转回来说："啥我都给麦叶交代过了，担水、劈柴……"

音乐声和鞭炮声越来越近，越来越响。

七婶推着麦苗往外走。走到大门口，七婶看到一辆披红挂彩的汽车正从村街北头开过来。

麦苗凑近她的耳朵大声说："娘，你回吧，过了三天我回来看你。"

七婶一把将麦苗推出门外，转身"哐"地一下将大门关上，一时间脑子里一片空白……

　　不知过了多久，音乐声和鞭炮声终于停了下来。

　　七婶踉踉跄跄地走进屋里。她想给贵说几句话。

　　掀开门帘，七婶一下子愣在了那里。

　　桌子上，贵的遗像面前，是一片耀眼的红。

　　那是一双新鞋。

　　那是一双红绣鞋。

什么东西：读《苏七块》

读2017年第5期《收获》，读到冯骥才先生的非虚构作品《激流中》。冯先生在文章中回顾了他本人在20世纪80年代的文学创作历程，以及他所亲历的几次"锣鼓喧闹"的文学大讨论。这篇文章让老侯心里颠三倒四，引起一串连锁反应，比如将研究"新中国文学史"的十几部专著或文集，都从书柜和书架上搜索出来，重点检视对"八十年代"的阐述。这事跟本文无关，姑且按下不表。

冯先生在文章中还提到自己创作的那些荒诞不经的"怪事奇谈"系列小说，包括《神鞭》《三寸金莲》《阴阳八卦》等等。从篇幅上说，有中篇，有短篇，也有微型小说。冯先生说他的这类小说"直至今天仍然不断再版，评论界却始终拒而不谈"。这话勾起我的阅读兴趣，也促成了本文的写作。

老侯在读书方面有一恶习，想读谁，便要狠狠地读。狠狠读的前提，是把能买到的某人作品统统买来，之后慢慢咀嚼它消化它。对待冯先生也是如此。网店一次下单，就买来他的六部作品集，《传奇小说》《三寸金莲》《俗世奇人（修订版）》《俗世奇人·贰》等等，以"怪事奇谈"类为主。

老侯以前读过冯先生，只是读得不多，也谈不上咀嚼消化。这次是带着问题读。所带的问题是：评论界对"怪事奇谈"为什么始终拒而不谈？

连续几天的阅读之后，老侯对此问题若有所思，但与本文无关，姑且再次按下不表。

多年以来，老侯对冯先生一直保持仰视姿态。2006年7月，曾与作家滕刚等一行人，专程赴天津，到天津大学"冯骥才文学艺术研究院"，拜会过冯先生。时隔多年，那次见面的情景，还一直残留在我的记忆里。冯先生多才多艺，让我等草根写作者大为震撼。他出版过一本建筑学书籍，研究院的三层现代派建筑竟然由他本人设计，他同时还是一位大有名气的国画家……我至今还保存着跟冯先生的合影：在冯先生个人的美术展厅里，我们并肩而立，高的是先生，矮的是我。高的太高，矮的太矮。冯先生身高一米九二，我的头顶正好跟先生的肩膀齐平。拍照的当时就有异样感觉，自己很像个小孩嘛。现在想来，在很多方面，跟冯先生比较，老侯都是小孩。惭愧惭愧。

后来冯先生对非物质文化遗产保护的亲力亲为，让老侯更是赞叹不已。冯先生的生命格局，可谓大矣！

老侯做不了冯先生的大事，只能老老实实低头读书，先把冯先生的几本书读完再说。没想到，这一读，竟读出不少蹊跷。

有人认为冯先生的"怪事奇谈"，"继承了中国古典笔记体小说的优秀传统"，老侯不这样看。我觉得叫"传奇小说"更准确些。是不是笔记小说，得从语言方式上去分辨。冯先生这一系列小说，采用的是古典白话小说的叙事方式，有明显的说书痕迹，跟古典笔记小说大相径庭，两者怎么可以混为一谈？至于"中国当代新笔记体小说"的称谓，我看还是安到别人头上，比如阿成的头上，比较好。

老侯注意到，在冯先生的传奇小说选本中，有一篇作品抛头露面的频率非常之高，这便是被微型小说领域奉为"经典"的《苏七块》。

今天老侯要捉住《苏七块》说它一说。

冯先生的传奇小说，传的是老天津之奇，有鲜明的地域特色。七行八作、三教九流的俗世人物，一个个活在他的笔下。"苏七块"是其中一个。

在冯先生看来，小说的重要使命，是把人物写活。这也是大多数小说家的共同心声。从这个层面来说，《苏七块》无可挑剔。

民国初年一个"正骨拿环"的大夫，本名"苏金伞"，有个各色的规矩，"凡来瞧病，无论贫富亲疏，必得先拿七块银圆码在台子上"才行，"否则绝不搭理"，由此人送外号苏七块。故事的核心情节是，苏七块跟三位牌友在诊所打牌，来了一个摔坏胳膊的三轮车夫，没钱，"说先欠着苏大夫"。苏七块不理，牌友提醒也不理，任他哎哟哎哟地叫疼。牌局中有一位"牙医华大夫"，借口撒尿，绕到前街，把车夫"张四"招呼过去，给他七块大洋。张四把七块大洋往台子上一码，"这下比按铃还快，苏大夫已然站在张四面前，挽起袖子"舞弄一瞬，很快就把骨头接上，然后继续打牌。牌局散开，苏七块留住华大夫，还他七块大洋，同时丢话给他："有句话，还得跟您说。您别以为我这人心地不善，只是我立的这规矩不能改！"小说的文眼就在这里。苏七块的个性，因这一句话而凸现，无丝毫缺憾。

可是，老侯特别不喜欢那个名叫苏七块的人。早年读，不喜欢；现在重读，还是不喜欢。我一遍遍在心里说，什么东西呀，还"立的规矩不能改"，说白了就是见钱眼开，跟善良一丁点关系都没有。若不是见钱眼开，怎么会见钱动作飞快，不见钱就不搭理呢？很奇怪嘛。

老侯认定，苏七块这种类型的家伙，一辈子都走不出物质层面。比较而言，还是华大夫的举动更可爱也更可敬。

何况，有一个事实谁都可以预见，若不是华大夫暗助车夫，苏七块决不会为他接骨。

在老侯看来，苏七块跟华大夫说的那句话，无非是被崴了面子，担心华大夫腹诽于他，才说来为自己抹脸，哪有什么"深意"可言？平常我们总说借着酒劲给自己抹脸，人家苏七块一口酒没喝，愣是把脸给抹回来了。不过说实话，我一点都不佩服"苏大夫这事这理这人"。可怜的华大夫，还为此"琢磨了三天三夜"，不值啊。

作为读者，老侯的心理期待是，苏七块的生活里包含这样一个内容：遇到拿不起医疗费的穷患者，便打发诊所里的徒弟或佣人之类，暗中送他七块大洋。如此这般，既能呈现人性的善良，又能守住自己的"规矩"。

阅读《苏七块》让老侯想到，小说只要写活人物就可以吗？需不需要往那个人物身上注入一点别的东西？

学者刘瑜说她"相信灵魂有丰盈与干枯之分"。说得好极了。在老侯眼里，苏七块的灵魂就是干枯的。

老侯特别希望在虚构文本中，能看到许多丰盈的灵魂。现实的缺憾往往需要虚构来做少许补偿，否则人间的色调会显得过于灰暗。

人之常情：读《讲究》

　　小说家写奇闻，写异事，不难。《聊斋志异》、《小镇奇人异事》（作者哈金）、《到黑夜想你没办法》（作者曹乃谦）、《俗世奇人》（作者冯骥才），都是奇闻逸事，都不难。《汉书·艺文志》有话："小说家者流，盖出于稗官，街谈巷语，道听途说者之所造也。"你掂量一下，这里边是不是有个运气问题？谁有幸听到更多更耸人听闻的稀奇古怪，谁笔下的作品，就会更多更耸人。情况就是这么个情况，没什么道理好讲。

　　小说家之难，难在能从人之常情中，挖掘出别样的心动。

　　在老侯的阅读视界之内，微型小说《讲究》，便是一篇能从人之常情中挖掘出别样心动的精品佳构。

　　说到这里，老侯要先向《讲究》的作者，我的文学兄长，作家孙春平先生，表达自己窖藏已久的敬意。在老侯兵荒马乱的文学旅程上，这位老哥是少数向我传递过温暖的作家之一。

　　孙先生也是那种"苦"出来的作家。老侯出生刚刚两年，老哥已经"上山下乡"当了"知青"，而后进工厂，而后当团干部，而后写作。猛写猛写，终于有一天，他把自己"写"成一个省作协的副主席。

　　没想到，在超过一百篇的短篇小说，以及三十多部中长篇小说之外，老哥还写过相当数量的微型小说。

　　孙先生的微型小说，老侯读过很多，其中《讲究》曾让我陡然一惊。

　　《讲究》写的是女大学生宿舍的故事。新生入学，一个宿舍的姐妹，自报出生年月，然后排序，老大老二老三……这情节看官都很熟悉是不是？凡是读过大学的，谁没有一个宿舍的兄弟或姐妹啊。没有就怪了，可能真不是中国人。

《讲究》的八姐妹里边，有名有姓的人物，有五个：老大"王玲"，老二"李韵"，老三"吴霞"，老五"张燕"，老七"赵小穗"。

故事从大姐王玲的老爸来学校看望女儿讲起。王玲的老爸是果农，送给八姐妹一份特殊的礼物，十六个硕大红艳的苹果，每个苹果上都有字和标点符号，合起来是："八个团结紧紧的，试看天下能怎的！"

你瞅瞅这礼物，真是用心了。难怪来自铁岭的张燕要说："哎哟妈呀王叔，您老可真讲究啊！"

给女儿和她的室友送苹果这种事，老侯也干过。不过不像王玲她爸那么讲究。几年前，老侯的女儿小侯，在离家千里之外读大学，老侯年年秋天都要快递几箱苹果过去。辽南特产嘛，家乡的味道嘛，对不对？有一回，寄过去的苹果，比《讲究》里的苹果个头还大，"每个足有半斤重"算什么，老侯的那一大箱，个个都有一斤重。女儿打开箱子，引来一屋子尖叫。再一回，寄过去的苹果，个头比鹅蛋大不了多少，引来一屋子嘻嘻嘻。后来听女儿说，她的小姐妹们一致认为，小侯她爹好幽默好幽默哦。其中一个广东丫头，忍不住在寒假里从广州飞到辽南，一定要看看小侯她爹长什么样子，顺便再看看大连长什么样子……

老侯插叙一段自己的故事，无非是想说，王玲她爸的举动，并没有超出人之常情的范围。之后，吴霞她妈送来"八件针织衫"，李韵她爸打发秘书送"每人一个皮挎包"，也都是人之常情。

孙先生的过人之处，是发现了"人之常情"也会给人带来情感压力。比如故事里的七妹赵小穗。小穗的言与行，一开始就是异样的。"别人喊着笑着接礼物，她则总是往后躲，直到最后才羞涩一笑，走上前来"，而且"每次，在姐妹们的笑语喧哗中"，小穗"总是很快将一杯沏好的热茶送到客人身边，并递上一条热毛巾"。平日里，打水扫地擦桌子等杂务，她也是干得最多。所有这些异样，都源于小穗来自贫困山区，家里没条件像别人那样"讲究"。

正是在这样的情感压力之下，小说的叙述突然一个华丽转身，爆出一盏灼人的光亮。小穗她爸，那位只有一条胳膊的残疾人，用一只手，为八姐妹"捏"出八袋葵花籽，"每人一袋，足有一斤多……都是仁儿"。

无论怎样卑微的人，内心也都立着尊严，也都立着舐犊之情。小穗她爸说得好："别人家的姑娘是爸妈的心肝儿，我家的闺女也是爹娘的宝贝……"

读完《讲究》，老侯心里的刺痛一阵强似一阵。为小穗，为小穗她爸，为所有被"人之常情"碾压过的人，为弱势群体，为自己。

延伸阅读：

讲　究
孙春平

大学新生入学，302室住进八位女生。当晚，各位报了生日，便有了从大姐到八妹的排序，尽管都是同庚。

不久，大姐王玲的老爸来看女儿，搬进了一个水果箱。打开，便有十六个硕大红艳的苹果摆在了桌面上，每个足有半斤重，且个头儿极齐整。王玲抢着把苹果一字摆开，再让大家看，众姐妹更奇得闭不上眼了。原来每个苹果上还有一个字，合在一起是："八人团结紧紧的，试看天下能怎的！"之后便笑，一幢楼都能听到八姐妹的笑声。王玲得意地告诉大家，说家里承包了果园，入夏时她老爸就让果农选出十六个苹果，并在每个苹果的阳面贴上一个字或标点符号，秋阳照，霜露打，便有了这般效果。这是老爸早就备下的对女儿考上大学的贺礼。五妹张燕是辽宁铁岭来的，跟赵本山是老乡，故意学着那个笑星的语气对王玲老爸说："哎哟妈呀王叔，您老可真讲究啊！"众人再大笑，"讲究"从此便成了302室的专用词语，整天挂在了八姐妹的嘴上。

第二个来"讲究"的是三姐吴霞的妈妈，她带来了八件针织衫。衣服穿在八姐妹身上都合体不说，而且八件八个颜色，八人一齐走出去，便有了"赤橙黄绿青蓝紫，谁持彩练当空舞"的效果。吴霞说，妈妈在针织厂当厂长，这点儿讲究，小菜一碟。

年底的时候，二姐李韵的家里来了"钦差"，是爸爸单位的秘书，坐着小轿车，送给大家的礼物是每人一个皮挎包。女孩子挎在肩上，可装化妆品，也可装书本文具，款式新颖却不张扬，做工选料都极精致，只是都是清一色的棕色。但细看，就发现了"讲究"也是非比寻常，原来每只挎包盖面上都压印了一朵花，或蜡梅或秋菊等，八花绽放，各不相同。李韵故作不屑，说一定又是年底开什么会了，哼，我爸就会假公济私。

每有家长来，并带来讲究的食品或礼物的时候，默不作声静坐一旁的是七妹赵小穗。别人喊着笑着接礼物，她则总是往后躲，直到最后才羞涩一笑，走上前去。所以，分到她手上的苹果，便只剩了两个标点符号，落到她肩上的挎包则印着扶桑花。有人说扶桑的老家在日本，又叫断头花，那个桑与伤同音，不吉利，便都躲着不拿它。每次，在姐妹们的笑语喧哗中，默声不语的赵小穗总是很快将一杯沏好的热茶送到客人身边，并递上一个热毛巾。平日里，寝室里的热水几乎都是赵小穗打，扫地擦桌也是她干得多，大家对她的勤谨似乎已习以为常。大家还知道她的家在山区乡下，穷，没手机，连电话都很少往家打，便没把她的那一份"讲究"挂在心上。

一学期很快过去，放寒假了。众姐妹兴高采烈再聚一起的时候，已有了春天的气息。那一晚，赵小穗打开旅行袋，在每人床头放了一小塑料袋葵花子，说："大家尝尝我们家乡的东西，是我妈我爸自己种的，没用一点儿农药和化肥，百分之百的绿色食品。"

葵花子平常，可赵小穗送给大家的就不平常了，是剥了皮的仁儿。一颗颗那么饱满，那么均匀，熟得正是火候而又没一颗裂碎，满屋里立时溢满别样的焦香。

李韵拈起一颗在眼前看，说："葵花子嘛，要的就是嗑时那份情趣，怎么还剥了？是机器剥的吧？"

赵小穗说："我爸说，大家功课都挺忙，嗑完还要打扫瓜子皮，就一颗颗替大家剥了。不过请放心，每次剥之前，我爸都仔细洗过手，比闹'非典'时洗手过程都规范严格呢。"

王玲先发出了惊叹："我的天！每人一袋，足有一斤多，八个人就是十来斤。这可都是仁儿呀，那得剥多少？你爸不干别的活儿啦？"

赵小穗的目光暗下来，低声说："前年，为采石场排哑炮时，我爸被炸伤了。他出不了屋子了，地里的活儿都是我妈干……"

吴霞问："大叔伤在哪儿？"

赵小穗说："两条腿都被炸没了，胳膊……也只剩了一条。"

寝室里一下静下来，姐妹们眼里都噙了泪花。一条胳膊一只手的人啊，蜷在炕上，而且那不是剥，而是捏，一颗，一颗，又一颗……

张燕再没了笑星般的幽默，她哑着嗓子说："小穗，你不应该让大叔……这么讲究……"

赵小穗喃喃地说："我给家里写信，讲了咱们寝室的故事。我爸说，别人家的姑娘是爸妈的心肝儿，我家的闺女也是爹娘的宝贝……"

那一夜，爱说爱笑的姐妹们都不再说话，寝室里静静的，久久弥漫着葵花子的焦香。直到夜很深的时候，王玲才在黑暗中说："我是大姐，提个建议，往后，都别让父母再为咱们讲究了，行吗？"

独抱深心一点酸：读《大家子弟》

1994年夏天，江苏淮安一个名叫王海椿的年轻人，兴致勃勃开始了他跟微型小说的"蜜月旅行"。在很短一段时间内，他的名字便在《小说选刊》和《小说月报》等多家影响深远的文学刊物上频频亮相，让某些文学中人眼睛一亮。

我认识海椿有些年头了。我是先认了他的作品，后认了他的长相。说实话，在我文学创作的起步阶段，我是以学习的态度，来对待海椿的。后来见到他，看他一点都不摆"老师"的架子，心里特别温暖。

海椿身上涌动着中国古典文学的血统，这一血统来自他的祖父和父亲。他祖父曾经是当地小有名气的私塾先生，而他父亲，也得益于书香门第的环境熏陶，对中国古典故事津津乐道。在这般精神阳光的映照之下，海椿的心灵风貌自然会飘逸出一些些传统文化的神韵。唐宋传奇的朝霞，笔记小说的彩虹，在他的某些作品中显而易见。甚至，我还从中窥见了史学著作的烛光。太史公的某些笔法已经巧妙地化入海椿的笔力，像水面上的涟漪缓缓扩散在他的字里行间。

海椿是擅长运用细节的作家，同时也是微型小说领域为数不多的善于运用"综合形象"的作家之一。多年以前，我说过类似的话，现在仍然这样说。

很多人写微型小说，只会使用线性结构。海椿不是。他有相当数量的作品，都使用了复合结构。有了复合结构，才会有"综合形象"，有了综合形象，人物才丰满才灵动嘛。

关于综合形象的阐述，我赞成刘庆邦的观点。在《生长的短篇小说》一文中，他说："综合形象是短篇小说中的主要形象的背景，是对主要形象的铺垫或烘托……综合形象在短篇小说里绝非可有可无，如果运用得当，就可以增加短篇小说的立体感、纵深感和厚重感。"

刘庆邦的话，安到微型小说头上，也适用。

除此之外，海椿在小说的叙事语言上，也下过大功夫。他把汪曾祺当作自己的榜样。文坛上把汪老当作榜样的作家有很多，但能得其三昧者寥寥无几。我可以负责任地说，海椿的代表作，《雪画》《大玩家》《爱莲说》《狐仙》等等，字里行间，都时时闪烁着汪老的语言神韵。

《大家子弟》也是如此。我今天着重要说的，就是这篇《大家子弟》。

海椿很多年前说过一段话："看我的作品，不奢望你流泪，如你有心为之一酸的感觉，我也就满足了。"

读《大家子弟》，我确实感到心酸。不是一般的心酸，是像宋代词人朱敦儒所说的那样："独抱深心一点酸。"

这篇小说的主体叙事，是在特殊的时代背景下，落魄人"傅少迟"被批斗后关押期间发生的一件让"民兵"觉得奇怪的事。午饭，每人两碗"能照见汗毛的棒子面粥"，别的"地富反坏右"都三口两口喝完，还"将碗底舔得干干净净"，唯独傅少迟，碗中还留了两口。于是民兵又给他加了一条罪状，"浪费粮食，不珍惜人民群众劳动成果"，且"重点批斗到天黑"。

这篇作品的背景叙事和主体叙事，在文字的消耗上，貌似比例失调。前者八百多字，后者四百多字，但读起来，绝无头重脚轻之感。为什么？就因为，背景叙事铺垫得恰到好处，让人物有血有肉、真实可信。倘若离开背景叙事的铺垫，主体叙事陡然而出，你相信人世间会有这等怪事吗？

我的心酸，也跟背景叙事有关。

一个名门望族，显赫的祖父辈，传到孙子这一代，只剩下了空有虚名的"地主"成分和大家族的"架子"。"人活一口气"啊，啥都没了，但架子不能没有。这架子表现在以下几个方面：

　　一、傅少迟一天两顿酒，别管什么酒，也别管什么下酒菜，这酒不能免。说起来让人气馁，他只喝得起"散装的高粱酒"。

　　二、酒喝得斯文，菜也吃得斯文。前者不是喝，是"抿"。后者不是穷人的狼吞，是"堆在碟心"那点下酒菜，还要"剩下些"，且把故意留下的所谓剩菜"毫不犹豫地倒进泔水桶"。

　　三、剔牙。吃花生米、萝卜丁要剔牙，吃口豆腐，也剔牙。

　　老百姓的话，"倒驴不倒架"，哪里是说驴，明明是说人。说中了吗？说中了。那傅少迟，便是典型的"倒驴不倒架"。棒子面粥都清得像水一样了，他竟然还剩下两口，你说这架子端得，叫人怎能不心酸？

　　海椿厉害，他把一个大家族的落魄弟子给写得活灵活现，如在眼前。

　　写小说，写出一个传奇故事，不难。写活一个人物，难之又难。

　　有《大家子弟》做后盾，我觉得海椿笔下，什么样的"子弟"都立得起来。

延伸阅读：

大家子弟
王海椿

　　在里仁镇，傅少迟也算是个有个性的人。

　　他家是里仁望族。据说在他祖父那辈，有良田千顷，牛马成群，家丁数百。可惜他父亲好吃懒做，还喜欢逛窑子。这么一折腾，到了傅少迟手上，就只剩个空架子了。傅少迟没能享受祖上的荣华，反而落得个地主的成分。以至于他读完了高中，却不能上大学。

但人活一口气，这大家的架子仍要撑下去。

以前，父亲是一天两顿酒。现在傅少迟也是每天两顿酒。午一顿，晚一顿。

酒，是散装的高粱酒。下酒菜，也很简单。一般只有两样：一碟花生米，一碟豆腐丁，或一盘盐水豆，一盘萝卜干。

说是一碟一盘，其实量很少，堆在碟心。

傅少迟吃得很斯文。抿一口酒，吃一筷菜。这一筷，也就是一粒花生米，一块小丁豆腐之类的。一粒花生米，在嘴里嚼上好一会儿，然后，吱溜一小口酒，仿佛把花生米的香气全带进了肚。

尽管下酒菜很少，吃到最后，竟然还剩下些。说是剩，其实是留下的，也就是说，是傅少迟从牙缝省下的。穷人吃饭喜欢狼吞虎咽，一扫而光。傅少迟把剩下的菜毫不犹豫地倒进泔水桶，是颇有些意味的。

他家屋后有一片竹林。有时，傅少迟会去林子里砍下一棵竹子，断开，选一两节好的放在瓦楞上晒。闲下的时候，他就把竹节劈成细细的一小条一小条。做什么？做牙签。生在那个富贵的家庭，傅少迟很小就学会剔牙了——那些大鱼大肉爱往牙缝钻哩。久而成习，现在虽然很少吃肉，就是吃几粒花生米，几根青菜，傅少迟照样捏一根牙签于右手，左手掩着嘴，斯斯文文地剔牙。至于到底剔出什么没有，你不知道。

傅少迟很善做菜，红烧肘子、扬州狮子头、大煮干丝，都十分拿手。尤其是大煮干丝，把千张切得比面条还细，开水下锅煮稍许，捞起滤水，放到沸鸡汤中，配上青菜，起锅时洒上青蒜，鲜香扑鼻，鲜嫩爽口。那年月，穷，这几样菜都没条件做。大煮干丝虽说是素菜，可光那汤料，就要一只老母鸡。

退而求其次，凉拌豆腐亦可。他做凉拌豆腐也很讲究，豆腐先下锅焯一下，切成小块，入盘，放盐、酱油、醋，撒上蒜叶，没有香油就用菜油代替。有回他用凉拌豆腐喝酒，喝好了，从陶瓷杯里抽出根自制的牙签，剔牙。串门的袁六见了，揶揄道："傅大少爷，豆腐也塞牙吗？"傅少迟知道这话里有话，笑笑："嗯，这人不走时呀，喝凉水也塞牙呢！"

"文革"时，傅少迟和几个"地富反坏右"被揪到会场上批斗，中午关在大队部。看守的民兵吃饱喝足之后，只给他们提来一桶照见汗毛的棒子面粥，规定每人只能吃两碗。其他几个人，三口两口就喝完了，还伸出舌头，将碗底舔得干干净净，恨不能连碗都吃了。

傅少迟在心里骂他们："穷相！"自己慢条斯理，一小口一小口喝。最后，还留下了两口。

他饱了吗？没有。

吃饭总要留点，傅少迟习惯了。

但他没想到，这次，两口稀粥会给他添了麻烦。民兵收碗时问有剩粥那碗是谁的，傅少迟说是我的。民兵一把揪住他的头发，把他的脸按到碗口："给我舔干净了！"

下午批斗的时候，傅少迟又多了一条罪状：浪费粮食，不珍惜人民群众劳动成果。

被重点批斗到天黑。

唯成分论撤销后，傅少迟被聘请到镇小学教书。他干得很认真，吃住在学校。每天两顿酒改为一顿。因为教学，中午不能喝酒，只能晚上喝。星期天例外。

饭后，照例是手捏一根自制的牙签，斯斯文文地剔牙。

傅少迟当时已四十多岁了，还没老婆。那年头成分不好，娶亲难。据说后来他和一个民办女教师结了婚，生有一子一女。

智点：读《手谈》

一个从事文学创作的人，能不能成为好的小说家，取决于他是否懂得凝视生活中的细节。

沈从文先生很小的时候，就非常善于捕捉生活中的细节，以至于"我的心总为一种新鲜声音、新鲜颜色、新鲜气味而跳"。他后来能成为作家，我觉得是天意如斯。

周作人说废名的小说行文好比一溪流水，遇到一片草叶，也要去抚摸一下，然后又汪汪地向前流去。任何一个好的小说家，都应该有这样的"抚摸"技巧，你说是不是？

在我从事创作以前，我非常敬佩的微型小说作品叫《手谈》。现在重读这篇作品，我的敬佩有增无减。

《手谈》的智点有很多，但我想说的，还是关于细节。

一个让人信服的作家在一篇文章中陈述过这样的看法：我们在生活中，囫囵吞枣地使用一些汉语就足够了，但作为一个写作者来说，要真正表达那种稍纵即逝的感情，感情的尾巴，感情的影子，感情的余音，你会感到捉襟见肘。

这段话说得很好。这是很多写作者共同的体验。在我看来，《手谈》的过人之处，是在"表达那种稍纵即逝的感情"方面，有出色的表现。"川崎太君"喜欢跟"梁先生"手谈，但他似乎更喜欢梁先生的围棋，欲占为己有，却又不想明夺，这一系列"感情的尾巴，感情的影子，感情的余音"，都是通过细节的步骤来完成的。

步骤1：川崎"惊异无比地瞪着梁先生手中的棋子……"

步骤2："日本人很高兴，站起，将几枚棋子捏在手里翻来覆去抚摸了好一会儿，说，明天，手谈的干活？"

步骤3："行前日本人又爱不释手地把玩了一会儿棋子。"

步骤4："尚未落子，日本人又指点着手中的棋子说，我的赢你，棋子归我。语气是肯定式，而眼神却是询问式。"

步骤5：梁先生提出要跟日本人赌军刀，他看见"日本人身姿挺直，两眼大瞪，伸手握住刀把唰地抽出刀来"。

步骤6："日本人在细细验过军刀之后，重又把刀插进刀鞘，回了句令梁先生在三分钟之内无论如何反应不及的短话：好的。"

至此，作者把川崎对棋子的渴望程度推向了极致。这等手段，在微型小说作家当中并不多见。

《手谈》的作者刘军是我的朋友，很多年前我们在同一间办公室里对面而坐的时候，他曾经对我说："小说情节易得，细节难求。"

很多年过去了，我的创作体验跟刘军完全相同："小说情节易得，细节难求。"

细节是很难虚构的，它只能从生活中来。小说的真实，从来都不是情节的真实，而是细节的真实。

延伸阅读：

手　谈
刘　军

日本人复城屯兵后，梁先生便不教书。

久后的一日，梁文启带着个日本人登门。梁文启是宪补，进出日军宪兵队司令部如履平川，与胞兄梁先生却形同路人。

梁先生既不起身迎客，也没有拒客之意。他冲来人点点头，端坐那里，认真地把棋子摆得唰啦啦脆响。

日本人自选座位坐下，似自语般咕噜了几句。梁文启便说，大哥，对你的不合作，川崎太君大大地不满意。其实，梁文启心知不必翻译，胞兄的日语底子并不比他差，翻译出来是表示强调。梁先生淡淡扫了一眼梁文启，仍用心摆弄棋子，说，你转告太君，我难以胜任，何况身体欠佳。

梁文启大为不悦，正要如实回禀，却见日本人身体前倾，双目发直，惊异无比地瞪着梁先生手中的棋子，连称腰西后，问，你的，我的，手谈的干活？

梁先生不料对方竟有些汉语根底，又对下围棋产生兴趣，便说，手谈？可以。这我倒可以奉陪。拿出棋盘，将盛着黑棋子的方盒推到对方面前。你先手吧。日本人口称你的先你的先，却唇浮笑意将一枚黑棋子啪地点在左下方星小目上。梁先生也在另一星小目上应了一手，俩人你一手我一手落子如飞。

下到一百三十几手，当梁先生犹豫片刻将一枚白棋子点在棋盘外自己一侧时，一直神情紧张的日本人变得异常轻松起来，面呈笑意看着梁先生。梁先生面色无改，说，这棋你赢了。

日本人很高兴，站起，将几枚棋子捏在手里翻来覆去抚摸了好一会儿，说，明天，手谈的干活？

梁先生说，好，手谈的干活，反正闲着也是闲着。

转天，日本人只身如约而至。手谈三盘，梁先生二胜一负，正好找回昨天那盘。日本人神情板滞。临走，说，明天。梁先生应，明天。行前，日本人又爱不释手地把玩了一会儿棋子。

由此，一连五天，连弈十二盘，胜负平分。

最后一次，是个阴雨天。日本人严肃得判若两人，落座后，打着手势说，你的，我的，最后的手谈。

尚未落子，日本人又指点着手中的棋子说，我的赢你，棋子归我。语气是肯定式，而眼神却是询问式。

梁先生有种受了侮辱的感觉。这棋是祖上留下的爱物，到他这儿已传了三代。这不啻是梁家的传家之宝。看上眼的便要据为己有，这与强盗何异？转念一想，邻国的土地都可强取，区区棋子又算得了什么？他毕竟没有明夺，也算颇有涵养了吧？梁先生扫了一眼仍在固执地等待回答的眼神，想了想，说，可以。不过我赢了你，什么归我呢？

大约这是不在日本人大脑储存仓库之内的问题，日本人略一怔，僵住了。梁先生打量了一番对方，眉头紧蹙片刻，以平静的口吻压抑着狂跳的心脏，说了一个令双方都胆寒不已的词儿：军刀！

梁先生清楚地看出，日本人身姿挺直，两眼大瞪，伸手握住刀把唰地抽出刀来。一瞬间，梁先生有点后悔。这何必呢？就算赢了他棋还指望赢他军刀？但很快平静如常。梁先生自知羸弱不堪，手无缚鸡之力，但绝不缺钙质。以传家之宝抵日本武士之魂，也算基本持平。日本人倘要野蛮，他将以手迎刃。

日本人在细细验过军刀之后，重又把刀插进刀鞘，回了句令梁先生在三分钟之内无论如何反应不及的短话：好的。

仍由日本人先手。

接下来是场杀得昏天黑地长达五个小时之久的恶战。

梁先生早已腹中空空，屡屡觉颅重似锤，魂已飞逝，只躯壳在苦苦支撑。几着不慎，累及全局，优势在对方这是显而易见的。

梁先生狠掐大腿。不及终盘，何以言输？也许围棋的奥妙就在于此。

梁先生重整旗鼓，细细察看盘面错综复杂的局势。弈至一百五十四手，当梁先生将一枚洁净如玉的白棋子轻轻摁下时，日本人中盘一条大龙顿成僵虫。

梁先生始觉魂兮归来，呼口长气，体虚力乏地斜倚在靠背上。

日本人两眼标本似的一动不动，保持前倾的固定姿势良久良久。

两人都不出声。

梁先生屏住呼吸，竟听不见对方的喘息声。

屋子暗了。人笼在黑暗里，没一丝活气。

梁先生轻手蹑脚点上油灯。忽闪忽闪的灯光将日本人摇活。

日本人飘飘忽忽站起，没打招呼，鬼魂般荡至屋外。落着小雨的黑夜把他瘦长的身影愈罩愈小，直至完全淹没。

梁先生把门关好，细心收拾好棋子，藏于墙洞。

总算不辱祖先。于沉重中，梁先生觉出些许慰藉。

三天后，一件奇事闹得满城风雨。不少人为此受到牵连。

一名叫川崎的日本军官不知缘何死于寓所。

夜深，梁先生取出棋子，一枚枚细细观看，觉得里面似有许多奥秘难以言喻。他神色黯然地独坐了好久好久。

道具：读《风铃》

1996年，作家刘国芳以一篇惊人耳目的精品佳构《风铃》向微型小说文体表达了自己痴心不改的敬意。在老侯看来，《风铃》是国芳创作智慧最高纯度的结晶之一。

汪曾祺先生多次说，微型小说里应该有一点诗的元素。他认为微型小说是比"抒情诗更具情节性的那么一种东西"。国芳的《风铃》，无疑是对汪老这一论点的支持与弘扬。

"诗人的本领，就在于他有足够的智慧，能从司空见惯的平常事物中挖掘出引人入胜的一个侧面。"沿着歌德指引的方向寻找，我们很容易发现国芳身上的诗人气质。

国芳有相当数量的作品，都是用抒情诗的方式来创作的。幽怨与哀伤，怜惜与悲悯，这些与生命形影相随的情感，像晨雾一样在他的作品中弥漫。他是一位善于表达情感的作家。

《风铃》跟其他作品的不同之处，是在情绪表达之外，还塑造了两个栩栩如生的人物形象，"兵"和"小琪"。

在老侯看来，《风玲》是借助道具来塑造人物的微型小说范文之一。

道具，是小说创作中一个不可忽视的元素，尽管它在不同作品中有不同的作用，但老侯认为，最重要的作用在于，它凝结了人物的全部情感。

很多作家都偏爱在作品中使用道具，迟子建是一个典型的例子，《清水洗尘》中的大澡盆，《北极村童话》中的石子项链，《日落碗窑》

中的泥碗，《一匹马两个人》中的马鞭和镰刀，等等。迟子建喜欢把道具叫"器物"。她说："我觉得这些器物既是我们生活的伴侣，又是我们生活的证明。"老侯同意她的看法，同时还觉得，"这些器物"完全有理由成为小说的伴侣和小说艺术的一种"证明"。

国芳在《风铃》中对"风铃"这一道具的使用，几乎达到无可挑剔的程度。

风铃是兵送给小琪的。小琪把风铃挂在门口，一直挂了两年。从这时开始，风铃就不仅仅是一个具体的风铃，它已经成为两个人物之间微妙的情感焦点。

在随后的叙述里，风铃在不同时间和不同地点的出现，都暗示着人物内心深处的情感起伏。

小琪嫁人了，被她母亲逼的。兵回乡探亲，小琪把风铃还给兵，告诉他，如果他把风铃挂在门口，她就会离开"大狗"跟他结婚。兵没有把风铃挂出去，只是拿在手里晃动。住在隔壁的小琪听见风铃声，跑出来看，却没有看到风铃。"小琪待在自家门口，潸然泪下。"这一瞬间，情感走向极度压抑，走向寒冷的冰点。

兵回到部队，情感开始回升。兵说："小琪，我把风铃挂在门口了，你看到了吗？"兵说："小琪，我把风铃挂在我的心口了，你看到了吗？"

兵退伍以后，听说小琪被人抛弃，就把风铃挂在门口。小琪却没来找他。第二天，兵找上门去，把风铃放在心口摇动。这时候，情感开始燃烧，燃烧出一片耀眼的光亮。

薄伽丘的《十日谈》中有个故事，一个年轻人爱上一个妇人，妇人没有动心。年轻人无奈回到乡下放鹰消遣。妇人在丈夫死后带儿子到乡下避暑，儿子喜欢年轻人的鹰，为之思念成疾。为了那只鹰，妇人只好到年轻人家里登门拜访。而年轻人一贫如洗，没有招待客人的菜肴，无奈之下，只好杀了心爱的鹰来招待心爱的妇人。这个故事的妙处，在很大程度上也是借助道具的使用。德国作家保尔·海泽从这个故事当中提炼出短篇小说的"猎鹰理论"，他希望每个作家在创作之前都要问问自己，我的鹰在哪里？

微型小说作家也应该这样，每次创作之前，都问问自己，我的鹰在哪里？当然，老侯所说的"鹰"，已经不仅仅是道具。

延伸阅读：

风　铃

刘国芳

兵回家探亲时，小琪抱着一个孩子来看他。兵屋里一屋子人，很热闹，小琪进来，把一屋子的热闹熄灭了。

旋即，众人离去。

一屋子只剩下兵和小琪，还有那个抱在小琪手里的孩子。

相对无言。

良久，小琪开口说话了，小琪说："我对不起你。"

兵无言。

小琪说："是我母亲逼我嫁给大狗的，他有钱，给了聘礼两万块，我不嫁，母亲跳了两次河。"

兵无言。

小琪说："我是爱你的，一直爱你，我也知道你喜欢我，你还同意的话，我跟大狗离婚，跟你结婚。"

兵无言。

小琪见兵不说话，出去了。俄顷，小琪走了回来，她怀里除了抱着一个孩子外，还多了一个风铃。

小琪说："这风铃是你以前送我的，这两年我一直把它挂在门口。"

兵看见风铃，开口了："你现在来还我风铃，是吗？"

小琪摇头："我刚才说了，你还同意的话，我跟大狗离婚，跟你结婚。这事，你不要急于回答我，你考虑考虑，同意的话，把风铃挂在你门口，我看见了风铃，会来找你。"

小琪说着，放下风铃走了。

屋里剩下了兵自己。

兵呆着，许久许久。后来，兵拿着风铃，在手里晃动，于是有丁零丁零的声音在屋里响起。小琪住在隔壁，听到风铃声，她跑出来，抬头往他门口看。

但小琪没看到门口挂着风铃。

小琪呆在自家门口，潸然泪下。

兵回部队时，也没把风铃挂在门口，而是把风铃带走了。回部队后，兵把风铃挂在营房门口。是大西北，风大，风铃整天在门口丁零丁零地响。兵没事时，呆呆地看着，在心里说："小琪，我把风铃挂在门口了，你看到了吗？"

军营里挂一个风铃，起先让兵们觉得好玩。久了，兵们烦了，觉得丁零丁零的声音很吵人，于是让兵拿下。兵拿下来，把风铃放好。但没事时，兵会把风铃拿出来，找一个无人的地方，坐下来，让风铃在胸前晃动，让风铃丁零丁零地响，还说："小琪，我把风铃挂在我的心口了，你看到了吗？"

小琪看不到，兵把风铃挂在心口也罢，门口也罢，小琪都看不到。小琪只看得见他的家门口，那儿，没有风铃。

两年后兵退伍了，这回，小琪没来看兵。兵问村里人，说小琪呢，怎么不见了？村里人说小琪不怎么出来了，整天缩在家里。兵问出了什么事？村里人说小琪老公找了一个更年轻的女人，跟小琪离了。

兵沉默起来。

隔天，兵把风铃挂在门口。

小琪没来。

兵便看着风铃发呆，在心里说："小琪，我把风铃挂在门口了，你看到了吗？"

有风吹来，风铃丁零丁零地响，兵听了，又在心里说："小琪，风铃在响哩，你听到了吗？"

小琪听到了，也看到了，但她一动不动抱着孩子坐在屋里，没出来。

隔天，兵找上门去。

兵去之前，把风铃取了下来，然后放在胸前，同时用手晃动着，于是在风铃丁零的响声中，兵走进了小琪屋里。

小琪见了兵，头垂下，然后说："我现在被人遗弃了，你还来做什么？"

兵说："来告诉你，我不但把风铃挂在门口了，还挂在心上了。"

说着，兵又把手中的风铃晃动起来。抱在小琪怀里的孩子，四岁了，会说话，听见风铃响，孩子把一只手伸出来，说："妈妈我要……"

芙苤，我们一起私奔吧：读《初恋》

20世纪90年代中期，芦芙苤以《一只鸟》的姿势，在中国微型小说的领空飞翔。飞得那个高啊。我站在一面小山坡上，昂起脖子，仰望那只鸟。仰望了很久。然后，我一边揉着发硬的脖子，一边对身边的文学小弟说，你瞅瞅，也不知是谁家的女孩子，写得这么好。

两年后，我第一次去外省参加文学笔会。芙苤也来了。还是以鸟的姿势，站在离我不远的一根"树杈"上。我吓了一跳。嗨，哪是什么女孩子呀，这扯不扯。

那时候芙苤还年轻，还是个小芦，脸上有棱有角，身上也有棱有角，不像今天的老芦这般浑身上下圆滚滚。我仔细端量小芦，觉得他的面孔和体型，跟他所在省份一种土特产的形状，极为相似。土特产名叫兵马俑。

我很快发现，小芦是一位很容易"上手"的年轻人。你对他好，他会迫不及待也对你好。他在文章中说自己"是个糊里糊涂的人"，我以为，这话不像是谣言。

不过后来我终于知道，芙苤的糊涂，是"难得糊涂"的那个"糊涂"，很有些古典意味。反过来说，他在某些方面的表现，那是要多精明有多精明。

自打认识了芙苤，连续几个春天，我都会跟他在各种名目的微型小说笔会上，很愉快地"好"上五六天时间。我最大的收获，是像小芦一样，也尝到了"飞"的感觉。

那些年我是以《二姑给过咱一袋面》为招牌，在微型小说地界混吃混喝。而芙茳的《一只鸟》依旧是微型小说的标志品牌。有意思的是，有人竟会张冠李戴，让芙茳大大地受到一次刺激。

一九几几年我忘了，那是一个春天。我和芙茳并肩漫步在郑州大学的校园里，边走边聊。一位上了年纪的陌生文友，从不远处冲过来，看都不看我一眼，紧紧握住芙茳的手。两双手在我的目光里微微颤抖。颤抖了好一阵子，陌生文友才说："芦老师，你的《二姑给过咱一袋面》，写得太好了！"芙茳愣了一瞬，笑笑，很难为情的样子，说："不好不好，人家侯德云的《一只鸟》写得才叫好呢。"

我说芙茳精明，你现在相信了吗？

芙茳是那种值得长期关注的实力派微型小说作家。伴着由小芦向老芦啪啪迈进的脚步，我一步步读他，常有出人意料的滋味出现。我敢说，即便身处"舌尖上的中国"，像他这样耐人咀嚼的作家，你一辈子也遇不到几个。

跟大多数写作者一样，芙茳的微型小说，也主要向我们展示了无边无际的尘世风景。佳作迭出啊。除了《一只鸟》，还有《三叔》《麦垛》《入侵者》等等，滋味都好得要命。跟大多数写作者不一样的是，芙茳偶尔还会写出鬼怪奇谈之类的作品，比如《守望》和《水鬼》。他一定是蒲松龄读多了，才情不自禁地鬼怪起来。

《守望》是芙茳的早期作品。这篇作品给我带来的刺疼感，近二十年间，每每想起，都针扎般地疼在心头。作品的情节并不复杂。"小油匠"死了，死在村头的油坊里。油坊在桃林边。"人们看见，小油匠身上飘落着几瓣粉红色的桃花，那张年轻的脸上，洋溢着几丝得意而满足的微笑，好像正在做梦当新郎似的。"由于死得蹊跷，便有各种妄议出笼，最浪漫的一种说辞是"小油匠其实是被桃林里的一只狐狸精缠死的。那是只修炼千年的狐狸精，一到月朗星稀的夜晚，便化作一个年轻美貌的女子去和小油匠约会"。这聊斋般的揣测，偏偏有人信以为真。谁呀？"长武"。长武的行为古怪起来，不再跟昔日的好友喝酒唱歌，而是夜夜"穿着平素很少穿的那套干净衣服，坐在小油匠的那张床上"，痴痴地望着窗外的桃林发呆。一个青年男子对情爱的渴望，被芙荽用一个看似漫不经心的故事推向针尖般的极端。

让人不可理解的是，《守望》竟是一篇被严重忽视的作品。我翻阅多部微型小说"权威"选本，都找不到它的踪迹。网上搜索，也搜不到。无奈，只好跟作者本人讨要。

老侯做梦都不会想到，芙荽在鬼怪奇谈之外，竟然还写出一篇像电影《山楂树之恋》般清新静雅的作品。也是个"恋"，《初恋》。

读《初恋》，老侯的双眼，一阵阵地发光。多好的孩子，多好的恋情，多好的孩爸孩妈……看着，心里特别温暖。

差点忘了说，芙荽作品中最常见的关键词，便是"温暖"。想知道这温暖到底暖到什么程度？看看《麦垛》你就知道。多好的老汉，为方便一对在别处不太方便做那个啥的小夫妻，竟拒绝卖掉自家的麦秸垛，签过合同也不卖，就留着给小夫妻那啥，爱咋地咋地！啧啧啧，这老汉，心地那叫一个善良。

《初恋》的关键词有三个：懵懂、委婉、温暖。

懵懂先是体现在女孩一方。"看见男孩的头发被风扬起来的样子很是潇洒"，女孩就喜欢上了，还学着电视里青年男女的样子叫男孩"老公"，还把男孩送她的玩偶"叫成了他的名字"。当她的恋情受到父亲的阻拦之后，还毅然决定，"为了爱，私奔！"

说来惭愧，这般懵懂的爱情，老侯年轻的时候，也曾有过。读高中期间，老侯是一个郁闷少年。这郁闷少年遭遇一个开心少女，便泄洪般不可遏止地爱上了……没想到，爱上之后，心情竟然更加郁闷……算了，伤心往事，不说也罢。

继续说女孩，说她的私奔。她当然是跟男孩一起私奔。漆黑的夜晚，他们在山里迷路，钻进一座破房子躲避寒冷和恐惧，直到天亮。想起温暖的家，女孩心头涌起各种后悔。她后悔，却不直说，而是非常委婉地告诉男孩，"她想他送给她的那只玩偶了，她想等晚上回去取了它再和他私奔"。如此浪漫的理由，男孩怎么好拒绝呢？于是那个像女孩一样懵懂的男孩也委婉起来，说他"想回去取那辆自行车……"

来自亲情的温暖，在作品的尾部春风般扑面而来。女孩以为她的出走，会给家里带来很大动静，会乱成一团。其实没有。家里很安静，像什么都没有发生。女孩上床，发现被窝里有两只热水袋；早晨醒来，她听见父母的说笑。没有人问她离家出走的事。女孩走出自己的房间，看见"香喷喷的早餐已摆在了餐桌上。和以前一样，母亲一边收拾碗筷，一边催促她快洗脸吃早餐"。

父母对女孩的万千疼爱，通过一连串细节活生生地表现出来。这是一次完美的盛开。

委婉与温暖一直延续到作品结尾的一瞬间。在事先约定见面的时间和地点，女孩出现了。这回她不是要私奔，而是要"劝男孩放弃私奔的想法"。不知为什么，那个说过"有了自行车，就会走得更快些"的男孩，过了约定时间却没有出现。女孩等啊等，他就是不出现。

这是我见过的最奇妙的分手，一次完美的凋谢。

关于芙茌的作品，老侯再也无话，只想说：芙茌啊，像你这般"完美"的作家谁不喜欢呢，我们一起私奔吧。

延伸阅读：

初 恋

芦芙荭

女孩和男孩恋爱了。

说起来很简单。有一次，女孩和同学们一起出去玩，男生们用自行车载着女生在公路上飞奔。她坐在那个男孩的自行车后架上，看见男孩的头发被风扬起来的样子很是潇洒，就喜欢上了男孩。

那时，她并不懂得爱情是怎么一回事。在男孩送给她一个玩偶之后，她就像电视里的那些青年男女一样，不再叫男孩的名字了，直接叫他老公。然后，她把他送给她的玩偶叫成了他的名字。她觉得这样很幸福，很好玩。每天晚上睡觉时，她都会搂着那只玩偶。

可他们的爱情并不怎么顺利。就像一篇小学生的作文，刚开了个头，就要面临结尾。

他们的父母亲不知怎么就知道了。

她的父亲对她说，你要是胆敢再和那个臭小子来往，小心打断你的腿。

叛逆中的她想要做的事，谁能挡得住呢。你们不是不让我们在一起吗？我们偏偏就要在一起。两人一商量，为了爱，私奔！

在一个漆黑的夜晚，趁着双方父母不注意，他们在约定的地点碰了面，然后，义无反顾地出走了。

去哪里呢，他们并不知道。他们只是觉得，只要离开了父母，离开了他们烦人的管教，他们的爱情就会像埋进地里的种子一样，就可以生根发苗，就可以开花结果。

为了不让他们的父母找到他们，他们选择了一条别人早就不再走了的出村的小路。

夜越来越黑了。周围的一切也变得越来越模糊了，他们却在山里迷了路。

这时，又下起了雨。已是初冬了，那雨里还夹着雪。

饥饿寒冷，还有恐惧同时向他们袭来。

两人不得不躲进路边的一间废弃的破房子里。

破房子没有门，没有窗。呼呼的风声夹着不知名的动物的叫声，从四面袭来。他们想生一堆火，可搜遍全身，也没有找到能生火的东西。

当初在女孩眼里是那样潇洒的男孩，面对困境似乎没了一点主意。

女孩哭了，她开始后悔不该选择走这个荒无人烟的小路。要是走大路，也许这时早就能听见她父母寻找她的呼喊声了（女孩坚信她的父母此时正在到处寻找她）。她想起自己那温暖的家，她想起那只夜夜让她抱着入睡的玩偶来。

一夜过去，他和男孩几乎没有合眼。她没有埋怨男孩，但拒绝了男孩的拥抱。

天亮了。

他们仍旧待在那间破屋子里，吃过他们带来的东西后，女孩对男孩说，她想他送给她的那只玩偶了，她想等晚上回去取了它再和他私奔。男孩没有反对，并说，他也想回去取了那辆自行车。有了自行车，就会走得更快些。

然后他们又重新约定了见面的时间，地点还是老地方。

女孩在外面溜达了很长时间，到很晚了才回到家里。她一直想象着因为寻她家里乱成一团的样子。

可等她走到家门口，把耳朵贴在门上一听，才发现，家里是那样地静。

她伸手去兜里摸钥匙时，才发现钥匙不知什么时候弄丢了。

昨天晚上一夜未睡，女孩实在有些累了，但她不想也不好意思惊动父母。她便在门口坐了下来，想将身子靠在门上休息一会。

当她刚将身子靠上门时，门却无声地开了。

她将头伸进去一看，门后并没有人。女孩也管不了那么多了，起身进了屋。

一切都是那么地安静，好像什么都没发生过一样。

女孩悄悄进了她的房间。她太困了，不管明天会发生什么事，她得先好好睡一觉。她没有拧亮床头的台灯，就那样脱掉身上的衣服躺进了被窝。当她把脚伸进被窝的那一瞬间，她愣住了。被窝里躺着两只暖水袋，已把被窝烘得暖暖的了。

第二天早上，女孩醒来时，听到了父母的说笑声。女孩走出门，香喷喷的早餐已摆在了餐桌上。和以前一样，母亲一边收拾碗筷，一边催促她快洗脸吃早餐。

坐在餐桌前吃饭时，女孩还在想，昨天发生的一切，难道是个梦吗？

到了和男孩再次约定的时间，女孩还是去了老地方。她要劝男孩放弃私奔的想法。

她在那里等呀等，直到过了他们约定的时间，男孩还是没有出现。

突然想起她的脸：读《谁先看见村庄》

很多年前，老侯写过一篇短文《突然看见黄建国》，对老黄的微型小说好生感慨了一番。

认识老黄之后才知道，无论从年龄上说，还是从文学修养上说，他都是老侯的兄长。他的生活内容比较单纯，教书、办刊、读书与写作。而且他身上还有一种割舍不断的乡村情节。这些，跟老侯都极为相似。唯一的不同是我不在课堂上教书。

老黄是一个喜欢"突然"的作家。我是说，他喜欢在文本中埋伏突然的元素，以取得峰回路转或柳暗花明的阅读效果。老黄说他不习惯用"灵感"这个词。他觉得"灵感"似乎太过神秘。他喜欢用"突然"。他说"突然"真是一个好词，很朴实，很常见，却使一篇作品具有丰富多样的可能性。在老黄看来，突然是这样，突然是那样，都是令人惊讶而欣喜的。

老侯的理解，老黄所说的"突然"，实际上指的是偶然性在小说中的运用。小说离不开偶然性。偶然性使小说的流程变得弯曲，如同弯曲的河道一般迷人。所以有人断言："小说家对小说的操纵，就是对偶然的操纵。"

现在让我们来看看《谁先看见村庄》中偶然性的使用。两个外出打工的姑娘回来了，在越过一道山坡就能看见村庄那一瞬间，"二亚"突然"呀"了一声，"我们的脸！"脸上有口红，还有描眉，让家里人看到，该怎么说呢？

她们很快做出决定，擦掉脸上的口红和眼影。可是呢，翻遍身上所有的口袋和小包，都没找到纸巾，"也没有找出一片软一点儿的纸"。纸巾都在路上大手大脚用光了。她们四下张望，希望能看见一汪水。可沟底是干的，哪里有水呢？可也不能用自己的新衣服来擦呀。

作品的亮点总是在人物遭遇难题之后才绽放出来，这是小说创作的"规律"之一：

> "我说，咱们吃了它。"
>
> 她们用唾沫把嘴润湿，拿牙齿啃上唇，再啃下唇，让舌头转一圈儿，又转一圈儿。她们把唾沫吞下去，又呸呸吐出来，沾在手指上擦拭眼影。
>
> 不叫二亚的姑娘说："呀，咱们的口红不高档，吃下去怕有毒。"
>
> "不管它，"二亚说，"这个不重要。毒不死人。"
>
> 她们擦啊，抹啊，脸上已麻麻的，只是不知道此时自己脸的样子。她们互相看也看不清，因为太阳早已经熄灭了。她们想着这么一弄她们的脸就很本色了呢。

这一桥段，老侯越读越想笑。你说这老黄，他怎么能把女孩子的小心思刻画得这么好呢？看来这位兄是属于面糙心不糙的暖男一类。可这暖男，愣是把女孩好看的脸给弄得花花搭搭。女孩子互相看不见，他老黄肯定看得见，说不定是一边写一边偷着乐。

同样，老黄在《好牛》中对偶然性的操纵也极为成功。一头牛弄死了一只豹子，牛的主人"来发"高兴得很，回家剥了豹子，还蒸了一锅白面馍留给牛吃。等他把牛牵回家，牛看见挂在墙上的豹子皮，"扭头突奔"，结果撞在石头上，死了。这种布局，的确"令人惊讶而欣喜"。

老黄在一篇创作谈中说："有人给我讲了一个相当生动的故事……

但是，我没有能够写出小说。他的故事构不成我的小说材料，'突然'没有闪现。倒是老家人告诉我的某某某把苹果树砍了，只此一句，却像夜空中雷电划过的一道弧线，我突然想写东西了。"

"某某某把苹果树砍了"，这句话引导老黄写出《最后一只红富士》。这篇作品中"韩保库"把狗吊起来逼着它吃红富士苹果的细节，给我留下极深的印象。我们似乎也可以把它看成是一种象征。这篇作品有很多言外之意，在别的作家那里，它完全可以膨胀成一个短篇小说，甚至是一部中篇。

当然，老侯看重老黄的，不光是突然，此外还有"意味"。我在别的文章中说：

> 黄建国对"意味"的孜孜以求，使他的作品拥有了更高的艺术和思想的含量。《谁先看见村庄》，是一篇特别耐读的作品。这篇作品中，没有离奇的情节，没有强烈的人物关系的冲突，也没有男欢女爱和眉来眼去，只有一点点心跳和留给读者的会心一笑。也就是说，他给读者留下了很大的回味和思考的空间。到目前为止，我认为这是他最具代表性的一篇作品。在通往村庄的那条弯弯曲曲的小路上，他找到一种独特的意味。这种意味，让人着迷。

老黄对微型小说创作曾经期盼很高。他要求自己"不能够放弃大的企图，不能不关注大的命题"。

可不知为什么，热衷于"突然"的黄建国，突然不再写微型小说了。不写就不写吧，干点别的，也好。

延伸阅读：

谁先看见村庄
黄建国

　　她们回来了。她们不久将会看见自己的村庄。几分钟以前，长途汽车"嘎"一声停下，她们从窗口扔下大包小包，匆匆挤出车门。汽车重新启动，拖一股白烟，拐过沟岔不见了。一会儿，她们要跨过干涸的沟川，沿着对面那条蜿蜒的小径爬上去，然后，就能看到她们的村庄了。她们从南方赶回来过年，带着一大堆颜色鲜艳的包裹行李。

　　她们站在路边四下张望。才五点钟刚过，太阳就已经看不见了，只在西边的沟坡上残留一些余晖。沟川里静得很，雾气弥漫，既朦胧又透明，让人觉得恍若幻影神秘莫测。在将近两年的时间里，这村庄、沟川、羊肠小道，曾经那么执拗地，记不清有多少次在她们遥远的异乡的梦里出现过。

　　她们不急于爬沟。她们需要平息一下心情，定一定神。再说，她们后头还要进行一场比赛，看谁先爬上沟坡，第一个看见村庄。这是她们的约定。

　　现在，她们走到了沟川的西边，抬头打量那条像被野风吹得弯弯曲曲的灰布带一样的路。就是它，那么亲切地通向坡顶，通向她们的村庄。

　　"我不知道为啥一点儿也不激动，"她们中的一个说，"我想我们应该是激动的呀。你说这是为啥呀，二亚？"

　　二亚说："你鬼迷心窍！我的心扑通扑通乱跳哩。你想想，为了省路费，咱们去年就没有回来，快两年了啊。我不知道我一走进家门会是啥情景，先叫爷还是先叫妈？"

　　不叫二亚的姑娘没有应声。她感到领口和袖口那儿有些冷。刚下车的时候，凉风扑面，怪舒服的；现在，这风突然间又凶又硬，冷飕飕的。内衣好像还沾了汗，贴在身上，风灌进来，说不出地难受。她左右拧一拧身子，把脖子往下缩了一大截。

"你看你，"二亚说，"到家门口了反倒没个形了。"

"我冷。"她说。

二亚也感到了冷。她伸出手去试一试风。她把双手举到面前，翻看自己的手心手背，然后往手心里呵了一口气儿。

"我不想看见我妈的手裂的口子，"二亚说，"我妈每年冬天两只手都裂成了锯齿，她整天痛得吸溜吸溜的。"

不叫二亚的姑娘也张开自己的手指看。

"我想哭。"二亚说。她佯装成哭的样子，啊呜了一声，但她马上又嘲笑自己说，"我这是干吗呀，神经兮兮的。"这时候她担心起另外一些问题来。

"咱们寄的钱，家里会不会没收到？"

"不会。"不叫二亚的姑娘说，"咱们回去后翻开本子一笔一笔查对。"

"会不会有人认为咱们不干净？"

"你真能瞎操心。谁干净不干净在脸上会写着字？"

"众人口里有毒哩，硬把白的说成黑的。"

不叫二亚的姑娘有些不耐烦，她哼了一句歌词作为回答："白天不懂夜的黑。"然后她说，"我要唱歌。"然后她扭动屁股，怪声怪调地唱起来："回到拉萨，回到了布达拉……"

"我也唱。"二亚说，"唱完咱们爬坡。"她看见太阳在东沟坡上只剩一点儿蜡烛光的颜色了。

"常回家看看，回家看看……"她们唱歌。她们的歌声一高一低，在沟川里被凌厉的风撕扯得七零八落，实在不成什么调子。

"呀，"二亚说，她突然住了声，"我们的脸！"

不叫二亚的姑娘愣着。二亚顿了一下脚："我是说咱们嘴唇上的口红，还有描的眼影！"

不叫二亚的姑娘说："你多漂亮啊。"

二亚说："我给你说正经的呢。我这个样子怕我妈认不出来，说我是个妖怪。"

不叫二亚的姑娘哑了声。她看着二亚。她们互相看着。她们以前没想到这会是个问题。她们每天都要化化妆的，包括在拥挤的火车上和颠簸的汽车上。

"一定得擦掉。"二亚说。

她们开始找纸巾。但翻遍了身上所有的口袋和小包，也没有找出一片软一点儿的纸。她们带的纸巾一路上大手大脚地用光了。她们甚至用纸巾擦火车的茶几和汽车的玻璃，还擦了几次鞋，唯独没想到最后要用它来清除嘴上的口红。她们低头四处探望，希望能看见一汪水。但是，没有。沟川是干的。她们盯住自己的衣服，可她们舍不得橘黄色和天蓝色的外套上有不同颜色的斑迹。她们快要恨死自己了。

"我说，咱们吃了它。"

她们用唾沫把嘴润湿，拿牙齿啃上唇，再啃下唇，让舌头转了一圈儿，又转了一圈儿。她们把唾沫吞下去，又呕呕吐出来，沾在手指上擦拭眼影。

不叫二亚的姑娘说："呀，咱们的口红不高档，吃下去怕会有毒。"

"不管她，"二亚说，"这个不重要。毒不死人。"

她们擦呀，抹呀，脸上已麻麻的，只是不知道此时脸上的样子。她们互相看也看不清，因为太阳早已熄灭了。她们想着这么一弄她们的脸就很本色了呢。

"呀，天都黑了，"她们说，"咱们快爬吧，看谁先看见村庄。"

黑夜像汹涌的黑水淹没了她们。

情感的幻影：读《身后的人》

认识袁炳发已经很多年了，其人其文，对老侯而言，都熟悉得如同身边的风景。

炳发是从一片黑土地上走出来的作家。早年，他在四百米深处的铜矿巷道里积攒了很多人生感悟，并把它们都毫无保留地献给文学。后来，他走出矿井，来到哈尔滨，在洒满阳光的大街上，在拥挤的人群中，继续寻找生命中的另一种铜。

在炳发眼里，生活是生活，文学是文学。我是说，他习惯于用两种截然不同的态度来对待生活和文学，尽管他的文学也是从生活中提炼出来的。生活中的炳发，类似于东北二人转的"说口"，要多通俗有多通俗；文学中的炳发却拥有一方圣洁的净土，茂林修竹，小桥流水，碎石板铺成的小径上点缀着玫瑰色的花瓣。我们每个人都会在不同的生活场景中扮演不同的角色，儿子，丈夫，或者别的什么。炳发最喜欢的一个角色是"作家袁炳发"。如果你敢对此表示怀疑，他会把身份证掏给你看，让你看看他究竟是不是作家袁炳发！

炳发的长相很随意，能凑合的地方都凑合了，可他的微型小说写得一点也不随意，一点也不凑合。他是一只蚂蚁，继承并发扬啃骨头的伟大传统，硬是在文学的天地间，啃出一条属于自己的微型小说道路。

评论家吴然说："袁炳发在努力抒写情感生活中的真善美与假恶丑的时候，着力表现了人的情感的复杂性和非逻辑性。"

评论家孙苏说："在极短的篇幅内，把当代社会价值的失落和人性的堕落揭露得如此淋漓尽致，让我们感觉到作者不凡的功力和苦心孤诣的艺术追求。"

在炳发数量众多的微型小说作品中，老侯印象最深刻的是《身后的人》。

作家刘震云在一次演讲中提到：一个农民在田里锄草，他扛着锄头回家时，老婆问他："你干吗去了？"他说："锄草。"一点错也没有，是在锄草。但在锄草的过程中，他的脑子一直在思索，他会想到昨天在镇子上看到的那个女裁缝，无缘无故对他笑了一下，什么意思呢？还会想到村边的张寡妇，还有门板上贴着的女明星。想了整整一个上午，回到家告诉老婆他在锄草。而我们的文学作品也说他在锄草。我觉得这是非常不对的，把想象力给忽略了。作为汉语写作来讲，想象力在文学作品中越来越僵化。

在另外一个场合，刘震云还说："一个作家存在的意义是什么？无非是对一种语种的想象力负责。"

这段话，让老侯想起余华的言辞："我们的想象力会在一只茶杯面前忍气吞声。"

是的，在创作中，我们一向重视那些实实在在的事物，忽略了"胡思乱想"。而后者是支撑生活的一个非常重要的元素。同时，它似乎也应该是支撑文学的一个很重要的元素。

老侯欣喜地看到，炳发在《身后的人》当中，以丰盈的想象力，为我们描绘了一种"情感的幻影"，以及幻影中真实的情感。

"离休后的将军"，"喜欢仰靠在软椅上，闭目回想那些往事"。

"最近，将军总感到他的身后有个人站着，待他回头去看时，这个人又无影无踪了。"

将军想起战争岁月，"听到了枪声和战场上的拼杀声"。当他想起"班长"的时候，又"感到身后有个人站着"，转身看时，那个人又无影无踪了。想起救命恩人"张妈和她的儿子"的时候，也是这样。而此时此刻，他"无法知道张妈和她的儿子是否还活在这个世界上"。

那个身后的人，就这样经常站在将军身后。

幻影的反复出现，让将军难以自控，他"坐在那儿，手抵额头一阵沉思"。

然后，"将军从银行取出自己几万元的存款，寄给了苇子沟政府的民政部门"。

作品的亮点是将军在汇款单附言栏内写下的一句话："我忘不了在战争年代，那些在我们身后的人，为解放全中国而做出的牺牲。"

从幻影到现实，如同溪水汇入河流，没有丝毫生硬的痕迹。

这篇微型小说告诉我们，通过描绘水面的反光，可以展示天上的太阳。

延伸阅读：

身后的人

袁炳发

最近，将军总感到他的身后有个人站着，待他回头看时，这个人又无影无踪了。有这种感觉，是在将军离休以后。离休后的将军，在家侍花养鸟，闲下来时，就爱在逝去的往事中徜徉。将军喜欢仰靠在软椅上，闭目回想那些往事。将军想得最多的是他年轻时的事。那时的人，活得特坦诚，坦诚得就如一道简单的加减法：打仗+胜利=解放全中国。一想到打仗，将军的脑子里就闪现出千军万马，就听到了枪声和战场上的拼杀声。将军兴奋起来，忽地从软椅上站起，口中喊："班长！"喊声未落，蓦地将军就又感到身后有个人站着；将军就急转身看，那个人又无影无踪了。将军骂：真他娘的怪！将军就又坐在软椅上。将军想起一件事。那时，将军还不是将军，将军只是一名普通的战士。

一次，在执行任务中，遭到敌人的追捕。是苇子沟的张妈和她的儿子，把他掩藏在茅屋中的假间壁墙里，才免遭一难。他虽然免遭一难，但张妈的儿子却被敌人带走了。当时由于任务紧急，他未等到张妈的儿子是死是活的消息，就匆忙赶回部队。中华人民共和国成立后，将军给苇子沟的当地政府去信查询过张妈家的消息。政府给将军的回函是：查无此人。因此，将军现在也无法知道张妈和她的儿子是否还活在这个世界上。

想到这儿，将军哭了。哭时，将军就又感到那个人又站在了他的身后。这次，将军没有转身去看。将军坐在那儿，手抵额头一阵沉思。

翌日，将军从银行取出自己几万元的存款，寄给了苇子沟政府的民政部门。

将军在汇款单附言栏内写道："我忘不了在战争年代，那些在我们身后的人，为解放全中国而做出的牺牲。"

沉甸甸的发丝：读《威风》

中国文学部落里有个微型小说作家群。说是"群"，其实总共不过二三百号人。在这二三百人中，能把作品写得像模像样，在百分之十五左右。

你瞅瞅老侯这乌鸦嘴，到现在还没学会说话。还是人家苏联作家阿·托尔斯泰会说，他说"小（微型）小说是训练作家最好的学校"。

老侯也曾有过在那所"学校"里的求学经历，只是到现在也没弄清，谁是校长，谁是老师。

既然曾经学习，就一定会有同学。老侯今天要说的这位相裕亭就是。他来自江苏，学习成绩一向名列前茅。后来他以一篇微型小说《威风》，让自己顺利"毕业"，并跻身于优秀微型小说作家之列。

我们都叫他老相。

老侯在别处曾经多次叨叨叨，说对微型小说而言，重要的不是情节，而是细节。细节是作品的种子，它萌芽，它生长，它开花。

老相的《威风》，就是由细节做种子生发出来的。

作品中的"东家"，是个甩手掌柜，做盐的生意却不问盐的事，整天到几十里外的镇子上赌博。谁负责盐的事呢？是"陈三"。"东家有事，枕边说给三姨太，三姨太再去吩咐管家陈三。""陈三呢，每隔十天半个月，总要想法子跟东家见上一面，说些东家爱听的进项什么的。"这么说来，这陈三，大概相当于现在的公司总经理。东家嘛，自然是董事长。

以上所说，都是故事背景。故事之门的开启，是一个异常现象，东家觉得奇怪，"大半个月"了，"怎么没见到陈三"？

于是东家一改惯例，要去盐区看看。远看近看，都应了三姨太那句话，陈三忙啊。

东家不光看到陈三的忙，还看到了陈总经理的威风。

还没到盐场，东家就听见有人喊"陈老爷！"东家知道是喊陈三。走到近处，"再看那些穿长袍、戴礼帽的外地盐商，全都围着陈三递洋烟、上火。就连左右两个为陈三捧茶壶、摇纸扇的伙计，也都跟着沾光了，各个叼着盐商们递给的洋烟，人模狗样地吐着烟雾"。

不光陈总经理有威风，连小职员也都人模狗样，你说董事长心里能没有点想法？用时髦话说，我的地盘我做主，耍威风也轮不到你们这群打工仔是不是？

更何况，"东家走近了，仍没有一个人理睬他"。陈三和那些伙计，一个个都瞎眼了吗？嗯？

于是东家也要耍耍威风。他不能跟外地盐商耍，那些人都不认识他嘛。想耍只能跟陈三耍。

东家耍威风需要一个板凳。他得坐下来耍。等"他在那帮闹哄哄的人群后面，好不容易找了个板凳坐下"，并用拐杖戳了陈三之后，好戏才真正开始：

　　东家没看陈三，只用手中的拐杖，指了指他脚上的靴子，不温不火地说："看看我靴子里，什么东西硌脚！"
　　陈三忙跪在东家脚前，给东家脱靴子。
　　可陈三……确实找不到硬物，就跟东家说："老爷，什么都没有呀！"
　　"嗯——"东家的声音拖得长长的，显然是不高兴了。
　　东家说："不对吧！你再仔细找找。"

说话间，东家顺手从头上捋下一根花白的发丝，猛弹进靴子里，指给陈三："你看看这是什么？"

现在看官明白了吧，这篇作品的种子，便是东家手里那"一根花白的发丝"，沉甸甸的发丝。

老相善于用细节来博取读者的眼球。他不光会耍《威风》，还会《偷盐》，还会《杀驴》，各种杂务，都干得不赖。

延伸阅读：

威　风
相裕亭

东家做盐的生意。

东家不问盐的事。

十里盐场，上百顷白花花的盐滩，全都是他的大管家陈三和他的三姨太掌管着。

东家好赌，常到几十里外的镇上去赌。

那里，有赌局，有戏院，还有东家常年买断的三间沿河临街的青砖灰瓦的客房。赶上雨雪天，或东家不想回来时，就在那儿住下。

平日里，东家回来在三姨太房里过夜时，次日早晨大都日上三竿才起床。那时间，伙计们早都下盐场去了，三姨太陪他吃个早饭，说几件她认为该说的事给东家听听。东家也不知是听到了，还是压根儿就没往耳朵里去，大都不言不语地搁下碗筷，剔着牙，走到小院的花草间转转。高兴了，就告诉家里人哪棵花草该浇水了；不高兴时，冷着脸，就奔大门口等候他的马车去了。

马车是送东家去镇上的。

每天，东家都在那"哗啦哗啦"的响铃中，似睡非睡地歪在马车的长椅上，不知不觉地走出盐区，奔向去镇上的大道。

晚上，早则三更，迟则天明，才能听到东家回来的马铃声。有时，一去三五天，都不见东家的马车回来。

所以，很多新来的伙计，常常是正月十六上工，一直到青苗掩了地垄，甚至到后秋收盐了，都未必能见上东家一面。

东家有事，枕边说给三姨太，三姨太再去吩咐陈三。

陈三呢，每隔十天半月，总要想法子跟东家见上一面，说些东家爱听的进项收入什么的。说得东家高兴了，东家就会让三姨太备几样小菜，让陈三陪他喝上两盅。

这一年，秋季收盐的时候，陈三因为忙于各地盐商的周旋，大半个月没来见东家。东家便在一天深夜归来时，问三姨太："这一阵，怎么没见到陈三？"

三姨太说："哟，今年的盐丰收了，还没来得及对你讲。"

三姨太说，今年春夏时雨水少，盐区喜获丰收了。各地的盐商蜂拥而至，陈三整天忙得焦头烂额。

三姨太还告诉东家，说当地盐农们送盐的车辆，每天都排到二三里以外去了。

东家没有吱声。但，第二天东家在去镇上的途中，突发奇想，让马夫带他到盐区去看看。

刚开始，马夫以为自己听错了，随后追问了东家一句："老爷，你是说去盐区看看？"

东家没再吱声，马夫就知道东家真是要去盐区。东家那人不说废话，他不吱声，就说明他已经说过了，不再重复。

当下，马夫就调转车头，带东家奔盐区去了。

可马车进盐区没多远，就被送盐的车辆堵在外头了。

东家走下马车，眯着眼睛望了望前后送盐的车队，拈着几根有数的山羊胡子，拄着手中小巧、别致的拐杖，独自奔向前头收盐、卖盐的场区去了。

一路上，那些送盐的盐农们，没有一个跟东家打招呼的——都不认识他。

快到盐场时，听见里面闹哄哄地呼喊——

"陈老爷！"

"陈大管家！"

东家知道，这是呼喊陈三的。

近了，再看那些穿长袍、戴礼帽的外地盐商，全都围着陈三递洋烟、上火。就连左右两个为陈三捧茶壶、摇纸扇的伙计，也都跟着沾光了，个个叼着盐商们递给的洋烟，人模狗样地吐着烟雾。

东家走近了，仍没有一个人理睬他。

被冷落在一旁的东家，心里很不是滋味，他在那帮闹哄哄的人群后面，好不容易找了个板凳坐下。看陈三还没有看到他，就拿手中的拐杖从人缝里，轻戳了陈三的后背一下。

陈三一愣！还没有反应过来身后的这位小老头到底是不是他的东家时，东家却把脸别在一旁，轻唤了一声："陈三！"

陈三立马儿辨出是他的东家，忙说："老爷，你怎么来了？"

东家没看陈三，只用手中的拐杖，指了指他脚上的靴子，不温不火地说："看看我靴子里，什么东西硌脚！"

陈三忙跪在东家脚前，给东家脱靴子。

在场的人谁都不明白，刚才那个威风凛凛的陈大管家，陈老爷，怎么一见到眼前这个骨瘦如柴的小老头，就跪下给他掏靴子？

可陈三是那样地虔诚，他把东家的靴子脱下来，几乎是贴到自己的脸上了，还没有看到里面有何硬物，就调过来再三抖，见没有硬物滚出来，随后把手伸进靴子里头抠……确实找不到硬物，就跟东家说："老爷，什么都没有呀！"

"嗯——"东家的声音拖得长长的，显然是不高兴了。

东家说："不对吧！你再仔细找找。"

说话间，东家顺手从头上捋下一根花白的发丝，猛弹进靴子里，指给陈三："你看看这是什么？"

陈三捏起东家那根头发，好半天没敢抬头看东家。东家却蹬上靴子，看都没看陈三一眼，起身走了。

独特的这一个：读《看座》

说不清从哪天开始，相裕亭陡然沉浸于盐河两岸的风土人情，以微型小说的方式，打捞陈年的喜怒忧悲。他把这些作品组成系列，叫"盐河旧事"。

老相的盐河旧事里，有许多精品架构，比如多年前的《威风》，比如刚问世不久的《看座》。

老侯固执地以为，小说的美德之一，是让虚构人物活起来，成为芸芸众生中独特的那一个，比如鲁迅笔下的阿Q、孔乙己和祥林嫂。

老侯喜欢活着的虚构人物，甚于小说的"意义"。老侯觉得，小说的"意义"是次要的，人物才是主要的。

老相的撒手锏，是用细节雕刻人物。

《看座》写活了三个人，一是打鱼人汪福，二是大盐东沈万吉，三是沈万吉的大太太。

汪福在盐河入海口处的一个河心岛上打鱼摸虾，大盐东沈万吉路过此地时，停了马车，看他打鱼。沈万吉这一看，把汪福吓了一跳。河边便是沈家的秫子地，在汪福看来，这河心岛很可能也是沈家的，自己未经沈老爷允许，便在河心岛上搭起草棚扎起网绳，于情于理，显然都说不过去。为了弥补过失，汪福赶忙扔了手中的捕鱼工具，将一对刚刚捉到的莲花鱼抱在怀里，蹚水送过河岸，塞到沈老爷的马车上，还一边作揖一边说着小话："托沈老爷的福，小民汪福，在此混口饭吃。"

一个送鱼的举动，一句告饶的话，让汪福的卑微，一下子灵动起来。而在沈老爷那边，先是支吾了一声，好像没当回事，后是看着惊慌惊恐的汪福，又居高临下地，施舍般地，说了一句："那个小岛，送给你啦！"这漫不经心的一句，让河心岛的"主权"有了不言而喻的意味，并由此换来汪福对沈家持续多年的感恩戴德。沈老爷的城府，可谓深不可测。

汪福感恩戴德的表达方式，是不断给汪家奉送农产品，各种新鲜菜蔬、鱼虾、鸭蛋鹅蛋，按不同季节，源源不断地送去。

情节走到这一阶段，沈家大太太就该出场了。

沈家的窗明几净和大太太的一身绸缎，让汪福的卑微又一次灵动起来。他蹲在沈家的餐厅外边，听大太太问话。沈家小丫鬟礼节性搬来的那把亮锃锃的小椅子，他"没敢坐"。

有了这第一次，自然而然就有了后边的很多次。汪福再到沈家，"先把青菜、鱼虾啥的送到后厨去，再到大太太这边来道安"，且"始终蹲在门外"，不坐那把小椅子。

作为道具，这把小椅子太重要了。

后来，"说不清是哪一天"，汪福听大太太问话时，竟一时忘形坐到那把小椅子上了。

此举在大太太看来，完全是颠覆性的举动，等于是对现有等级秩序的挑战，于是她喊来管家，说："去把汪福开垦的那块荒岛收回来吧，省得他以后再往这边跑了。"大太太在作品中只说过这一句完整的话，但只这一句，就把人物性格在刹那间凸显得棱角分明。

大太太的这句话，客观上，还拥有一箭双雕的妙用，既疏解了心中的愤愤之气，同时也将原本不知归属的被汪福拾掇得有模有样的湖心岛，收归己有了。其心地之阴之恶，让老侯不知如何措辞才好。

《看座》曾经获得《小说选刊》2016—2017年度双年奖，颁奖词里说，汪福的卑微低下和小心翼翼，"深刻而生动地展现了旧时代的社会现实和阶级形态"，而汪福丰富的内心活动，也让小说"充满戏剧化的张力"。老侯对此没有异议，不过老侯最看重的，还是作品中的三个活人。他们中的每一个，都是独特的这一个。

在老侯看来，老相的《看座》比他的《威风》还要威风。

延伸阅读：

看　座
相裕亭

盐河入海口的河汊子里，随处可见那样一块块貌似水中浮萍一样的荒岛，它是上游洪峰携带泥沙在此堆积而成；还有的岛屿，是河水改道后，所裸露的河床自然形成的。它们凸显在流淌的河水或潺潺的溪流当中，上面长满了翠生生的蒲草与芦苇。远看，恰如一块块碧玉镶嵌在白茫茫的河面上。偶尔，还可以看到那些岛屿上，长出一两棵不知名的小树，孤芳自赏地矗立在小岛的芦苇丛里，给盐河里觅食鱼虾的水鸟，营造出难得的栖息场所。

盐河边打鱼、扳罾的渔民，很喜欢那样的岛屿。他们携带着捕鱼、捉虾的家什，划一叶小舟到岛上去垂钓，或将一个个系上鱼饵的网筐——当地渔民们称之为罾的一种捕鱼工具，密布在小岛周边的水域里，时而用竹竿猛挑起罾网，捉住前来觅食的鱼虾。

那种虾弹鱼跳的场景，怪喜人呢。

某一年，小麦扬花、青杏挂枝的时候，盐河口捕鱼的汪福，正在大盐东沈万吉、沈老爷家秫子地边的河心岛上扳罾捉鱼，河对岸，一辆马车"吁——"的一声，停下了。

当时，汪福认为是过路的商客，停下来观看他如何捉鱼呢。所以，他没去搭理对方，只顾忙于扳罾、收鱼。等看清楚河对岸那个身着长袍的老人，是沈家的老太爷沈万吉时，汪福立马慌了手脚，他赶忙扔下手中的罾网，抱起刚刚捕捉到的一对大白萝卜似的鲢花鱼，蹚水跑到河对岸来，硬将那一对尚在拧滚、打挺的鲢花鱼，塞到沈老爷的马车上。

汪福所扳罾的那个小岛，坐落在沈万吉沈老爷家的地头，谁能说那个河中的小岛，不是沈家的呢？他汪福怎么就堂而皇之地在人沈家的小岛上搭起草棚，扯起网绳，坐收"鱼"利呢？显然是不合章法。

汪福下意识地给沈老爷作揖、求饶说："托沈老爷的福，小民汪福，在此混口饭吃。"

沈老爷支吾了一声，好像没当回事情。

沈老爷或许就是一时兴起，想停车看看风景。刚才，若不是汪福那一番作揖求饶的话语，沈老爷没准都不记得河对面那片绿油油的秩子地是他家的。

汪福看沈老爷不言语，他心里越发紧张了。误认为沈老爷要拿他是问。

汪福当即表示收网走人，言外之意，求沈老爷宽容他这一次。以后，他不敢再来了。

哪知，沈老爷看汪福那副惊慌惊恐的样子，如同说笑一般，告诉他："那个小岛，送给你啦！"说完，沈老爷登上马车，走了。汪福却愣在那儿，瞬间不知所措。

马夫看汪福半天没醒过神来，便回头大声告诉他："沈老爷发话，那个小岛送给你啦！"

汪福这才"扑通"一声，跪在沈老爷马车后面的烟尘里，接连磕了几个响头，以谢沈老爷的大恩大德。

这以后，汪福的日子愈发充实了，他拆掉岛上那个临时搭建的小草棚，板板整整地盖起两间门窗敞亮的小茅屋。之后，他一边打鱼，一边铲除岛上的杂草、芦柴，开垦出一垄垄的地块儿，种上了辣椒、茄子、韭菜、洋芋。入秋以后，又种了几畦翠莹莹的芫荽、菠菜和过冬的小麦。其间，随着秋后河水变少，水面变瘦，大片的滩涂裸露出来，汪福又把小岛周边的泥土挖起来，堆积到小岛上，使小岛的面积不断扩大。

汪福守着小岛，打鱼、种菜、卖菜，又喂养了一大群水上凫游的白鹅、花鸭，小日子日见红火起来。

此时，汪福没忘沈老爷的恩德。开春的头刀韭、挂花的脆黄瓜，乃至市面上尚未出售的紫茄子、青辣椒，以及鸭舍里那些白生生的鸭蛋、鹅蛋，他自个儿都舍不得上口，总要抢个头水，给沈家送去。

印象中，汪福头一回到沈家去时，是个清晨。

汪福手提一篮子圆溜溜的鸭蛋、鹅蛋，肩挑两筐碧绿的青菜来到沈家。沈家没有人认识他，拦他在大门外，直至马夫出面，与大太太说了来龙去脉，汪福这才有幸见到沈家的大太太。

当时，大太太正在小餐厅里等候沈老爷一起用餐。

汪福去见大太太时，他看人家窗明几净，尤其是大太太那身宽软的绸缎，在他眼前一闪一闪，汪福忽而感觉自己身上的鱼腥味、鸭屎味太重了，他没敢踏入大太太就餐处的门槛儿。

大太太身边的小丫鬟，礼节性地搬把亮锃锃的小椅子放在他跟前。汪福担心自己身上太脏了，没敢坐，他就那么蹲在门口，听大太太问话。

后来，汪福再到沈家去时，就先把青菜、鱼虾啥的送到后厨去，再到大太太这边来道安，以讨沈老爷、大太太的欢喜。当然，汪福也想利用那个时机，讨得沈老爷、大太太的赏赐。大太太赏过他岭南的花生、羊儿洼的稻米。有一回，大太太高兴了，还赏了他一摞"哗铃铃"的钢洋。

汪福有了钱，便注重穿戴，去沈家前，他着意要在河边多洗几遍手。天气不是太冷时，他还要在河中洗个澡，换身干净的衣服呢。

尽管如此，汪福每次见到沈老爷时，还是畏畏缩缩地不敢靠得太近。大太太在屋里与他说话时，他始终蹲在门外，不好意思去碰沈家那油光锃亮的桌椅板凳。

后来，沈老爷在城里娶了四姨太，汪福便很少见到沈老爷。沈老爷喜欢在四姨太那边过夜。

但是，此时的汪福，仍然把他种植的蔬菜瓜果送到沈家。沈家大太太对他不薄。汪福挑去青菜、萝卜，大太太却回馈他大米、油盐。有一年冬天，大太太还把沈老爷穿过的一件灰棉袍赏给了他。

那时间，汪福与沈家人已经混熟了。他到沈家去时，无须下人通报，便可挑着箩筐，直奔后院去见大太太。

说不清是哪一天，汪福在门外听候大太太问话时，情不自禁地摸过门口那把原本是让他观看的椅子坐上了。

当时，大太太就觉得汪福气度不凡呢。

回头，汪福走后，大太太好像忽然间想起什么事似的，喊来管家，说："去把汪福开垦的那块荒岛收回来吧，省得他以后再往这边跑了。"

就此，汪福断了财路。

但，汪福到死也不知道，他是怎么招惹大太太不高兴的。

爱情一旦降临：读《你怎么回事》

我跟微型小说之间的疏离关系，长达七八年之久。标志是，七八年间我持续沉浸在晚清史的阅读当中，也沉浸在我的个人野心"晚清三书"的架构和书写当中，此种情境之下，什么样的小说能引起我的注意呢？何况，还是微型小说？

这回，情况不是那个情况了，为了"阅读课"专栏的需要，我只好忙里偷闲，从微型小说中找话题。

于是，又遇到很多以往就熟悉的名字。

早年跟我相熟的微型小说作家，现在都是"老作家"了。读老作家的老作品，我深有感触。读老作家的新作品呢，我感触更深。

有些老作家的老作品，仍然是好作品。有些老作家的新作品，还不如老作品。有些老作家的新作品，在老作品的风格之上，又添新风韵。

今天要说的，便是老作家的新风韵。说陈毓。

陈毓你们知道吧，1990年代末期中国微型小说地界两枚香气袭人的"白玉兰"之一，代表作有《蓝瓷花瓶》《爱情鱼》《名角》《做一场风花雪月的梦》等等。

我可能是最早给陈毓写评论的非评论家。那时候我们都年轻，我用年轻的语言谈论年轻的陈毓。我这样说她：

在陈毓那里，我看到了一种自由，一种文学想象力的自由，类似于被压迫人民翻身得解放时的欣喜若狂。

我指的是语言方面的天赋。

......

　　她喜欢音乐，她的语言就有了音乐的旋律和节奏。她感到了人生的飘忽不定，她的语言就像交叉路口一样同时呈现出两条以上的理解道路。她擅长使用不确定的个性化很强的语言，一个句式可以唤醒读者多种多样的联想。这样的句式在她的作品中随处可见。

时光倏忽一闪，十年后的2010年，陈毓出版了散文集《好大雪》。我像一个忠诚的粉丝，为这本散文集写下了忠诚的读后感。我说：

　　叙事和抒情，在陈毓那里，是一个有机体。你不能截然分开。她很少刻意去叙事。哪怕是游记类的文字，哪怕是史记类的文字，都很少从叙事的层面去展开。她的关注点不在这里。她可能是觉得，你每时每刻都跟她在一起，目睹了她的所见，耳闻了她的所想。就这样。接下来，你要做的，就是听听她的感叹吧。

陈毓的散文和她的微型小说，在叙事风格上，是浑然一体的。她喜欢这样，你能把她怎么办呢？

　　几天前，我在一个奇怪的微信公众号上，读到了陈毓的微型小说新作。一口气读五六篇。都不赖，每一篇里，都有她当年的香气。特别吸引我的，是其中的两篇，《猎人》和《你怎么回事》。说是"爱上"了这两篇，也不过分。哎呀，爱得不行不行。

　　《猎人》从头至尾，都散发着森林的气味。我闻得到。这对我来说是极为罕见的阅读经历。但它真的存在。森林的气味，浓雾般，弥漫在我的味觉里，还湿漉漉的。

　　毕飞宇说他读《德伯家的苔丝》的某些章节，能闻到干草、新鲜牛粪和新鲜牛奶的气味。现在我相信他的话了，我信。

"你终于醒了。猎人站在门边看着我说，我都等你一个时辰了。你再不醒，菌子可要候老了。"读到这一段，我的心，倏然一动，采蘑菇呀这是。果然是采蘑菇。"我跟猎人走到一棵桦树后面，我先看见一棵巨大的菌子顶着露珠站在那里。围着那棵大菌子，一片大小相仿的小菌子侍从似的向四周铺开去。"有意思。但更有意思同时也出人意料的是，这一顿早餐，竟然是烧烤。食料便是新鲜的像童话般长在树林间的蘑菇，那蘑菇让炭火一烤，还童话般"吱吱"地叫起来……

我想起汪曾祺文章中的一句话，"菌子没有了，但菌子的气味留在空气里"。

这种陌生的生活体验，让老侯有一种按捺不住的冲动。要不要立马就走，去陈毓笔下的太白山看看？

《你怎么回事》是陈毓最别致的作品。我不敢说陈毓以后还会不会继续别致，但到目前为止，这确实是她最别致的一篇。

陈毓耐着性子给我们讲故事。讲一个小偷的故事。小偷进了房间，简单而纯洁的房间，到处看，终于看到墙上的姑娘。"很美，神情庄重，气质高贵"，有"恰到好处的矜持"，特别是还有那么一点点需要"细心识别才能发现"的"幽怨"。

小偷迈不开脚了。面对姑娘的照片，他情不自禁做出很多动作，给照片上的姑娘披上姑娘的外套，围上姑娘的围巾……他拥抱了她，反复拥抱，他还在姑娘的床上"小睡"了一会儿……

爱情降临了。小偷的爱情也是爱情啊。爱情一旦降临，人会变傻的。小偷也是人啊，也会变傻的。好在，他还没有傻到忘记自己是一个小偷。老话说得好，"贼不走空"嘛。小偷也有小偷的"职业道德"对不对？

很好，这个遭遇了爱情的小偷，恪守自己的职业道德，把姑娘的首饰和现金装进自己的挎包。可是，可是他很不甘心就这么走了。不甘心的结果，是给姑娘留下一张纸条："妞，我想亲死你！"

面对那么心仪的姑娘，一个男人，像真正的男人那样，表达一番自己的心声，不过分吧？

我觉得不过分。很多年前，那时候老侯还可以自称小侯，在一座小城的街头，遭遇一位梳着长辫的年轻女子。长辫的辫梢，随着女子走路的节奏，在她的屁股上一跳一跳，惊艳得很。关键是，女子突然一回头，小侯心里扑通一声……从小侯到老侯，这么多年，我愣是再没见过那么美的女子，美得让我不舍得再看一眼。现在回头去想，那女子一路走去，得让多少血气方刚的男人傻掉啊。

我理解那个留纸条的小偷。他的行为，一点也不古怪。他只是因陡然降临的爱情傻掉了而已。

后来，当已经不是小偷的小偷，在购物中心看见多年不见的"恋人"，不仅立刻认出了她，竟然还像个"好人"似的，热情地跟人家打招呼，并亲口告诉姑娘："妞，我真想亲死你！"

这行为看似古怪，却不难理解：爱情再次降临，不是小偷的小偷再次变傻。可惜，那个活生生的"恋人"不爱他。要是爱了该多好。可恋爱这东西是不能勉强的。姑娘不爱，等于说，小偷失恋了。有一种失恋的结局，是被警察抓走。这结局是陈毓告诉我们的。有意思。

一篇小说，不管字数多少，总得有点意思才好。要是一点意思也没有，写它做什么呢？读它，又是做什么呢？

延伸阅读:

你怎么回事
陈　毓

经过近半月的踩点摸底，他在这个下午进入了那扇门。

年轻女人的房间。此女独身，而且像修女一样简单纯洁。他快速得出结论。

他的眼睛像精密的探测仪，从床到衣柜，到卫生间，再到厨房，最后又回到小小的客厅。他在心里微笑。

更可喜的，是那姑娘很美，神情庄重，气质高贵，恰到好处的矜持，一点点的幽怨要细心识别才能发现。

现在那姑娘在墙上，静静打量他这个贸然闯入者。

门后的衣架上挂着她的外套和围巾，它们搭配在一起的色调让他觉得赏心悦目。他走过去，把围巾和外套摘下来，又走上前去，搭在照片上的姑娘的颈脖上，他现在连她的身高都能判断出，甚至她的气息，也仿佛可闻。他顺势做了一个拥抱的姿势，像一个彬彬有礼的绅士，一个情郎见到他的爱人那样。

为了延续他的幸福感，他走到衣柜前，把每一扇门，每一个抽斗都打开，那里井然有序地放着她的日常，她的不为人知的小秘密。他用两根指头挑起一件绸质胸罩，在自己的胸前比画了一下，之后他矫正了自己刚才的拥抱姿势，把手臂往里缩了两厘米，心里说，这样的拥抱才适合你。

行动干净利索，决不能迟疑犹豫拖泥带水。这是干他们这行的行规，但是今天他违背了，他在犯规。

他一直是个谨慎小心的人，在"工作"时不会冒任何一个危险。鬼知道他今天怎么回事？

现在你再看他，从容走到床边，在床上躺下，让他觉得美好的气息在那里格外浓郁。他差不多立即进入梦乡，他睡了十分钟，或者半分钟，之后他猛然醒来，他惊跳而起，仿佛刚醒悟自己此刻置身此地的目的。他迅速走到梳妆台前，一一打开那些精致的抽屉，把一些首饰、现金迅速装进自己的挎包。

该走了。

但他的目光却停留在镜子里，他低头从放在镜子边上的笔记本上撕下一页纸，又借用了主人的圆珠笔，仿照孩童的笔迹，十分稚拙地写下一行字：妞，我想亲死你！

他把纸条放在梳妆台正中，用笔压住，确定主人归来即便得知自己遭盗的不幸事实时，也能在临昏厥前看见这个字条，读完这一行字。

之后他拍拍自己戴手套的两只手，带着他的收获，离开现场。

这依然会是一桩在警察那里挂着的案子！挂着挂着，连警察、连失主都会忘掉这事，世界太大了，大到这样的事件连本市晚间新闻都上不了。晚上躺在床上，他不无遗憾地这般想。他想，若是能上新闻，说不定他就有机会在记者的镜头里看见失窃姑娘的真实容颜呢。

时间一天天过去，现在，他改行了。金盆洗手以前是一个词，现在是他心里能体会到的真切感受：轻松，自在，释然。

他带着释然之后的轻松和自在衣冠楚楚地走进一家豪华购物中心，一阵香风扑上他的脸，使他心旷神怡，等他从迷蒙的香气里醒过神，就见那个姑娘，正站在一排高高低低的名贵香水瓶子后面迎面而立。他眼睛一亮，满心欢喜，由不得冲着她"嗨"了一声：是你啊？原来你在这里上班？

他热情相迎，忘了过往，只是惊讶与欢喜。

那姑娘准把他当成了一位久未谋面的熟人，没准是自己十年不见的小学同学呢。他没看错，这确实是个有教养富美德的姑娘，她对他也是笑脸相迎，一边期盼他能早点报出大名好让她免受尴尬。

他一直走到她跟前，他把脸凑上去，直到姑娘独一无二的香气清晰可闻。他用低沉的嗓音在姑娘耳边细语：妞，我真想亲死你！

然后他像是说出了一个深藏心间已久的心愿似的安静退去。

他不能回头，因此他没法看见那可爱姑娘脸上的笑容是怎样一点点冻结，红晕如何一点点退去，苍白又是如何铺满了那张迷人的脸蛋。

警察找上门来的时候他正在梦乡里，他惊讶谁一大早就来敲他的门，不是贼就不怕人敲门，是的，他早都不做贼了，也早没了原先的那份警惕。因此当他打开房门，看见警察的一瞬，他还是有点吃惊，但他立即就明白了，并且明白自己已无路可逃。

于是，他和那个比自己年轻几岁的警察开玩笑：要不是我提供线索，就是再过十五年，你也不会破案的。

年轻警察谦虚地点头，在他的手腕上一拍，说，我承认你是个奇迹。

天上不光掉馅饼：读《钢结构》

"木然，是笔名。大家都喜欢叫他老木，我叫他牟哥。"诗人丛棣在一篇谈论老木的文章中这样说他。

老木本名叫牟春利，地质测绘工程师，长年累月在山里转悠，为我们这个幅员辽阔人口密集的国度，探测出很多金刚石。那些亮晶晶的小石头，至今还在装饰或即将装饰各色女人的梦想。那些高矮胖瘦的女人肯定不会想到，为她们寻找金刚石的工程师老木，已经成功地把自己的面孔染成矿石的颜色。

丛棣曾经赠送老木一副楹联，道是：

> 老来文章多锦绣，
> 空入山谷近鹿鸣。

两句都是非虚构。然而，老木是个羞涩的写作者，他的写作，有点自斟自饮的意味，大多是在老侯主持的两份内部刊物上发发，偶尔也在几家名气不大的公开出版物上发发，供三五文友品评点赞，或者置放到自己的博客上，为偶尔路过的闲人打发瞬间的无聊。

用一双俗眼看老木，我觉得他庶几达到古人所说的"寡交游，薄滋味，淡虚名"的境界。

老木老矣，已踏踏实实办完退休手续了。以他几十年不断积累的人生阅历，以他随阅历的增加而不断攀升的文学修养，"多锦绣"也，"近鹿鸣"也，我都不觉得奇怪。

老木果真有那么几年，到吉林的大山里听鹿鸣去也。听到与否，我没问他。我只跟他说，别忘了把山里的人和事都拾掇拾掇，写成文字保存下来。

老木说，好的。

随后便有来自大山的一组组文字，从老木手中款款走出，微型小说《钢结构》是其中一篇。极好的一篇。

老木是一个擅长叙事的写作者，笔锋里藏着内敛的冷峻、凌厉的幽默，其表象却是漫不经心，甚至有些吊儿郎当。

我对丛棣说过，老木的锅灶里早就没了烟气，已经到了炉火纯青的时候。

举目国内的写作者，有多少人的叙事能达到炉火纯青的程度？汪曾祺是一个，阿成是一个，毕飞宇当然也是……但就其总数而言，跟孔乙己先生下酒的茴香豆极为相似：多乎哉？不多也！

老木的文字里，有汪曾祺的气质，更有阿成的气质。其表象的漫不经心，是汪曾祺式的；其内在的冷峻和凌厉，却是阿成式的。

我读《钢结构》，受表象所迷惑，起始也读得漫不经心。

下雨了，还是大雨。俗话怎么说的？下雨天留客天嘛。留下吧，何况还狗肉飘香。于是"我"跟农民工"老于"喝上了，也聊上了。话题像秋千一样荡来荡去，说打工、说小时候淘气、说挨爹的打、说家里的娘们。说起家里的娘们，老于信心满满："咱这年龄，家庭，属于钢结构型的，刚刚的，稳当！"

酒话到此为止，不说了。老木用一串省略号，略去若干日子，直接衔接到老于受伤的那一天。

老于被天上掉下来的"一支扳手"给砸晕了。看来天上不光掉馅饼啊，有时也掉扳手。由于有吃过狗肉喝过啤酒的友情，"我"当然要关心一下老于：怎么弄的呀，被砸到下巴，证明你当时是在仰脖看天，可既然是看天，怎么就没看到扳手？老于还真没看到。"两眼铮亮，瞅着天，什么也没看见，他妈的，走神了。"怎么就走神了？原因是家里的娘们先走神了，"有主意了"，要跟老于离婚。

情节迅速回归到那个下雨天的酒话里。很明显，老于曾经信心满满的"钢结构"遇到险情了。

正常人的反应，遇到这种事，首先要问问原因。有什么问题咱解决什么问题对不对？老于很正常地用手机短信问了，得到的答案却出乎他的预料："你，太没文化，就知干活，夫妻间，一点情趣都没有……"而老家的一个"村长"，浑身都是情趣。

这问题让老于困惑："情趣，情趣，鸡巴情趣！结果，就被扳手砸了。"

老于解决不了"情趣"这个问题。这是怎样的无奈啊。

作品结尾，老木特别狠心地把老于表扬了一通："老于在外省吃俭用，甚至，连卫生纸都舍不得买，开了资，全都打回家，多好的男人啊！"

老木这是用橡皮刀子杀人，杀老于，杀许许多多只知道"省吃俭用"而不懂"情趣"的"好男人"。看官，你现在知道什么叫笔法老辣了吧？

老木在他的虚构作品中杀人多矣。《钢结构》之外，还在《艳遇》《染绿》《弄职称》《软卧》等等作品中，都杀得分外眼红。但这杀手，至今仍"逍遥"于"文坛"之外，少有人知。

一个写作者，把作品写到这种程度，你好意思说他不是作家？

但老木，从不承认自己是作家。

老木是作家里的隐士。

我一向敬重隐士，不管是古代的、近代的，还是当代的。

钢结构

木 然

傍晚，大雨。

我正愁，怎么回住地呀？

别回啦，赶上杀狗，还有酒！

天留客。人留客。狗肉飘香，也留客。不走啦。

喝酒，认识了老于。老于说，他属耗子，1960年生人。我俩的距离，一下拉近了不少。

同龄人啊，握握手！我说。

老于将手按在裤腿上蹭了蹭，而后伸给了我。

老于的手，粗糙得很，但，有力气，我几乎喊痛了。

我说，工人的手，有力量！

老于说，你的手，跟个娘们似的，嫩潮！

严格地说，老于是个农民工。老于很早就进城里打工，跟了钢结构老板干，一直到现在。有活，老于就进城，没活，老于就待在农村的家里。大城市，老于去过一些，大工程老于也干过不少。但，老于没觉得城市里有多好。老于说，在城里，不花钱就玩不转。农村，有热炕头，有老婆孩子，有点地，这就够了。俺们农村，不闹腾！

这话，说到我心坎里去了。

来，老于，为不闹腾，走一个！

老于的酒量，跟我似的，一瓶啤酒，很勉强。

酒随意。话尽兴。

老于，我佩服你！

我？一个臭民工，有什么值得你佩服的。

话不能这么说，就说上高吧，十几米，我看着就眼晕，甭说是上了，可你老于，像走平道似的，佩服，佩服！

那是，老于开始牛了，说，打小练就的功夫。小时候，我淘，爱上高，翻墙、上房子，没少挨俺爹打。俺爹边打边骂，完蛋操一个，我怎么做出你这块废料来？！

你爹错了，你不是废料，不是。

其实，跟废料也差不了多少。

出来了，家里娘们……能行？

老于抬起头，怪怪地看了我一眼，哈哈乐了，说，多大岁数了，她能跳圈了不成？

也是啊。

咱这年龄、家庭，属于钢结构型的，刚刚的，稳当！

这比喻，好！好啊！

……

一起喝过酒，就是朋友了。

工地上，遇到高空作业的老于，不忘跟他打声招呼——

嗨，老于，注意安全呀！

好嘞，兄弟知道啦！

有一天，老于受伤了——往空中吊钢件，老于在下面仰脖拽绳子，一支扳手从十多米高空落了下来，不偏不倚，砸在老于的下巴上。老于当时就晕倒了。一帮人将老于抬到工棚里。待老于清醒过来，都劝说老于，到医院去拍个片子吧。老于说没事。老于说没事的时候，还一个劲地摇头。老于是被扳手打蒙了，觉得脑袋不是自己的脑袋，很别扭。

我说，老于，别犟了，拍个片子，花不了几个钱，拍过了咱就放心了。

老于说，我不是心疼钱，我感觉没……没事，现在好多了。说话时，老于咧着嘴，像烫着了似的。

人们都忙去了，工棚里，只剩下老于和我。

我说，老于，你是老人啦，应该有经验，怎么就……

老于说，当时，我两眼铮亮，瞅着天，什么也没看见，他妈的，走神了。

你……怎么能走神了呢？到底怎么回事？

我再三追问，老于才道出心中的隐秘。

原来，这段时间里，老于的老婆老给老于发短信，内容是要跟老于离婚。老于开始的时候，还以为老婆跟他开玩笑，后来，感觉到不对劲儿。

老于发短信问：离婚，给个理由。

老婆回复：结婚这么多年，算是白过了。

老于：孩子都这么大了，怎么能说是白过了？

老婆：你，太没文化，就知干活，夫妻间，一点情趣都没有……

一来一往，到最后，老婆不回了，打手机，开始不接，后来关机了。老于一上午，脑子里老想着"情趣"两个字。情趣，情趣，鸡巴情趣！结果，就被扳手砸了。

我安慰老于，娘们儿跟你瞎扯，你也当真？

老于摇摇头，说，不是瞎扯，那熊是有主意了。

那……她跟谁？

村长。平日里他俩眉来眼去的，我没往心里去，这一回，动真格的啦。

那……也用不着离呀？

村长的娘们，刚死，没两个月，没想到，这么快……

一时，我竟找不出安慰老于的话来。

老于在外省吃俭用，甚至，连卫生纸都舍不得买，开了资，全都打回家，多好的男人啊！

什么人说什么话：读《犁地》

　　毕飞宇在《货真价实的古典主义》一文中谈论小说写作，说："塑造人物其实是容易的，它有一个前提，你必须有能力写出与他（她）的身份相匹配的劳动。"老毕为自己寻找的例证是《德伯家的苔丝》中的苔丝。他认为哈代写得好极了，写出苔丝如何挤奶、如何把脸贴在奶牛腹部、如何笨拙、如何怀春、如何闷骚、如何不知所措。

　　老毕是国内顶尖级小说家，他有一堆过硬的作品矗立在当代文学的高原之上，比如《平原》和《推拿》，比如《玉米》《玉秀》和《玉秧》，比如《相爱的日子》和《家事》等等，他有资格轻描淡写说什么"塑造人物其实是容易的……"

　　换作老侯，一定会说：塑造人物其实是相当不容易的，难在，一要写出跟人物身份相匹配的生活和劳动情态；二要让人物说出跟自己身份和性格相匹配的对话。

　　关于生活和劳动情态，这里不说了。这里只说人物对话。人物对话是很难写的。汪曾祺有过感慨：

　　　　我初学写小说时喜欢把人物的对话写得很漂亮，有诗意，有哲理，有时甚至很"玄"。沈从文先生对我说："你这是两个聪明的脑壳打架！"他的意思是说这不像真人说的话。

　　要像真人那样说话，说到什么程度才像真人？当然是我在上文中提到的，"要让人物说出跟自己身份和性格相匹配的话"，简单说就是，什么人说什么话。

文学界比较普遍的观点是，小说中的人物对话有四种作用：一是表现人物性格；二是发展情节；三是提供信息；四是描绘场景。我以为这四条中，最重要的是表现人物性格和发展情节。

现在我们来看看作家展静在微型小说《犁地》中的对话描写。

这篇作品没有离奇的情节，叙述散淡而漫不经心。但我认为这是一篇非常好的作品。它好就好在语言。叙述语言和人物对话，处处恰好。两者比较，人物对话更值得称道。简洁平常，不事雕琢，跟生活语言非常接近，跟老农的身份没有丝毫隔阂，那么平常，却有韵味。

"你还行。"李老头说。
"行什么，我年轻时一气能犁一亩地。"
"我年轻时一气能犁一亩多点儿。"

人物对话就应该是这个样子，自然亲切，像活人在说话，且能从中看出一点人物的性格和神态。在上面这段简短的对话里，我们可以想象出两位老人脸上的表情，尤其是"李老头"说完第二句话以后，他脸上是不是会隐隐地透出一丝沾沾自喜？我想一定是这样。两位老人的对话，都绵里藏针地呈现出一种争强好胜的劲头。随着叙述的展开，这种争强好胜还在继续：

李老头说："我儿子比我强，在大城市盖房子，一天能弄个十来块，半个月顶我一亩地麦子。上次，我去看儿子，他们刚建好一栋大楼，好高，看得我头晕……"
"是呀。"王老头说，"我儿子也在大城市做事，在火车站搬东西，一天也能闹个十来块。上次，我去看儿子，到了火车站，儿子他们正在搬大箱子⋯⋯"

当然，这篇作品的主题并不是呈现两个老人的争强好胜，而是揭示乡村生活的困境以及乡村与城市之间的巨大差异。主题自然是深刻的，但我更看重作者在处理人物对话时所绽露的艺术功力。

联系上下文，不难得出结论，在看似平静和平常的对话背后，人物的内心已经荡起汹涌波涛。

老侯对作家展静所知甚少，只知道他在江西抚州市文联工作。他似乎是一个散淡的写作者，作品数量很少，除《犁地》外，十几年间我只读过《头发风波》《抠牙》《礼》等极少几篇作品。看来这是一个没有功利心的写作者。

在当代小说界，能像展静这样写好人物对话的作家，不多。其中能把叙述语言与人物对话协调统一的，更少。

让我们记住托尔斯泰的话："人是不能用警句交谈的。"

让我们记住汪曾祺的话："对话要和叙述语言衔接，就像果子在树叶里。"

延伸阅读：

犁 地
展 静

苍茫大地，两个人影躬身犁地，两头老牛一冲一冲卖力拉犁。

王老头吭哧吭哧地犁地，现在他犁一个来回就得站下喘一会儿，捶捶腰。

王老头扭头看李老头，李老头呼哧呼哧地犁，犁一个来回，也站下喘气捶腰。

两头老牛也呼呼喘。

俩老头干了半个时辰，干不动了，也不想干了。歇会儿吧。

王老头放下犁套，坐在垄上歇了。李老头也放下犁套，过来，坐在王老头边上歇了。

"你还行。"李老头说。

"行什么，我年轻时一气能犁一亩地。"

"我年轻时一气能犁一亩多点儿。"

歇过劲来了，两人又干活。犁一阵，喘一阵，捶一阵。几圈后，又干不动了，又歇。

两人坐下对了火。

李老头说："说点什么吧。"

王老头说："说吧。"

李老头说："我儿子比我强，在大城市盖房子，一天能弄个十来块，半个月顶我一亩地麦子。上次，我去看儿子，他们刚建好一栋大楼，好高，看得我头晕。儿子带我进去看一看，我的妈呀，真亮堂，跟水晶宫一样。听儿子说，住一晚上一百多块，够我们干半年活。儿子又带我到楼顶上去看，儿子说，前几天，这儿跳下去一个女的，长得好白。我说，白，不就是吃白面吃的。儿子说，城里的白面好吃。我问儿子，她为什么跳楼，儿子说不知道。真是的，好好的跳什么楼，累死我也不会跳楼，你说是吧。"

"是。"王老头说，"我儿子也在大城市做事，在火车站搬东西，一天也能闹个十来块。上次，我去看儿子，到了火车站，儿子他们正在搬大箱子。我问这是啥玩意儿，儿子说是冰箱，几千块钱一个。我问干啥用的，儿子说做冰棍用的。你听清了没有，花几千块钱就为了做冰棍，顶我们种几年麦子，这事咋整的。"

"球整的。"

"球整的。"

两人聊完了，又犁田。犁一阵，喘一阵，捶一阵，再犁。季节不饶人哪，这几天得把这二十来亩地犁完，还得种上，吃是天下第一要紧的。

苍茫大地，两个人影躬身犁地，两头老牛一冲一冲往前赶。

我不信：读《花婆》

很多年前老侯写过一篇短文，谈论原非的微型小说《花婆》。我是从"主题表达"的角度来说的。那时候我在一家文学杂志上开设专栏，用中学语文老师的姿态，对中国当代微型小说创作不断喷洒自己的"误解"。那时候老侯正活在不知天高地厚的阶段，像草书一样不拘小节。

现在老侯仍然觉得，"主题表达"是解读微型小说的一个重要切入点。就《花婆》而言，我曾经的言辞，也无妨在此反刍一遍。当然，反刍之外，还有别的话说。

微型小说由于自身的字数限定，不可能像长篇那样，去完成宏大主题的表达。它只能从小角度入手，引领读者品咂人生，但这并不意味着，它的主题一定是清浅的而不是深刻的，也并不意味着主题是单一的而不是多重的。

多重主题的表达，在微型小说当中，是一件很平常的事，比如《花婆》，似乎就在不经意之中，完成双重主题的合奏。

作品一开始就向我们介绍了一个名叫"花婆"的女人。她先后嫁过三个男人，三个男人都死掉了。她认为自己命不好，于是"断绝了一切温柔富贵的奢望，干脆拉根打狗棍，老老实实做起叫花子来"。

花婆不是一般的叫花子，她"讨饭不做穷相，依旧像过去一样拍爽端正"，跟普通人没什么两样，甚至还要更体面些。"日子一长，人们的意识里就淡漠了她作为叫花子的形象，只把她当作闲人对待。"

这段叙事，让老侯看到一种尊严。叫花子的尊严。花婆赢得尊严的主要标志是，不光给别人捎口信和小东西，甚至"商人们为逃匪劫，竟把携带银钱的事也委托给她"。前者的行为近于邮差，后者则是事实上的镖师。

一种最值得称道的美德，在无名镖局的镖师花婆身上淋漓尽致地呈现出来。为一个商人转送款子的途中，花婆遭到土匪劫持。花婆向土匪头子"张秀"讨要不成，一气之下，竟然以身殉"职"，跳了悬崖。按江湖的说辞，花婆看重的是一个"义"字，用当代观念来看，她讲究的是"诚信"。这无疑是一种很高的人生境界。

幸运的是，花婆的跳崖，仅仅"撞破了头"，而她的义举，竟感动了张秀，主动把白花花一百块银圆还给了她。

张秀还钱的情节，是这篇作品的另一个主题表达：人性中的善良。这善良不是体现在普通人身上，而是体现在应该没有人性才对的土匪身上，更具有震撼人心的力量。

严格说来，是土匪头子张秀身上人性的复苏，让"花婆出了名"，导致当地土匪从此不再骚扰花婆。

人性不光复苏，而且开始成长。

在老侯看来，这篇作品中的双重主题，似乎没有主次之分，它们具有同等的分量。

让老侯颇为奇怪的是，作品中的叙事，在人性的成长之后，还要继续前行，而且还突兀地翻了一个跟头。

花婆被人杀了。花婆死后个把月，有人去坟前烧香，发现一男子死在花婆坟前。"那男子身下一片瘀血，子弹是从两只眼睛射进的，而他僵硬的手下就压着两把手枪。竹篮也回到花婆坟上，里边放着白花花二百银圆。"张秀派人来看那男子，说不是他们一伙的。于是有人猜测，可能是外来的劫匪，误杀了花婆，在得知花婆的善誉之后，"自戕以谢罪"。

也许作者的本意，是要在作品的结尾桥段，完成"人性的升华"。然而就在这个台阶上，让老侯看到一丝异常。故事的传奇性，需要故事的逻辑性作支撑。在我看来，那劫匪听说了花婆的故事，自责有可能，但自戕不可能。我无论如何也不信，一个劫匪，因误杀一个"义丐"，会羞愧而死。品行如此高洁之人，如此爱惜道德羽毛之人，怎么会干打家劫舍的勾当？很奇怪嘛。

老侯固执地以为，这篇作品应该终止于花婆"钦差一般在洛河川通行无阻"的时刻。不能让花婆死。花婆不死，人性就会继续成长。多好的事。

一位外国作家说，小说无论怎样虚构，都得让读者以为是真的。"让读者以为是真的"，是小说的诸多美德之一。当然，有些刁钻古怪的小说品种，不在老侯的言说之列。

想想吧：读《桥》

我们不能一辈子只是动动手，动动脚，动动屁股，动动嘴，还有一种更重要的东西，也应该动动，而且是经常性地动动。那种东西，叫脑子。

动动脑子，想想吧。

想想社会，想想人生，想想当下的日子，想想当下的心情，为什么是这种样子，而不是另一种样子。

想想，是需要由头的，比如，一种无知，一种无耻，一种生活态度，一种价值观，一本书一句话，当然也包括，一篇微型小说。

感谢符浩勇，他的作品《桥》，让老侯愣头愣脑想了很久。

作品里有两个人和一座桥。两个人，一个是鳏夫"老奎爹"，一个是上任不久的村委会主任"李大个"。桥是"四条木料捆扎的小桥"。

小说的情节很淡。春节前的某一天，李大个来看望老奎爹，"拜早年来了"，带了礼物，还说了些热腾腾的话。最关键的一句是："这些年，对您老关心不够，像大爹您这样的……早该进敬老院了。"就是说，李大个萌生了把老奎爹送进敬老院的念头。

老奎爹很感动，感动得不知说什么好，而且"一连几夜，他都没有睡好"。

感动之余，老奎爹开始反思。老奎爹早年是当过大队长的，"他领着大伙摔了八瓣子汗水，工分簿上画满红杠，可一年到头，分红却掏不出一把钱。"现在呢，村里很多人家都有了存款。对比之下，老奎爹"自省起自己当村干部时的蛮干，心里就隐隐有了一种失落，总觉得欠了人家什么的，这辈子恐怕是还不清了"。

老侯觉得，老奎爹的"自省"，多少有点自作多情的成分，太把自己当盘菜。那时候，全国上下都在蛮干，你老奎爹不过是被裹挟其中的一粒小小的棋子，蛮干的责任，你怎么担得起呢？

这里不说老奎爹的自作多情，不说他把自己当盘什么菜，说别的。

故事情节的走向是：由于感动，也由于愧疚，老奎爹决定去李大个家走一趟。可恶的连阴雨，把小木桥沤烂了，老奎爹走上去，桥断了，他掉到河里，淹死了。

小说结尾，是李大个的话，"天晴了，这桥要重新修整……"，显然别有所指。煽情点说，指的是官民之间的"连心桥"。正是有了这句话，李大个的道德光辉便更加耀眼地闪现出来，照亮了"李上村"，也照亮了小说的构思。

"连心桥"这东西，是老百姓世世代代的期盼。期盼大大小小的官员，都能德昭天地，都能在心中构筑一条通往民心民情的途径。期盼是美好的。可问题是，把期盼的实现，完全拴系在个人道德之上，可靠吗？当然，这是另外的问题。但老侯的思路，执拗地冲出小说的边界，非要在当下的现实中探求搭建"连心桥"的可能性。

说实话，老侯不相信道德，现在不信，将来大概也不信。在物欲面前，道德软弱无力。读几本历史就知道，尽管很多人以道德文章获取功名，但在获取之后，也就是掌握权柄之后，他们中的绝大多数只把道德看作是休闲的茶点，从来都不是正餐的主食。

老侯的个人看法是，"连心桥"只能由制度来搭建。如果制度不能有效实施这一期盼，那就需要另外的制度来监督执行。如果所有的制度都形同虚设，老侯只能闭嘴，再也无话可说。

感谢《桥》，让老侯有机会再次质疑国人心中虚幻的道德光芒。孟子说："位卑而言高，罪也。"此番言语倘有触怒时忌之嫌，还请看官海涵则个。

延伸阅读：

桥

符浩勇

下了半把月连阴雨的天终于晴了。这对老奎爹来说很重要。

雨是夜里停的。他清晨醒来时，就没有听到雨声，起身出门一瞧，空漠的天上，晃着离离的亮光。

天晴了，老奎爹就可以做他决计要做的事了。其实，他要做的事再也普通不过，是要到李上村村主任李大个子家去。他蛮可以像往常一样，有事捎个信就行了，大可不必走一趟。但这一次他是非去不可的。谁也不知道十天前的一个夜里，李大个子来过他孤寂的家。

那夜，连阴雨仍在飘洒着，凉气袭人。

他躲在床上，刚迷糊一下就合眼了，灯还在摇曳地亮着，是一阵敲门声惊动的狗吠唤起他的。

他起身拘谨地打开门，进来了一个年近四旬的陌生人。他身上披着雨衣，衣襟都湿了，刘海上还淌着水。

"你找谁？"他怯怯地问。

"大爹，就找您呀。"陌生人脱下雨衣，将拎着的两瓶山兰老酒和一罐饼干放到一张小桌上，"大爹，我是给您拜早年来了，我姓李，是李上村的，大伙都叫我李大个子，李上村的村主任……这些年，对您老关心不够，像大爹您这样的……早该进敬老院了。"

他有点儿措手不及，茫然地摆摆手："不，不……"却不知说什么好。

李大个子还说，他刚从部队退伍回来，大伙选他当村主任，是对他的信任，请老奎爹多多支持帮助他，还问了许多起居生计的事，末了，留下话：有空到家里去坐坐。

他一直愣愣地听着，不让坐，不倒水，连一句客套的感激话也说不出，待到人家一走，他又悔得要死……一连几夜，他都没有睡好。

洗漱妥当，老奎爹匆匆吃了昨夜剩下的一碗稀饭，就出门上路了。

老奎爹也曾当过村领导，那时还叫大队，他领着大伙摔了八瓣子汗水，工分簿上画满红杠，可一年到头，分红却掏不出一把钱。包产后，他就不当干部了，分到的田地给邻着田地的人家耕种，年年季季不少他糊口的食粮，但始终没人来串门，他寂寞不过，就找人家去，但大伙都是支支吾吾的，仿佛有什么脱不开身，他们都为生计忙着哩。再后来，他听说只几年工夫不少人家就在信用社立了户头，他就自省起自己当村干部时的蛮干，心里就隐隐有了一种失落，总觉得欠了人家什么的，这辈子恐怕是还不清了。渐渐地，他秉执着一副宁可被人欠也不可欠人的心肠……

而今，村主任李大个子来了，他怎么会记起自己呢？还嘱咐自己有空到他家坐坐去，这正好是一个回报的机会，可是，连阴雨连绵不歇……李上村还远着三里路，这对他一个六十出头的孤寡老人来说，也不近了。

太阳升上来了，阳光斜斜地照在老奎爹的身上，投下一个长长的身影，他脚步虽然蹒跚，倒也有神，泥土路上，留下他深深的足迹。

老奎爹的身影缩短一半的时光，李上村就展现在眼前了。村边，有一条蜿蜒的水渠，水渠外铺架四条木料捆扎的小桥。老奎爹见到木桥，就想起了李大个子的留话：走过小木桥，一问就知道他的家。

老奎爹定神望了望村里被椰树掩映的人家，又抖了抖精神，添紧脚步踏上桥去，只几步，小桥的木料吱呀响起，他心里一慌，眼一黑，桥断了……他什么也不知道了。

下晌，日光西斜时分，一个在水渠边放牛的顽童，看见小桥断了，才发现水中浮着一个人，就惊叫着跑去找人……

李大个子赶来的时候，老奎爹的身子已经僵硬了。谁也不知道，老奎爹死在那里的原因。

围观的人群中，有人叹息：那桥许多年不修整了；还有人怨天：连阴雨下得太久了，木料也给浇烂了……

李大个子若有所思，好一晌才说：天晴了，这桥要重新修整……

一路上的好景色：读《推盐》

小说里不能没有场景。虚构人物也不能活在虚空里，总得有一种场景来安置对不对？场景有很多种，劳动场景，生活场景，吃的喝的睡的，眉来眼去的，脸红心跳的，都要有。这里边，自然也包括风景。或叫景物，或叫景色。

小说创作中，景色描写不是可有可无的。我们曾经有过相当长时段的小说史，里边挤满了景色。19世纪西方世界那些砖头厚的长篇里，景色更是随处可见。21世纪的作家不会这样写作了。过于耐心的景色描写，会让这个世纪的读者发疯。

然而景色对于小说，的确不是可有可无的。长篇也好，中短篇也罢，哪怕是微型小说，有时也要借助景色来营造或者烘托人物的内心情感。

在我的阅读范围内，魏思江的《推盐》，是微型小说文本中景色笔墨最多的一篇。

开篇第二句，便是一幅画："天穹下，空旷的原野上，一辆载盐的独轮车在缓缓前移。"

接着人物出场，相当于把摄像镜头推近。我们看见画面中的两个人：那个拉车的，是瘦小的少妇；推车的，是魁伟的汉子。

然后叙事视角移到人物身上。爬坡，坡下坡上，两人都有对话。就是些平常的话，还有粗糙的话，却读得出，两人之间，爱意很浓。

上坡之后，两个人都松口气。女人"朝前一望"，眼里陡然生出一方好景色："高粱真好看！"

男人的眼里，也随之生出一方好景色："是好看！"

俩人一起看高粱林，看"半天的郁郁葱葱"，之后相约不死，不过死也无所谓，紧紧搂在一起就好。

不能总歇着，还得上路。独轮车在高粱林里穿行，景色还是好看："高粱正在孕穗，高粱叶莹莹的润润的……"

关键点在于，高粱还很密！是男人首先发现这一点，女人呢，随之脸上"红云飘飞"，于是男人果断决定："歇歇！"

景色越发好看起来："男人抱起女人……寻得一片洁净的草地，把女人轻轻放在上面。"

这回歇得真好，歇出"千般柔情万般亲昵"。

继续上路，路边的景色依然好。水塘好，"塘水像竹叶一样青"哎；竹林也好，幻影中的竹林，竹的萧萧声，竹的香，无一处不好。

儿歌响起，"优美的儿歌，撒播在陌生的原野上"。

儿歌也是景色，听也是看。

行文至此，景色和人物内心，像两条汇合到一起的小溪，完美到无可挑剔的地步。

有经验的小说家都知道，景色描写绝不能跟人物内心相剥离。换句话说，写景状物必须要进入人物的灵魂。

而在一些不成熟的作品中，人物的内心与景色是分开的，谁也不搭理谁。这怎么行呢？

非常遗憾，《推盐》的情节，在俩人唱过儿歌之后，景色与人物内心，突然隔离开来。夜宿在高粱叶铺成的"美妙的床上"，而且"高粱叶与青草的气味滋润着他俩的嗅觉……男人……将自己的身子弓成一个圆环，把心爱的人儿紧紧地箍在里面"，连"天上的繁星"也"怜爱地注视着高粱林深处的这对青年男女"。

多好啊。可一觉醒来，女人的感觉突然不好了："这黑阴阴的天，像口大锅，扣在咱俩头上，闷得人喘不过气来。"

一句话竟然把男人撩拨得要起来"砸"锅。

怎么啦这是？

流行歌曲里唱："一路上的好景色，没仔细琢磨……"

《推盐》就是这样，作者似乎没仔细琢磨其中的利害，一不留神，让女人说了一句任性的话，活生生糟蹋了那些好景色。这一突变，让我感到迷惑。迷惑之后呢，还是迷惑。

这篇作品还有一处让人迷惑的地方。开头一句说"故事发生在1932年夏"，结尾是"五十五年后的一天"，两个时间点，有什么特殊意义吗？我左看右看，怎么看，都看不出。这扯不扯，太闹人了嘛。

1932年的大事，有东北沦陷，伪满洲国成立，淞沪抗战爆发，等等，似乎跟《推盐》都没有纠葛。只有一件不大不小的事，跟盐有关。那年8月20日，蒋介石下令封锁工农红军的根据地，禁止粮盐输入。难道男人女人是为红军送盐？不会这么牵强吧？

悠然到此忘情处：读《新娘》

我是通过"杂志书"《读库1201》了解吴念真的。在"故事"的大标题下，该杂志书一口气刊出七篇文章，文末注明"本文根据吴念真先生2011年8月在广州、上海、南京、北京四地讲座内容整理"。

那时候我不知道吴念真是谁，只是觉得这组文章"讲"得真好，也"整理"得真好，里边有那么浓那么浓的口语味道。

老实说，吴念真的口语味道，也影响到我的叙事方式。我在内心深处，把他当作阶段性的老师来看。

后来当然知道老吴是谁了。噢，原来是那么厉害的文化人，是作家也是编剧，还是电视台的节目主持人，光电影剧本就写了七十五部，你说一个小小台湾怎么装得下他的名声？

老吴同时也是一个低调的文化人，他说他"为自己设定的角色，不是一个作家、艺术家，什么家都不是"。那究竟是什么呢？他说他是一个讲故事的人。我对老吴的在乎，恰恰就在这里。我被他的七篇文章（或叫"讲座"）吸引，恰恰也在这里。每篇文章里边，都有一两个好故事嘛。

最近几年，我对能讲好故事的人，总是高看一眼。

老吴的故事里，常常蕴含别样的真情。

我读过一本译林出版社出品的老吴"回忆录"《这些人，那些事》，一本非虚构作品。可每一篇，也都藏着好故事。老吴不是那种喜欢用情绪发言的人。他善于让故事说话，让细节说话。他要是不写剧本，不编些好故事给观众瞅瞅，那真叫辜负了才华。

以上所说，是我对老吴的往日印象。这回，不经意间读到他的微型小说《新娘》，还是稍稍有些吃惊。老吴在没有故事的地方，愣是用巧思抚弄出一个精致得让人眼亮的细节。其雕刻细节之手段，竟然游刃到人物的情感缝隙之间，让人在高看一眼之外，不得不再高看一眼。

这是一个甜蜜的故事。一对新人蜜月旅行，其间，妻子想到，旅行结束后，就要跟丈夫的母亲和弟妹们一起过日子，于是向丈夫提出关于家庭生活的第一个问题："我应该怎样叫妈妈？"

这是天下所有新娘都要面对的问题。

丈夫说，我们叫"妈"。于是妻子在临睡前反复练习叫妈，而且"脸上闪耀着欣喜且满足的光彩"。这是作者在暗示，妻子对未来的家庭生活，已经从"似乎有些担忧"桥段转换到"向往"。

蜜月旅行结束，回程时游览车出现故障，误了晚饭时间才到终点。丈夫的意思是在外边"随便吃些"，妻子不愿意，理由是"妈"一定会等我们的。

走进家门已经是晚上十点，果然如妻子所料，"妈和弟弟妹妹都围桌静坐候我们吃饭"。这是婆媳间第一个关键的情感融合点。看官想想，要是家中早已吃过了晚饭呢？要是婆婆得知儿子儿媳没吃晚饭时嚷嚷一句"你们脑子进水了呀"之类，你想想儿媳心里什么滋味？

幸运的是，小说中的"妈"，是个善解人意的好妈，她"拉着妻的手，让出自己的位子"，同时叫"我"坐在亡父的"空位子"上，"含着眼泪低声说"，"这个家就交给你俩了"。这是婆媳情感融合的第二个关键点，真没把媳妇当外人啊。不光不当外人，而且拥戴她做这个家庭的女主人。

紧接着，婆媳情感融合的第三个关键点降临了：婆媳相拥，妻子表态，"我会好好顾着家"，之后出人意料，妻子突然叫了一声"娘"！

这是儿媳把婆婆当亲妈来叫了呀。这一声"娘"，陡然把老侯的眼泪给叫下来了。

宋代僧人释绍嵩有诗《舟泊严滩》云：

万里春流绕钓矶，
扁舟系柳向朱扉。
悠然到此忘情处，
默默无言对落晖。

诗中的忘情，是出世之忘情。而老吴的《新娘》中，也有"悠然到此忘情处"，说的却是入俗之忘情。两者比较，后者更能触动我等凡夫俗子情感的琴弦。

我得承认，我是第一次读到这样的小说细节，借称呼的转换，烘托人物的内心情感。这细节，如果完全出自作者的虚构，我会对这一巧思致以永恒的敬意。

颠来倒去为哪般：读《一只鸡》

一伙人喝茶聊天，聊到各种怕。有人怕蛇，有人怕鼠，有人怕蚯蚓，有人怕泥鳅……最后有人说，你们信不信有人怕鸡？

老侯不信，怎么会怕鸡？

言者拍案。说早年他老家的一名村妇，怕鸡怕得要命。公鸡站墙头，脖子一抻，村妇一个激灵。鸡脖再一抻，村妇又是一个激灵。连打鸣也听不得，能听出一身鸡皮疙瘩。母鸡下蛋之后的"广告"，"咯咯哒咯咯哒"，也听不得，也是一身鸡皮疙瘩。

众人大笑，身为村妇，怕鸡怕成这样，日子怎么过？

言者再次拍案。说村妇每天都打鸡，见鸡就打。兜里装满小石子，打得那叫一个准。后来，鸡一见村妇，嗖嗖嗖，都跑开，或者躲进草棵子。鸡出门办事，一般不从村妇家门前过，非过不可，也都揣着小心，嗖嗖，箭一般射过去。

众人又大笑。

由村妇怕鸡，老侯想到一只鸡。一只微型小说的鸡。这鸡几天前还在我面前抖毛，我犹豫再三，拿不准，该不该写它。

听完怕鸡的故事，老侯对鸡的兴趣陡然大涨，下定决心，写了它！

且慢。写它之前，老侯得读读鸡史，用理性武装一番头脑。

"百度百科"说，我国是世界上最早养鸡的国家之一。早到什么程度？说是有八千年历史。我心里呲一下，证据呢？

"百度"又说，有文字可查的历史，至少三千年。这个我信。

古典文献说鸡，多矣。《太平御览》："黄帝之时，以凤为鸡。"

《荆楚岁时记》："正月一日……贴画鸡户上……百鬼畏之。"好了，就录这两条，谁有雅兴，自己查去。

旧体诗词说鸡，多矣。温庭筠《商山早行》："鸡声茅店月，人迹板桥霜。"陆游《游山西村》："莫笑农家腊酒浑，丰年留客足鸡豚。"

成语典故说鸡，亦多矣。这里只说一串我们不常用的：雄鸡断尾、牛鼎烹鸡、家鸡野雉、鸡骨支床、山鸡舞镜、陶犬瓦鸡……

民俗中也有鸡，什么"杀鸡吓鬼"，什么"抱鸡"婚礼，什么"鸡米之礼"，什么"鸡血结盟"，都好玩。

现在切入正题，谈谈《一只鸡》。

这只鸡是从大连地界飞出去的。《海燕》杂志1999年第五、六期合刊，刊发了一个"无名小卒文学大赛征文作品特辑"，《一只鸡》位于栏目头题，责任编辑是孙俊志先生。

老侯的数字记忆，从来都稀里糊涂，能说得这般清晰，完全得益于原《海燕》杂志副主编曲圣文先生的躬身相助。在圣文兄发给我的微信图片里，我先读到作者姓名前边的两个字"广东"，之后又读到《一只鸡》的作者自白：

> 林文娟，女，二十三岁。因身体残疾，无力从事工作，文学是唯一的梦想和追求。但几经努力，却事与愿违，至今没有一篇习作发表。此次入选，令我非常兴奋，也非常感谢编辑老师，因为你们给了我一个希望。

当年读完《一只鸡》，老侯做出一个孟浪的举动，把它复印下来，寄给《小小说选刊》。那时候老侯还年轻，做事常常不过脑，觉得作品写得好，应该在选刊上转载一下，同时似乎还担心选刊编辑忽略了这篇作品，于是就……现在想来，这正是不成熟的表现。谁的地盘谁做主，这种

"推荐"，有干涉内政的嫌疑。

还好，《小小说选刊》很快转载了这篇作品（1999年第13期）。让老侯感到意外的是，这篇作品后来还获得第八届（1999至2000年度）《小小说选刊》优秀作品奖。同期获奖者还有芦芙荭、陈毓、孙方友等十四位作家。

在老侯的印象中，林文娟似乎写完《一只鸡》就消失，再无作品发表。我确信，以她的文字功力和推动情节的巧思，用不了几年，完全可以在微型小说的庙堂之上为自己争得一个座位。可她消失得无影无踪。

林文娟留给老侯的最大疑点，是作品本身。我绝对不敢相信，一个"二十三岁"的女孩，笔端的功力，以及构思的奇巧，能达到这般程度。可是，作者如果不是那个叫林文娟的女孩，又会是谁呢？

现在老侯为看官解剖《一只鸡》，看作者如何"颠来倒去"。

一只鸡进门，哄它不走，天黑了也不走，"地瓜"觉得，是自家丢的鸡回来了。"娘"有点犹豫，不过也觉得像是自家的。而患病的"爹"，虽然身子病了，脑子却没病，说："瞎扯！快俩月了还能回来！别当我聋了。把鸡扔出去！"

这是一颠。一只鸡的到来，让一家人发生了冲突。

原本打算第二天早晨放鸡。可那鸡太高调，太嚣张，太旁若无人，竟然在地瓜眼皮底下押腿松毛，做锻炼身体状。地瓜心里有气，一锄头，失手把它打死了。娘先是吓一跳，然后手脚麻利把鸡收拾干净，做了鸡汤。

事情开始往坏的方向发展，这是又一颠。

邻居"三妞"来找地瓜，"脸蛋上挂着泪"。三妞让她娘揍了。为啥呢？因为"看丢了一只鸡"。三妞这么一说，地瓜心里慌起来。他心里有鬼嘛。而恰恰这时，地瓜"听到了三妞娘骂天咒地的声音"。

事情变得更坏，这是第三颠。

爹不肯喝鸡汤。"爹说窝心。窝心哪!"窝心的结果,死了。爹是个要强的人,死前留话:"地瓜,日后给人将鸡还上。"

事情坏透了,这是第四颠。

几年后,地瓜"熬出点头","挑了个日子",向"三妞爹"敬酒赔罪。

事情向"正能量"方向转化,这是一倒。

可三妞爹怎么都想不起一只鸡的事。想不起也无所谓,反正地瓜执意要赔三妞爹一只鸡。

"后院里的鸡"随便挑,这是第五颠。

就在这时,三妞来了。地瓜旧事重提,没想到,三妞恨恨地瞥他一眼,说:"那鸡本来就是你家的,让我娘关着。那阵你爹病得厉害,你说没啥补,我就给放了。"

轰的一声,事情掉头,又向"负能量"的方向倒过来。这是第二倒。颠颠倒倒,干得漂亮!

颠来倒去为哪般?为的是拷问人性,对不对?

老侯确信,原本应该发生的一场恋爱,也就是三妞和地瓜之间的恋爱,让那只鸡,更是让作者林文娟的颠来倒去,给弄黄了。三妞一扭脸,哭着走,哭什么?她恨恨地说话,恨什么?穷人命贱,贱到爱情的力量抵不过一只鸡。

重读《一只鸡》,让老侯想到很多事情。老大不小的人,有些事,也该想想了。

左看右看赵淑萍：读《客轿》

我对赵淑萍微型小说的认知，是从一本书开始的。书叫《永远的紫茉莉》，2011年12月由宁波出版社出版。这是她的第一本微型小说集。在此前后，她还有两本散文集问世。

赵淑萍的书，老侯不能不看。由于某种因缘，让她找到一份理由，人前人后叫我一声"老师"。既然是"老师"了，哪有不看"学生"的作品的道理？

把散文集暂且放在一边，先读《永远的紫茉莉》。读完第一篇《客轿》，我吓了一跳。这是一个围绕核心细节来塑造人物的作品，核心细节加辅助细节，再加上道具的使用，让文中的两个主要人物，在我眼前一阵阵地活灵活现。

《客轿》的核心细节……且慢，我还是先说说故事框架吧。有了框架，不光我的话好说，读者也不容易犯糊涂。

不知哪年哪月，反正是很久很久以前，一个名叫"郑店王"的乡绅，打算去"姚城"看一场戏。他一大早出发，步行去姚城。到达已是中午。他看了下午的一场戏，又看了晚上的一场戏，回程时天已黑透。一顶客轿从后面赶上来，轿上有灯，灯光在前边引路，一直把郑先生引到自家门口。

这故事有什么意思吗？看框架，没什么意思。可是呢，等把细节和道具都装进去，再看就有意思了，特别特别有意思。

下面以道具为主线来剖析文本的构思之妙。搂草打兔子，随手将细节的妙处也一并道出。

道具一：草鞋。半新半旧的草鞋。郑先生为啥要穿草鞋呢？因他节俭成癖。一个路人，冲着郑先生的背影"咒上一句"："死老抠，那么长的一溜店，还穿着破草鞋装穷。"此言看似闲笔，其实一点不闲，郑先生的身份瞬间大白。"那么长的一溜店"呀，是个有钱人无疑。好了，有了这话，后面的倒叙也就立得住。乡间习俗，地方乡绅、财主和富农，每年都要出点钱，请乡亲看几场戏，郑先生却从不出钱。他酷爱看戏却不出钱，证明他的节俭，已经扭曲成畸形，与生活常态相距甚远。这也就难怪路人要瞅着他的背影"咒"他。

道具二：布鞋。郑先生离家，脚穿草鞋，兜里却塞了一双新布鞋。干吗呀这是？这是他的虚荣心在作怪。他是个有钱人呀，不能让城里人看不起他。穿着草鞋看戏，是有钱人做的事吗？

道具三：做客的衣服。自然是好衣服，不全新，也得七八成新，至少是郑先生平素舍不得穿的衣服，跟新布鞋比较搭配的衣服。为啥要穿这样的衣服？理由同上，不能让城里人看不起不是？你说这郑先生能不能装啊。联系下文，读者还会看到他的另一种装，化装。村里演戏，他有钱却不肯出，也就不好意思大模大样去看，可不看呢，又耐不住心里的痒，于是苦熬到后半场，用一顶旧毡帽遮住脑门，鬼鬼祟祟去看。

行文至此，作者笔锋一挑：姚城的戏，也是白看的，不用姚先生出钱。

道具四：两个馒头。早晨出门，除了一双新布鞋，郑先生还带了两个冷馒头。后者是郑先生的午饭。有一溜店的郑先生，穿新布鞋和做客衣服的郑先生，午饭竟是两个冷馒头。晚饭没有冷馒头，咋办哩？"他狠狠心买了一碗凉粉和一包豆酥糖"，呵呵。

道具五：客轿。这是最重要的道具。郑先生路过"横河镇"的时候，这道具就现身了："几顶客轿闲置在路边，轿夫们一见是他，生意也懒得兜。"他们都知道，郑先生是难得坐一回轿的，"除非是他又娶亲了"。当郑先生在姚城看完戏，一顶客轿在他前边穿街路走土路，晃晃悠悠一直走在他前面，悬念就诞生了。应该这么说，作品里的郑先生是被那盏轿灯照亮回家的路，而作品之外的读者，却是被悬念照亮阅读的路。作品结尾，悬念的幕布终于拉开，郑先生的儿子从客轿里面走出来了，于是"那个晚上，郑店王家的院子，成了戏场"。

道具六：酒气。酒气也是道具吗？我说是。酒气跟郑先生的儿子有关。若是没有酒气，儿子坐轿的细节，就会缺失张力。有了酒气，便张力十足。作者关于酒气的叙述是这样的："郑店王……出门前，特意经过儿子的房门口，顺手一推，这小子睡觉居然又没闩门。房间里一股酒气，鼾声打得像响雷。"

差点忘了说，这篇作品中的人物心理活动，也是一大看点。花草树木都是有根的，同样，人物心理活动，也应该有根。上文说到郑先生闻到酒气，听到如雷的鼾声，感叹随之而生："孽障，真是前世作孽，出了这个败家子儿。"与此类似，郑先生跟随客轿走进自己的村庄，心理活动也随之而出："客轿里坐的是谁？村里，还有谁实力能跟他相比？要不，就是姚城的富商来村里走亲戚？"

有了这般心理活动做铺垫，等郑先生得知坐轿的原来是他儿子，你想他会气成什么样子？要知道，作者在前文中早就铺垫过，从郑先生的村子到姚城，要走很远的路。那位路人不是感慨过嘛："你舍得跑那么远的路去看一场戏？"在客轿上坐"那么远的路"，得花多少钱啊。

好了，现在该说说作品的核心细节了。其实老侯不说，看官也都看得出来，在轿灯引导郑先生回到家中那个桥段对不对？没有这一桥段的细致描写，作品也就没有灵魂。

不瞒诸位，老侯看到过很多没有灵魂的微型小说，也看到过很多没有灵魂的中短篇和长篇小说。我很纳闷，怎么就写不出灵魂呢？

读完《客轿》，我对赵淑萍不由得另眼相看。我决定不给她当啥子

"老师"了，我更愿意心平气和做她的文友。

延伸阅读：

客　轿
赵淑萍

郑店王来了兴致，今天去姚城，打算特地去看一场戏。

天蒙蒙亮，他就出发了。他穿了双半旧不新的草鞋，兜里塞了一双布鞋和两个馒头。出门前，特意经过儿子的房门口，顺手一推，这小子睡觉居然又没闩门。房里一股酒气，鼾声打得像响雷。"孽障，真是前世作孽，出了这个败家子儿。"郑店王长叹一声，步子沉沉地上了路。

"郑店王，出门办事？"路上的人半是招呼半是讨好。郑店王说："姚城今日有滩簧班子。我去看看。"对方说："你舍得跑那么远的路去看一场戏？"郑店王顾自走去，脚步轻盈起来。

"死老抠，那么长的一溜店，还穿着破草鞋装穷。"招呼的人冲着他走远了的背影咒上一句。

出了竹岙村，郑店王的脸渐渐舒展开来，嘴里还哼几句跑调的滩簧。他似乎想见戏场子里敲锣打鼓，生旦们齐齐地等着他到场呢。他没别的嗜好，就是恋着戏。到了横河镇上，几顶客轿闲置在路边，轿夫们一见是他，生意也懒得兜。打他们做生意起，这土财主就没坐过轿子。哪一天他坐了，除非是他又娶亲了。可郑店王正常着呢，离开横河，想着自己不坐轿，等于又多了一笔进账，他心里乐滋滋的。

郑店王穿了一身做客的衣服，他不想让城里人看不起他，似乎，看戏就得有相称的服装。他跑这么远去看戏，可他从来没在竹岙村大大方方地看过戏。每年有草台班子在乡村巡回演出，每个地方的乡绅、财主、富农总归得出点钱，请村里人看几场戏。这于他，简直是割他的肉要他的命。每当这时候，他总是借故东藏西躲。开戏了，锣鼓一响，他坐立不安，就像有无数条小虫在咬他的内脏，但他又不敢露面。他知道，出了钱的族长太公、王财主等就坐在台前的一排好位置，抽着旱烟嗑着瓜子扬扬得意。他也怕村里人看见他，讽刺他只进不出。只有夜里戏演到后半场的时候，他才把那顶旧旧的绍兴毡帽往下一拉，鬼鬼祟祟地向戏台走去。今天，姚城有戏，他可以痛痛快快地看了。他一进城，见无人注意他，就悄悄换下草鞋，拿出崭新的布鞋套上，气派地往戏场走。

戏是白看的，姚城的戏班到底比村里的要好些。那个唱花旦的娘们还真俊俏，像一枝杏花一样新鲜、水灵。上午的戏等他去时就结束了，他很不甘心。中午，吃了两个冷馒头，在树荫下等。下午倒是完整地看了一场。傍晚，他狠狠心买了一碗凉粉和一包豆酥糖，嘴里眼里都不停地"吃"，那心也忙得蹿上台子。夜里八点光景，他恋恋不舍地离开戏场，满脑子还都是戏里的人在走在唱。想想住旅馆得花一笔冤枉钱，倒不如赶夜路来得凉爽，他又换上了草鞋。

月亮躲到乌云里，他高一脚低一脚，刚走出城不远，后面隐隐有亮光，原来是顶客轿上来了。渐渐地，亮光映出他贴着地的影子，影子如航船，直往前奔，等到身影缩回脚下，客轿超过了他。"今天尽是好运气，有轿子上的灯笼照路。"他想。

他前边，灯笼照出亮晃晃的路，再远就朦胧了。眼见到了岔路口，那客轿拐进了他要走的那条路，那是通向横河的路。他乐了，心里喊："老天保佑，这轿正和我同路。"今天这日子择得好，不仅看了戏还借了光。

客轿一进横河镇，他揣摸，坐轿的人必定在这下轿，谁能这么阔雇客轿？肯定是镇上的阔佬。那么，黑灯瞎火里，竹岙村的路就难走了，仿佛双眼即将被人蒙起黑布，他心里畏惧起来。

可是，客轿居然没有停下来的迹象仍执着前行，穿过街路，转入了他熟悉的土路，那条路正通往竹吞村，这么巧，就像事先约定的一样。

灯笼照得土路清清楚楚。他琢磨，客轿里坐的是谁？村里，还有谁实力能跟他相比？要不，就是姚城的富商来村里走亲戚？赶夜路，一定有要紧的事儿。他的心亮堂堂的，想，这是吉兆。

不知不觉，客轿进了村。该各投门户了，可是，那客轿仿佛要照顾到底，径直往他要去的方向走。

不出一会儿，客轿竟然停在他家的院门前，他脑子搜了个遍，也没有姚城的亲戚。只见轿子里走出一个熟悉的人影。

郑店王赶上前。儿子怔了一下，说："爹，这么晚了，你还刚打烊呀？"

郑店王指着儿子，气得不行，挥舞着手说："你这败家子，我穿着草鞋赶路，你乘着客轿摆阔，我辛辛苦苦攒钱，还不叫你给败光了？你去姚城做什么？"

儿子吞吞吐吐地说："解解闷。"

郑店王撵着儿子打。妻子推开门出来护儿子。

郑店王愤愤地说："坐吃山空，败家子，他倒想得开。"

那个晚上，郑店王家的院子，成了戏场。

服装心理学：读《体察入微》

我在一套微型小说选本中，刻意寻找让我心动的外国作家。我找得很辛苦。还好，总算找到几位。且把他们放置案头，闲暇时随便捏出一枚，说道说道。

今天捏出的这一枚，是美国作家阿·巴彻沃尔德。

你对这位作家感到很陌生是不是？

老侯对他也很陌生。网上搜索，只找到他两篇微型小说，跟我在书中看到的篇目相同。此外再无消息，连张照片都没有。显然，国内翻译界和出版界，对他没兴趣。

但老侯对他很有兴趣。我觉得他是一位目光深邃的、富有幽默感的、思维方式颇为另类的作家。他的作品让人发笑。不光是笑，肯定有人在笑过之后，还会蹙着眉头思考一会儿，就像老侯这样。

该作家的两篇微型小说，一篇叫《医院需要病人》，另一篇叫《体察入微》，都有讽刺意味，都稍稍荒诞，同时也都以戏谑的笔法嵌入现实生活。

《医院需要病人》说一个人去医院探望病人，结果被医院强行安排住院，紧接着是进行手术。那人一再声称自己没病，但谁都不理他。由于"病人"哪都不疼，主刀大夫十分忧虑，对身边的几个学生说："这是最难对付的一种病人，因为他拒不承认自己有病。在他打消自己根本没病的错觉之前，他是不会痊愈的。既然他不肯告诉我们什么部位有病，我们只好做个外科检查性手术来找出毛病。"后来怎么样呢？多亏"病人"脑子好使，在手术进行之前宣称自己没钱，于是"没等我明白过来，我已换上了自己的衣服，被最初把我送进病房的那两个护理员赶到了大街上"。这结局老侯怎么觉得有点面熟呢？原来美国也这样啊。

这篇作品让我想起毕飞宇在中篇小说《青衣》中的一段描写："医生……开出一大串的检查单子，叫她查了又查。医生一脸的肃穆，既没有吓人的话，也没有宽慰人的话，一副死不了也不怎么好的样子。最后医生开口了……医生后来说：'手术还是要做。最好呢，住下来。'"这段文字跟《医院需要病人》对照阅读，你说是不是有点意思？

《体察入微》的开头一句，几乎可以称作是神来之笔："当今的经济问题是很难找到优秀的青年售货员。"为什么呢？因为许多大学毕业生，喜欢研究顾客的心理动机，还"过于诚实"，"简直能把零售商品的买卖给毁了"。随后，作者给我们举了个例子，一家服装店，雇了一位学心理学的年轻小姐……于是老侯在这篇小说中学到不少服装心理学方面的知识。这些知识，对男人来说，非常非常之重要。

其一，作为丈夫，你不要轻易跟老婆吵架。因为女人经常会花一大笔钱，买衣服，或者别的什么，去气气她的丈夫。这是一种"非常昂贵的报复形式"。

其二，作为男人，你看见哪个女人穿一身"刺激性"服装，一定要知道，对方的心理不太正常。假如你老婆喜欢那种服装，那么老侯恭喜你，你娶了一个"缺乏自信心"的女人。

其三，作为男人，看到哪个女人穿"超短裤"而无动于衷，既不动口也不动手，那女人会恨你的，她会觉得自己很失败。为什么这样说？因为那女人认定自己是"一个性感目标"。

年轻的售货员小姐，用自己学到的心理学知识，在一天当中，成功地赶走了三位顾客。老板很生气，把售货员给开除了，然后在橱窗上贴出一个启事："招工——心理学专业的毕业生一概谢绝"。

现在你回过头，咂摸一下小说开头的那句话，是不是神来之笔？

不瞒诸位，读完这篇作品，老侯无端地喜欢那位被老板开除的布拉姆顿小姐。隔着遥远的时空，老侯心里边特别柔软地喜欢上了。多好的姐啊。

老侯打定主意，如果有来生，一定娶一个学心理学专业的女人当老婆，这样做的好处至少有三点：

其一，她不会在吵架之后去花一大笔冤枉钱来报复老侯；

其二，她不会穿刺激性服装；

其三，她不会穿超短裤。

在当前的社会情态之下，作为老婆，能做到这三条，就非常可以了。你不能奢望太多，对不对？

延伸阅读：

体察入微

[美]阿·巴彻沃尔德

当今的经济问题是很难找到优秀青年售货员。许多刚从大学毕业的学生，他们对于研究顾客的动机比做生意本身更感兴趣，他们还有一种过于诚实的倾向，这简直能把零售商品的买卖给毁了。

我的一个朋友在乔治敦那儿开了一家服装店，她跟我谈起了在她的店员身上遇到的麻烦，她雇的这位年轻小姐是学心理专业的。

事情的原委大致是这样的：

这位店员（让我们称她为布拉姆顿小姐吧）在她开始工作的第一天，看见有位女士走进店来，就迎上去问她想买什么，那位女士说："我想买套秋装。"

"您想买多少钱的呢？"布拉姆顿小姐问道。

"我不在乎价钱的多少。"那位女士说。

"噢？那我倒想向您提一个问题：您买这套衣服是因为需要呢？还是因为您刚刚和丈夫吵了一架，想花一大笔钱来气气他呢？"

"你说什么？"那位女士没听懂。

"也许您怀疑他对您不忠实，您觉得这就是报复他的唯一办法了。"

"我根本不明白你在胡说什么。"顾客回答说。

"在气头上花钱，这可是非常昂贵的报复形式。我劝您这几天还是好好想想，想办法去弥补裂痕，光买一套新衣服是不能调和夫妻感情的。"

"那我倒是谢谢你啦。"这位顾客悻悻地离开了商店。

"她现在生我气了，"布拉姆顿小姐对店主说，"不过不出一星期，她就会感谢我帮助她打消了那个蠢念头。"

我那位店主朋友想，这种不愉快的事情过去就算了，没想到下午又出事了。

一位顾客走进店来，布拉姆顿小姐上前问她想买点什么。

那位女士说："我想买件最有刺激性的衣服。我要去肯尼迪中心，要让每个见了我的人连眼珠子都掉出来。"

布拉姆顿小姐说："我们这儿有非常漂亮的晚礼服，很适合那些缺乏自信心的人。"

"缺乏自信心的人？"

"是啊，难道您不知道女人常用这个办法——穿些惊人的衣服来掩盖她们缺乏自信心吗？"

那位女士生气了："我可不是缺乏自信心的人！"

"那您为什么要使肯尼迪中心的每个人都羡慕得连眼珠子都掉出来呢？难道您不能不靠衣服而靠自身的美去吸引人吗？您长得很有风度，

很有内在美，可您却要遮盖起来。我当然能卖给您一件最时髦的衣服，使您出出风头。可是您就决不会明白人们停住脚步是为了您，还是为了注视衣服。"

这时，店主决定插一句话。"布拉姆顿小姐，要是这位太太想买一件晚礼服，那就请她看看货好了。"

"不必了，"那位顾客说，"这位小姐说得对，我干吗要花五百块钱去买人家的几句恭维话呢！其实那些人根本不在乎我穿什么。谢谢您的帮助，小姐。真的，这些年我一直缺乏自信心，可我竟然还没有意识到这一点。"

顾客两手空空地走出了店门。

让店主感到最不能容忍的事发生在一个钟头以后。一名在男女同校的大学念书的女学生走进店来，她想买一条超短裤。布拉姆顿小姐向她宣讲了半个小时的妇女解放问题，然后说："您买超短裤，我看您不过是想把自己变成一个性感的目标罢了。"

这天晚上，服装店主在橱窗上贴了一个启事：

招工——心理学专业的毕业生一概谢绝。

第二辑　作家

心颤：读曹乃谦

　　瑞典有个叫马悦然的家伙，据说是个汉学研究者、翻译家，还是诺贝尔文学奖的十八位终身评委之一，不知为了个啥，是不了解国情呢还是咋，始终对中国当代文学抱有偏见。我这样说，理由特别充分。我们扳扳手指头，从某级到某级，上，中，下（还有个下之下，级别太低，不算），得有多少作协主席副主席啊，能装满一个大会议室你信不信？可他老马，对这满满的大会议室假装看不见，只对莫言、北岛、李锐、苏童，还有一位山西农民曹乃谦，等寥寥几位写作者，表达了自己的"那一寸欢喜"。你说气不气人？

　　很多人生气。个别人还胳膊腿一抖一抖，跳脚一呼，说他欠谁一个"道歉"哩。

　　老侯既不跳脚也不呼，更不生气。小时候，俺三舅母经常教育俺，说"气大伤身啊"。俺记住了这话。三舅母自己却没记住，才四十几岁就让谁给气死了。

　　老侯不光不生气，还遵循老马的指示，围着老曹的小说拉磨，一圈一圈一圈，不停地拉。俺就想知道，他老曹为啥能敲开老马的门窗。

　　老侯也是一个农民。一个中年农民研究一个老年农民，在逻辑上，在情感上，都具有响当当的合法性，你说是不是？

　　老马说老曹的小说"文学艺术成就非常高"，"是当代最优秀的中文作家之一"。这一论点的支柱在哪里？老马围绕这个话题，絮絮叨叨说来说去，东一枝西一叶，落了一地碎片。老侯替他把一地碎片归拢归拢，重新理顺一番。还不赖，总算理出一些头绪。

支柱之一：本色的乡村语言。

用老马的话说，老曹会搬，"会把农民的语言搬进他的小说里"。老曹笔下，每天不是每天是"日每日"，简直不是简直是"简直简"，边走边想不是边走边想是"就走就想"。这般语言，你乍一看，有点小别扭，再看再看，顺了，也通了。一方水土嘛，人家平常讲话"就是个这"，到小说里不让讲了，成外地人了，能行？

老曹爱在小说里骂人，"狗日的""日你妈""日死你千辈的祖宗"……"温家窑"的乡亲们，"日每日"这样骂哩，老曹不骂上一骂，能行？

这里就不说那些民歌了吧。那些山西农民，包括老曹也会唱的"麻烦调"和"要饭调"啥的，什么"葱白白脸脸花骨朵嘴，你是哥哥的个要命鬼"之类，我觉得狗日的跟陕北民歌一个味儿。

老曹能搬，搬得动，还会贴，贴得紧。他写老汉脸上的皱纹，"像耕过没耙过的"山坡地；写胡子，"像羊啃过没啃净的坟头草"；写山路坑洼，"吉普车一蹦一蹦地开走了"。你说贴得紧不紧？

能搬能贴，行了，文体家嘛。上文说到的那个满满的大会议室，里边有多少文体家呀？

老曹生在山西乡下，"文革"期间，还在乡下给知青带过队，老了老了，还保持农民的生活习惯，吃烩菜，盘腿坐，趴在被窝上写东西，下雨天抬头看房子是不是漏雨，看窗外的雨水里是不是夹杂了"冷蛋"。老马说老曹"是一个真正的乡巴佬"，没错。

只有真正的乡巴佬，才能写好乡巴佬，就像真正的投机分子和吓破了胆的犬儒才能写好"红光亮"一样。老曹是典型的例子。

支柱之二：写出底层的本色人生。

老马最早读到的老曹作品，是"几篇很短的短篇小说"，也就是微型小说，题为《温家窑风景》。老曹绝大多数的小说文本，我们都可以看作是"温家窑风景"。老曹自己说的:"温家窑所有的人和所有的事都是有原型的,都是真实地存在过的。"当然不是集中在一个村子里,是老曹故意把"山西雁北地区农村的人和事",都集中在"温家窑"。小说嘛,这样做非常可以。

而老曹的"温家窑"故事,多半发生在1973年和1974年。

老曹往根上写,写吃,写"做那个啥"。食色,性也,往根上写是对的。

你能想到,20世纪70年代中期,雁北"村民常常饿肚子"吗?老侯能想到。同一时期,我的居住地,辽宁南部农村,也在饿肚子。不过比较而言,似乎比雁北农村,饿得轻那么一小点儿,而已。

老曹小说里,到处可见年轻的、中年的和老年的光棍。光棍苦啊,哪哪都苦,上边盼着能吃口油炸糕,下边盼着能做那个啥。要饭调里唱:"油炸糕,板鸡鸡,谁不说是好东西。"所谓"板鸡鸡",就是做那个啥里边的那个啥。你懂的。

老曹的故事,一股脑围绕食色展开,重点是色。

这里不说面糊糊,不说窝窝,不说斋斋苗儿,不说山药蛋,也不说油炸糕,只说做那个啥。你以为那个啥是那么好做的?

得攒下两千块钱才行。两千块,能置办一个女人回来,随便那啥那啥,"日你妈你当爷是闹你呢,爷是闹爷那两千块钱儿"。攒不下呢,熬着,熬得你人眼变成狼眼,熬得你日每日哼哼麻烦调:"白天我想你墙头上爬,到黑夜我想你没办法。"

其实也不是一点办法也没有。有,但下作。

办法一:"朋锅"。两个男人,亲兄弟也可,非亲兄弟也可,合伙用一个女人。《男人》和《柱柱家的》,说的是亲兄弟闹朋锅。二柱说:"先拿这钱给孩子们捏上三间窑。"事情这就算成了一半。二柱又说:"咱俩隔半个月这厢,隔半个月那厢。"事情就算成了另一半。

办法二，偷情。自由恋爱，爱不成，只好偷。《莜麦秸窝里》和《莜面味儿》说这事。前者是想偷却没偷，就亲就亲，就是没做那个啥。后者做了，就做就做，还嗯嗯呐呐地约好，明儿后儿还做那啥……嗨嗨嗨，"莜麦垛叫他们给碰散了架"。

办法三：交换。《贵举老汉》就是。给东家媳妇割莜麦，换来好吃喝，也换那啥。不光换那啥，还换出个儿子。下乡干部老赵也是，跟柱柱家的，换一回又换一回，换得上瘾，终于换出大麻烦。

办法四：乱伦。父与女，《亲家》说这事。蹊跷的是，是既乱伦又朋锅。少跟对方要一千块，条件是每年用女子一个月。母与子，《愣二疯了》说这事。愣二说疯就疯，叭叭拍炕，喊"杀人杀人"。这病只有愣二妈能治，说好就好了。婶与侄，《看田》说这事，是交换也是乱伦。五圪蛋借看田的机会，给小婶婶掰玉茭。小婶婶用身子谢他。对五圪蛋和其他看田的光棍来说，无疑，"秋天真是个好秋天"。

还有别的渠道吗？有，比如强奸。之外还有？还有。这里不说了。你想你想吧，你肯定能想出一道缝来。

支柱之三：本色的男性叙事立场。

老曹跟雁北的光棍们一个德行，从来都是以在男性立场为叙事出发点。短短五百字的《女人》是一个典型例子，五千字的《柱柱家的》是另一个典型例子。

《女人》里的温孩娶媳妇，娶来一个麻烦：女人不脱裤，不光不脱裤，还哭哭哭，哭一整夜。不光哭一整夜，还不出地，还不做饭，还还还哭一白天。事情闹大了。咋办？打！村里人说："不椠扁她要她挠？"温孩他妈说："树得括打括打才直溜。女人都是个这。"温孩听话，"回家就把女人椠了个灰，椠得女人脸上尽黑青"。这下好了，脱裤了，不哭了，出地了……当年，温孩他爹就是这么整治温孩他妈的。这个故事里，整个村子里的人，包括温孩他妈，这个曾经跟温孩女人有过共同遭遇的长辈，都没有对女人表现出丝毫的同情。而老曹，除了哭哭哭，竟没让女人说一句话。

《女人》以极简的叙事方式，写尽了某种命运类型的女人的一生，这几乎是老曹所有作品中，最有力量的一篇。陕北民歌里唱："五谷里数不过豌豆圆，人里头数不过女儿可怜。"看过《女人》你会想到，把这歌唱到雁北去，也唱得开。

《柱柱家的》里边，女人整天"闲不住"，伺候着一对亲兄弟，还得伺候下乡干部老赵。跟老赵，是有事相求，"让大小子走个民工"。小说开头，便是女人离家，去西沟跟老赵约会。女人一路走，一路动心思。先是羡慕一头呼呼大睡的猪。女人想，看它舒脱的、荣华的。之后看到两只正在交配的蛤蟆。女人想，"自顾自个儿受瘾"，生出百千小蛤蟆，"能养活得起？"想来想去想到自己：现在这样，对小叔子好，"省得他棍着"；对柱柱好，省得他养活不了这一家；对娃娃们也好，"要不咋能够捏得起那三孔窑"？对老赵，自然也是个好，狗日的"火烧火燎"哩。对自己呢，"也不能算不好"，"顶多就是个闲不住"。末了竟然想到强奸过亲妹妹的狗子说过的一句话："男不怕受，女不怕——做那个啥。"你说这柱柱家的，是不是彻底认了命？

狗子说的"受"，是受苦的"受"。男人，不光不怕受，还像蛾子扑灯火一样，"扑来扑去扑女人"，不怕往火坑里跳。《男人》就说这事。这样说来，我们就别管五谷里边什么豆儿圆了，说到底，男人女人都可怜。

读曹乃谦，读得一阵阵心颤：人类的原始欲望，在贫穷的乡村背景之下，竟然表现得如此癫狂如此乖张。如此下作的真相，连老侯的这张老脸，都禁不住发烫。

老曹说："我想告诉现今的人们和将来一百年乃至一千年以后的人们，你们的有些同胞你们的有些祖先曾经是这样活着的。"我对此番表白有些不同的看法。我觉得老曹笔下的《温家窑风景》，不完全都是昨天或前天的风景。我固执地以为，那些风景中的一些些，还盎然地蔓延在我们目下的生活里，只是多了些伪饰，多了些花哨，而已。狗日的人生，到了儿还是个这！

　　马悦然说曹乃谦是一个minimalist writer。我对英语半窍不通。还好，老马别别扭扭，同时迟疑不决，把这两个英语词汇翻译成中文——"极微形式的作家"。我倒觉得不如直接说老曹是个"微型小说作家"好了。总览老曹的虚构作品，我的感受是，短小说普遍好过长小说，且越短越好。这话不管老曹本人信不信，反正我信。

别样一瞬间：读阿成

以前说过阿成，说他的笔记小说，说他的《刀削面》。现在还想说他。怎么，说过了就不能再说？我偏要再说，偏要再说他的笔记小说。不过这回不说《刀削面》，得说点别的。

俄国作家屠格涅夫早在19世纪80年代，也就是在他作家生涯行将结束的时候，文学理念发生了一次革命性的变化。他提出小说家要放弃情节复杂、构思戏剧化的旧小说模式，只写"生活"，写"活生生的生活"。我觉得这一文学理念正好在阿成的创作中得到验证。"活生生的生活"嘛，阿成作品中多得是，而且如屠格涅夫所期待的那样，他果断地放弃了曲折的故事情节和"波澜壮阔"的构思。

除了与屠格涅夫的写作观完全契合以外，咱中国的这位阿成跟捷克的那位赫拉巴尔也颇有几分相像，他们都有过底层的生活经历。阿成说他少年时代一直生活在哈尔滨偏脸子那一带，"我周围除了好人家，再就是同样烟囱冒着黑烟的暴力家庭、单亲家庭、流氓家庭、反革命家庭、破落户家庭、穷文人家庭，以及混血与杂种家庭，我几乎天天跟他们为伍"。赫拉巴尔混得还要惨一些，直到四十七岁，他还跟被时代抛弃在垃圾堆上的那些人混在一起。他当过仓库管理员、火车站铺枕木敲碎石的小工、火车调度员、公司推销员、钢铁厂工人、废纸收购站打包工等等。在布拉格期间，他连续二十年住在一个破旧的贫民窟里。他说："最大的英雄是那个每天上班过着平凡、一般生活的普通人……是那些在社会的垃圾堆上而没有掉进混乱与惊慌的人，是意识到失败就是胜利的开始的人。"

阿成跟赫拉巴尔更为相像之处在于他们都是描绘底层的优秀作家。

阿成说："穷人的生活真是妙不可言。"

底层和穷人，是两个密不可分的词汇。而穷人的生活中，一件头等大事便是吃。既然出身底层，阿成对吃的记忆，自然会刻骨铭心。他竟然写过一本有关吃的随笔集，叫《胡地风流》。另一本随笔集《哈尔滨人》，里边也有很多吃的元素。他的笔记小说呢，也经常吃，他自己都承认"我的确像我的父老乡亲一样很重视吃。有时候它在小说中是一个振作精神的细节，有时候写得一时兴起……吃的声音便弥漫了整篇文章"。

阿成笔下的吃，也不都是吃，有时还要喝点儿。连吃带喝，饮食之常态嘛，阿成岂能脱俗？

今天说说《早春饭摊》《周同学》和《箫声》。以字数论，这三篇，都属于微型小说。

《早春饭摊》里边说，人到中年的阿成，经常溜达去北京。这回是早春季节去的。阿成说他逛街逛到中午，照例要吃点东西。一说吃东西，话题便荡开，荡到从前，荡到"人还年轻的时候"。说那时候啊，东奔西走，喜欢吃有名的大馆子，钞票不多，"也要很响亮地拍出去"。人到中年就不一样了，慷慨激昂的岁月已经过去了嘛，那种把钞票"拍出去"的自欺勾当，也不想重演了。那咋办呢？"在前门街的小饭摊那儿，我坐了下来"……

读《早春饭摊》，读到这里，我的心立马一紧。我知道，那个"别样一瞬间"就要来了。

噢，我忘了告诉你，阿成的笔记小说中最标致的地方，最跟别人井水不犯河水的地方，是几乎每篇作品中，都有个别样一瞬间。

坐下来的那个中年人，看见"旁边的一个年轻人正在虎虎地吃着盒饭。他一边吃，一边流泪"。在中年人看来，那个年轻人"是强忍着才没哭出声来"。

一份盒饭很快吃光，"他对老板说，再来一盒！"老板娘木然地又递给他一盒，年轻人终于忍不住，"转过头来对我说，整整四年哪"。

中年人说，"哦"。这"平静"让年轻人委屈得泪如雨下。

下边呢，便是别样一瞬间：

> 我拍拍他的肩膀说，回老家去吧。
>
> 他坚决地说，肯定！
>
> 我望着前门来来往往的人流，自言自语地说，有时候，终点也是起点哪。

读到结尾，我的眼圈，稍稍有些湿润。这就够了，一篇小说写到这份上，能让读者的情绪产生波动，就够了。

年轻人的眼泪后面，肯定遮蔽着一段辛酸的故事。阿成本来有机会跟年轻人好好谈谈，听他倒一倒心头的苦水，然后款款写出一个打工仔在北京的悲情故事。可他不。他跟赫拉巴尔一样，"是意识到失败就是胜利的开始的人"。他似乎更愿意去期待一个擦干眼泪重新开始的人生。

《周同学》里，有吃有喝。同学聚会嘛，不就是吃吃喝喝。各色男女，都竭力演好自己的角色。只有曾经当过学生会主席而现在是个司机的周同学，以本色示人，"自斟自饮"，"脸都喝青了"，后来竟"钻到桌子底下去了"。喝到半夜，散了。谁都不管周同学。"我终于控制不住，冷着脸，招呼几个同学把钻到桌子底下的周同学拖出来，然后绑架似的将他弄到他的那辆中吉普上"。有人说让他睡吧，醒了自己会把车开走。于是众人散去。"我"让出租车在路上转了十几分钟，又回到饭店门口，上了周同学的中吉普。周同学知道是"阿成"回来了。"周同学呜呜地哭了起来"，说"阿成，我有一肚子话要说啊"。谁知道"阿成"却不让他说，"不说了，先睡吧，啊？"

这结尾，还是个别样一瞬间。你说阿成怎么老是不让人说话呢？

不光不让人说话，还不让人吹箫。《箫声》里的齐先生，代表镇政府接待"我"，"独自大口地喝酒"，醉了，要给"我"吹箫听，"我不让"。齐先生却踩着山路回家拿了箫，在招待所的院子里，为"我"吹了一首《春江花月夜》，"把我的泪水都吹下来了"。第二天早晨想起这事，"我"以为是梦，招待所的女服务员说不是。后来听说齐先生婚姻不如意，离了，"将妻子临行前骂他那些刻薄的话，都偷偷地用录音机录了下来。一个人在家没事儿的时候常放着听，边听边流泪"。再后来又听说齐先生自杀了，"喝酒这事儿，他就是控制不住自己，于是他就把自己杀了"。

阿成喜欢在别样一瞬间里藏一把小锤子，趁你不注意，从腰后抽出，嗖一下，照你的心灵敲打过来，让你的情感猝不及防。

阿成写过一篇小文章谈微型小说，他说："在我看来，短小说起码是一种智慧与灵光之作。凌厉而幽默，旷达而尖刻，短短的一篇小说，其中至少也得有几句话要讲得才气逼人……让看官牢牢记住那个细节，那几句耐人寻味的话，并为此感慨不已你才算个作者。"

阿成还说："那种啰唆、平淡、空洞的小说尽管也是小说的一种，但那只能是小说发展史上的噪音。"

你说阿成这人，看着挺厚道，怎么一写起小说来，一谈起小说来，就变得这么通达这么不留情面哩？

生活"是这样的"奇幻而荒诞：读滕刚

对于微型小说爱好者来说，2003年绝对是一个值得品味甚至怀念的年份。那年，聪明而伶俐的《微型小说选刊》，给重新执笔的非著名作家滕刚开设原创专栏，每期不是发表一篇，而是三篇，且一口气把专栏开到2005年。据说，三年间该杂志的发行量，是一跟头一跟头地翻番，同时编辑部到处堆满了关于滕刚的读者来信。微型小说的盛况啊，说空前，毫无疑问，说绝后，依现在的文学态势来看，应该也是事实。那就这样说定了，空前绝后！滕刚也随之空前绝后地鹊起于微型小说的天地之间，成为最耀眼的名字。

我跟滕刚之间的友情，也正是从那时候建立起来的。在一次笔会上相识之后，我便一次次在内心告诫自己：那么有才的人，你能舍得不跟他好吗？

伴随着友情的深入，我对滕刚的作品，也有越来越深的理解。

我以前曾经说过，现在还要说，滕刚是另类的。我相信，换成别人，而这个别人，恰好也读过滕刚的微型小说精品集《百花凋零》和颇具规模的微型小说"异乡人"系列，大概也会这样说。

滕刚微型小说作品中的外国元素，显然要多于中国元素。我说的外国元素，指的是两位外国作家若隐若现的身影，巴别尔和卡夫卡。

《百花凋零》一度是我的案头书。每次阅读，我都能从中感受到那种如巴别尔所说"像战况公报或银行支票一样准确无误"的叙事风格。巴别尔的短篇小说集《骑兵军》，据说是"一部在全世界流行八十年、禁而不绝的奇书"。滕刚的微型小说跟《骑兵军》相比，共同的长处，是作者都抛弃了小说的"技巧",洗练、简洁,迅速而有力。不同的是,《骑兵军》指向了苏联的历史,指向了苏波战争的战火硝烟;滕刚的作品则指向中国的现在和未来,对小人物普遍的生活履历进行了高度归纳和提炼。

滕刚的另类表现在,他以另类的姿势叩问现实,用崭新的视角揭示现实生活中的种种悖谬。他的很多作品,都有那么一点点奇幻,有那么一点点荒诞,呈现出"先锋"的表情和血肉。但我同时也发现,滕刚微型小说的基本骨架仍然是现实主义的。这是我读《百花凋零》之后最突出的印象。

至于滕刚和卡夫卡的比较,我在一篇专门谈论《百花凋零》的文章中,有过一段"大胆"的论述。现在我想重复一遍:

> 滕刚的奇幻和荒诞跟卡夫卡式的奇幻和荒诞是完全不同的。卡夫卡擅长的手段是"悖入正出"。《变形记》的开头:"一天早晨,格里高尔·萨姆沙从不安的睡梦中醒来,发现自己躺在床上变成了一只巨大的甲虫。"这就是"悖入"。但接下来的情节推进和细节的刻画都没有超出人类共有的生活经验,因而我说他是"正出"。滕刚不是这样。滕刚的撒手锏是"正入悖出"。他笔下的人物在刚刚出场的时候,从来不会变成"甲虫",也不会变成青蛙或者螳螂,就是一个个平常的人。这些平常的人也都是在现实的大街小巷行走,每一步都脚踏实地,每一步都没有违背生活的逻辑,却常常在不知不觉之中陷入悖谬的泥潭,这个过程充满了哲学的意味。这种"出人意料"的结局,不是人为"做"出来的,而是自然而然的,像蝴蝶对花朵的向往,更像是水到渠成。

借用卡夫卡本人的说法,他的作品"是表现一种梦境般的内心生活"。滕刚不是。在我看来,滕刚的作品是表现一种梦境般的现实生活。

当然，内心生活也是现实生活的一部分，但仅仅是一部分而已，我们不能把两者完全等同起来。

在小说艺术的现代主义流程中所出现的奇幻和荒诞，目的又是什么呢？是为了奇幻而奇幻，为了荒诞而荒诞？当然不是。奇幻也好，荒诞也罢，终极目的还是指向现实，是对现实的反思和批判。滕刚的作品也不例外。他的《蝶恋花》是一篇值得反复把玩的作品，是最典型的"滕刚式构思"。从表面上看，"我"是在"向梅"的苦苦追问之下，才不得已向她演示男人追求女人的每一个步骤。巧克力、甜言蜜语、生日蛋糕、雨中送伞……在一步一步的演示当中，两个人都不能自拔，终于假戏真做。遗憾的是，向梅是我朋友的老婆。朋友妻不可欺嘛，事情走到这一步，只能不欢而散。"这种事要是让人知道了，就是在美国，也是丑闻。"作品到此戛然而止，却给读者留下很大的回味空间。

以上说辞，用来谈论"异乡人"系列行不行呢？我觉得也完全可以。这说明，滕刚的小说方式，已经渐渐趋于稳定。这或许就是成熟的标志。

异乡人是一个没有名字的人。他不需要名字。他可以是张三李四，也可以是王五赵六。他是我们当中的任何一个人。他来到一座陌生的城市，他看到很多奇幻而荒诞的现实。善于思考的读者，一定会想到，这种奇幻而荒诞，正在当下的生活里"发生"。或者说，这种奇幻而荒诞，跟当下生活中那些令人啼笑皆非的现实，如出一辙。《第五次陪聊》便是一个典型例子。异乡人陪一位"老人"聊天，其实不是聊天，而是"开会"。在开会的进程中，我们知道，老人是一位退休的"局长"。同样是在开会的进程中，我们看到了官场中的潜规则和某些官员的畸形心态。老人自始至终把自己摆在局长的位置上，以至于连陪聊费也是写在纸上，嘱咐异乡人到财务部去拿……可是，财务部在哪里呢？此外，《往日的刑法》《证人》和《现场》等作品，在对现实的叩问上，也都有过人之处。

我无意于过多复述"异乡人"系列的某些情节。但我很想引用其中的两个片段。这两个片段，是两记重拳，直接命中现实的软肋。

一段是：

异乡人惊讶道："要工资？为什么要到楼顶上要工资？"

那人说："你好像很惊讶，不到楼顶上要，怎么要？"

另一段，是异乡人看到的一则标语口号：

"坚决打击卖淫嫖娼，在娱乐场所免费发放安全套。"

这样的标语不可能"刷"在现实的墙上，但我确信，类似的思维方式，却"刷"在生活的每一个角落里。这是我们共同的悲哀。

我注意到，滕刚笔下的异乡人经常重复一句话，"是这样的"。读完"异乡人"系列，我轻轻叹口气，也自言自语地说了句：确实"是这样的"。

我的意思是，我们的生活，经过严重的"物化"之后，已经引发精神上的种种变异。变异到什么程度呢？谢谢滕刚对我的提醒，生活原来"是这样的"奇幻而荒诞。

延伸阅读：

蝶恋花

滕　刚

我四十六岁那年受朋友之托，照看他老婆。

男人对朋友的老婆都有过非分之想。这是人之常情。古人说："老婆人家的好，儿子自家的好。"我对张三的老婆向梅就一直有挥之不去的非分之想，以至于我每次看到向梅头上都会冒汗。但我绝不会做出对不起朋友的事。虽说张三远在哈尔滨，向梅常常在家独守空房，但张三不在家的时候我从没有去看过向梅。大禹治水三过家门而不入，我天天路过向梅家，却从没有进去过。这没有什么值得炫耀的。古人说："朋友妻，不可欺。"但是张三请我照看他老婆是我没有想到的。美国世贸大楼遭遇恐怖分子袭击的那天晚上，张三从哈尔滨给我打来电话，说他搞情人的事被他老婆发现了，他老婆最近神思恍惚，多次扬言要自杀。他说："我真担心她一时想不开做什么傻事。人有时候就是一念之差，可我不在她身边，请你无论如何帮我照看她，开导开导她。"

　　我每次去看向梅，向梅都声泪俱下地控诉张三的罪行，我头上、脸上总是不停地冒汗。我一冒汗向梅就起身去洗手间给我拿毛巾。向梅对我不停地出汗也觉得奇怪，她说她从未见过这么爱出汗的人，后来我都不大想去看向梅了，原因很简单，我每次去看她她都哭，她一哭我就想搂住她，这样迟早要出事的，我绝不能做对不起朋友的事。有一天向梅突然问我能不能告诉她，张三是怎样把别的女人搞到手的。她说："在我看来这简直是不可能的事，这个问题我怎么也想不通。他有什么样的本事，能把别的女人搞到手？"我当然不会把男人的那点秘密告诉她，那样我就出卖了张三。但是向梅说："这个问题如果想不通，我会发疯的，你是他的朋友，你有责任告诉我。"见她说到这个份上，而且要发疯，我说："这很简单，只要下功夫，一个男人可以把任何一个女人弄到手。"向梅说："我不信，怎么可能呢？怎么下功夫呢？又不跟人家结婚，人家怎么可能跟他睡觉呢？要是我，一个男人不跟我结婚，要我跟他上床那是不可能的。"我说："这个说是说不清楚的。"向梅说："这有什么说不清楚的呢？比方说我就是张三搞的那个女人，你就是张三，你说说他是怎样把女人搞到手的。"我说："这个办法也好，这个办法容易把事情说清楚。"我说着就从口袋里掏出一块德芙巧克力给向梅。向梅脸色顿时绯红："你怎么知道我喜欢吃德芙巧克力？你怎么知道的？"我说："十一年前我第一次看到你和张三，你当时对他说，你只吃德芙巧克力，我就一直记在心里，我第一次来看你就带在身上了，但你是我朋友的老婆，我不能那么做，现在你要我揭露张三的秘密，我才拿出来的，为的是让你明白他们通常采用什么卑鄙手段勾引女人。"向梅眼里闪着泪花说："你对我太好了，太让我感动了，从没有人像你这样对我这么好。"见她黯然神伤，我说："他们就是这样，开始对女人下手的。"向梅如梦初醒："你是说，他们用一块巧克力就把女人骗到手了？不可能不可能。继续，继续，我看看你们还有什么招数。"我头上冒汗，向梅起身去拿毛巾。向梅这回拿来的是热毛巾。我说："我从不出汗，在女人面前从不紧张，但不知为什么，每次看到你我就紧张，就出汗。"向梅满脸绯红，说："你是因我而出汗？我又不好看凭什么让你出汗？"我说："我也说不清为什么。不过，一个女人能够让我这样的人出汗，足见这个女人的魅力了。"见她丧魂失魄，我说："他们就是这样，知道女人喜欢甜言蜜语，三言两语就把她们搞得晕头转向了。"向梅如梦初醒，说："你是说，他们用一块巧克力，一句甜言蜜语，就把女人搞到手了？不可能，不可能。你继续说，蛮有意思的，我倒要看看你们还有什么花招。"我说："不能说了，再说就出事了。"我跟跟跄跄出了门。这以后我很长时间没有去看向梅。游戏应该结束了，再这样下去迟早要出事的。有一天向梅把电话打到我单位，说："你怎么不来了，你只讲了一半，你不要自作多情的，你们的那点把戏根本骗不了我。"见她仍在这个问题上纠缠不清，我决定把张三的那点卑鄙伎俩全部告诉她。元旦那天晚上，我拎着一盒生日蛋糕去看向梅。向梅刚开门，我就说："祝你生日快乐。"向梅满脸绯红，热泪盈眶。她说："我都忘了自己的生日了，你怎么知道我的生日的？"我头上冒汗，她去拿毛巾。她这回拿来的是她自己的毛巾。她说："你对我太好了，从来没有人对我这么好过，有你关心我，我心满意足了。"她说着哭起来。我说："他们就是这样，一步步把女人逼到没有退路。"她还是哭。我紧张起来了，我说："向梅你醒醒，你可不能当真，是你要我讲给你听的。"向梅突然夺过我手中的毛巾边擦眼泪边说："不可能，不可能，你们靠这一两个花招，就把人家搞到手了？你继续说，我倒要看看，你们还有什么花招。"我说："下次再说。"就夺门而逃。我发誓再也不去了。我知道她已经不能自拔了。有一天向梅再次把电话打到我单位说："你再不讲清楚，我会发疯的。"美国攻打阿富汗的那天晚上我们这里下起了倾盆大雨，为了让向梅彻底明白张三是怎样把女人搞到手的，我去电大给向梅送伞。我故意站在雨中把全身淋湿。向梅从教室出来，看我像落汤鸡一样站在雨中，泪流满面："你怎么知道我在这里上课的？"我说："他们就是这样，知道女人心软，故意把身上淋湿，然后使她们束手就擒。"向梅说："你对我太好了，你太让我感动了，从没有人对我这么好过。"向梅到家后一直坐在床边发呆。见她魂不附体，我心生怜悯，一把把她搂在怀里。向梅起初闭着眼睛紧紧抱住我，我正要吻她。她突然推开我说："不行，不行，这样不行。"我说："你这样做是对的，但我以后永远没脸见你了，你多保重。"我转身要走，她背靠门泪流满面地说："你留下来吧。"我正想把她往床上推，她已经仰倒在床上了。事毕，我蜷着腿耷拉着脑袋说："他们就是这样，把女人搞到了手。"向梅失声痛哭："你们男人没有一个好东西。"

　　虽然我现在看到向梅不出汗了，但我想到这件事就出汗。因为我知道，这种事要是让人知道了，就是在美国，也是丑闻。

对人性的撩拨：读白小易

很少有人知道，老侯一度跟微型小说结缘，且缘分颇深，跟一位辽宁作家有密切关系。

该同志名叫白小易。

1993年5月，老侯买到一本书，《白小易微型小说100篇》。购买冲动因何而起，至今已毫无记忆。是"白小易"这三个字的吸引力？还是"微型小说"这四个字的吸引力？

老侯从此知道，有一种文体，叫微型小说。

那时候老侯还很年轻，还是个不折不扣的"小侯"。小侯也是文人哩，是个正在"走红"辽宁的"青年杂文家"，心里头自负得很。等小侯读完白小易的作品集，杂文家之气焰，顿时被灭掉一半。喔，"文章"还可以这样写啊。

小侯也想写白小易那样的"文章"。试了下，写不出。

于是把白小易高高地安放起来，放到书架最上层，不再理他。偶尔看见，满眼都是羡慕嫉妒恨。

两年后，小侯终于也写出几篇微型小说，也渐渐开始"走红"。这回不是在辽宁走红，这回厉害，是在"全国"走红。

后来更厉害，一家杂志专门拨出版面，供小侯对当代微型小说作家"说三道四"。于是小侯把白小易从书架的最上层请下来，重新阅读。初读与再读，中间相隔整整十年时间。

那次重读，小侯读出很多感慨。

转眼又过了十五年，早已告别小侯时代的老侯，再次重读白小易，仍然读出很多感慨。

在老侯眼里，白小易是一个胆大包天的作家，他竟然敢绕开"小说要以人物为中心"的金科玉律，转而去表达个人的主观情绪。他的很多作品都这样：人物形象比较模糊，主观情绪却异常强烈。他的作品里有个明显的"我"（这不仅仅指他热爱用第一人称写作），这个"我"很喜欢用小手指去撩拨人性中的某种东西，只撩拨那么一两下，就远远躲开，用作者自己的话说，叫"浅尝辄止比没完没了更合乎我的秉性"。他无意于去塑造"典型人物"，也无意为读者讲述一个完整的故事（虽然他总是号称为读者讲故事）。他更愿意用主观情绪跟读者眉来眼去。他说："我的生活里没有任何轰轰烈烈的可歌可泣，所有的无非是些眉来眼去而已。"他喜欢含蓄的调情方式，直到把读者挑逗得心慌意乱，《夏天的故事》便是典型一例。

很久以前的夏天，公共汽车上挤满乘客。"挤扁了"那般挤。"我"和一名年轻女性，面对面贴在一起（青年时代老侯在沈阳读书，也经常遭遇这种模式的拥挤，心中装满各种尴尬）。"她"的"表情极为痛苦"。她想努力制造一点距离。"她蠕动了半天，才勉强把一条胳膊抽上来，把它隔在她和我的胸前。这是一条漂亮极了的胳膊。她只穿了件短袖真丝衫……她汗津津的胳膊润湿了我的白衬衣……那样子看上去活像她在抚摸我……"慢慢地，两个人都平静下来。就这么紧紧贴着吧。"汽车时走时停，不知又走了多少站。我们平静地挨在一起，默默无语地站着。"直到终点，"我们"才突然发现，车厢里已经没几个人了，两人还紧紧贴着……

看官，你跟老侯说句实话，读这篇作品，你是不是也像故事中的人物一样，有点心慌意乱？

不管你乱不乱，反正我乱。老侯这颗心啊，乱得不行不行。

很多人都知道，白小易的名气，是被他的代表作《客厅里的爆炸》

给炸响的。在微型小说地界，你就是捂着耳朵，也能听见这响声。这篇作品在他的全部创作中，是一个另类。这一次的撩拨，用的不是小手指，而是针尖。用针尖直接扎到人性的弱点：有时候，我们更愿意采信谎言。

《客厅里的爆炸》是一篇不需要"解读"的作品。该说的，作者已经说了，而且说得恰到好处。

老侯只能说，每天每天，客厅里的谎言，都会在神州大地之上，被再三再四地重复。

还是"爸爸"说得对，国内的很多事情，都是靠谎言"顺溜"下来的，比如……不比如也罢。

谎言是我们日常生活中的另一种空气，离开它，我们怎么活？

延伸阅读：

客厅里的爆炸

白小易

主人沏好茶，把茶碗放在客人面前的小几上，盖上盖儿。当然还带着那甜脆的碰击声。接着，主人又想起了什么。随手把暖瓶往地上一搁。他匆匆进了里屋，而且马上传出开柜门和翻东西的声响。

做客的父女俩待在客厅里，十岁的女儿站在窗户那儿看花。父亲的手指刚刚触到茶碗那细细的把儿——忽然，叭的一响，跟着是绝望的碎裂声。

——地板上暖瓶倒了。女孩也吓了一跳，猛地回过头来。事情尽管极简单，但这近乎是一个奇迹，父女俩一点儿也没碰它。的的确确没碰它。而主人把它放在那儿时，虽然有点摇晃，可是并没有马上就倒哇。

暖瓶的爆炸声把主人从里屋揪了出来。他的手里攥着一盒方糖。一进客厅，主人下意识地瞅着热气腾腾的地板，脱口说了声：

"没关系！没关系！"

那父亲似乎马上要做出什么表示，但他控制住了。

"太对不起了，"他说，"我把它碰了。"

"没关系。"主人又一次表示这无所谓。

从主人家出来，女儿问："爸，是你碰的吗？"

"……我离得最近。"爸爸说。

"可你没碰！那会儿我刚巧在瞅你玻璃上的影儿。你一动也没动。"

爸爸笑了："那你说怎么办？"

"暖瓶是自己倒的！地板不平。李叔叔放下时就晃，晃来晃去就倒了。爸，你为啥说是你……"

"这，你李叔叔怎么能看见？"

"可以告诉他呀。"

"不行啊，孩子。"爸爸说，"还是说我碰的，听起来更顺溜些。有时候，你简直不明白是怎么回事。你说得越是真的，也越像假的，越让人不能相信。"

女儿沉默了许久："只能这样吗？"

"只好这样。"

靠什么抓眼球：读邓洪卫

　　很多年前老侯写过一篇文章，《喜欢邓洪卫》。当年这位小兄弟像竹笋一样，从微型小说的竹林里一露头，我就注意到他了。当然，还有很多人也都注意到他了。他抓人眼球的功夫，在微型小说地界堪称高手中的高手。他的三大微型小说系列作品（"三国系列""寂寞有声系列"和"响水河系列"），在短短几年间，就让他成为微型小说地界的热点人物，而且一热多年。

　　洪卫的创作态度极其认真。《庄保四寻妻》在他电脑里保存了将近一年，直到有一天灵感突降，加进了"小美"和"庄保四"痛哭的一段，才拿出去发表。而《谢冬玉的生活》，反反复复经过多次修改，甚至在《百花园》杂志通过终审之后，他又寄去重新修订的稿子。这般态度，你说老侯哪能不高看他一眼？

　　我在《喜欢邓洪卫》一文中这样说他："邓洪卫的微型小说，大多是'平民的感动'，是真实的心痛，是不由自主的一声叹息，是挂在眼角的一滴泪痕。"这是他创作的出发点，也是归宿。

　　洪卫抓人眼球的功夫，凸现在两个方面，语调和细节。

　　写小说不讲究语调不行（当然，只要是文学作品，不讲究语调都不行）。平淡的、忧伤的，或者戏谑的、嘲讽的，等等，这些个调子由作者对小说人物和事件的态度所决定。一篇作品的调子定准了，语言风格也就出来了。从这个角度上说，成熟的作家决不会只用一种语调来写作。

　　洪卫对语调的把握非常准确。我的意思是，他的语调跟内容之间的关系都很和谐，没有丝毫的疙疙瘩瘩。"寂寞有声系列"里那些小人物的婚恋故事，大多有一种淡淡的愁绪和哀怨。《秋秋》的表现更为明显，始终有一团情感的雾气笼罩着作者，也笼罩着读者。

洪卫说："一篇小说能打动你的，往往不是事件本身，而是心绪。"

这是对的。作者的心绪，能够在字里行间上充分表达出来，就是最好的语调。

该说一说细节了。

很多作家都知道，写小说，写出一堆哩哩啰啰的故事，那不算什么。能够几笔下去，写出一个活生生的、灵魂丰盈的人物，那才叫真本事。怎样才能让人物"活"起来呢？靠细节。生动的细节，造就"活"的人物。细节是小说人物的故乡。

《左传》中描写晋军败退，只一句话："中军下军争舟，舟中之指可掬也。"字数寥寥，读来却是心惊肉跳。

有人评论归有光的文章，说是"每以一二细事见之，使人欲涕"。这里所说的"一二细事"，还是细节。"使人欲涕"，是细节抓得好，生动感人。

归有光评价《史记》，说："《史记》如水，平平说去，忽遇石激将起来。"好的细节就是那块"石"，有它，流水才能"激将起来"，否则，"平平说去"，平到底，神气全无。

洪卫对小说细节的挖掘非常用心。他知道一篇作品的立足点在哪里。现在我以《离婚》为例，说说这事。

一个整天给领导写材料的小人物"吴同"（老侯当年也是写材料的小人物，后来咬牙，坚决不再给领导写，改行干点别的，结果至今还是个小人物，惭愧呀），三十岁那年发现妻子的生活中有一项比较隐秘的内容。他觉得自己没有尊严，决定离婚。可是一个细节让他放弃了这种想法。局里正要提拔一个科长，这时候闹离婚，对政治前途肯定会有影响。

几个月后，吴同当上了科长，随后又遇到一连串绕不过去的"可是"：一提科长就离婚，别人会怎么看；发现妻子怀孕了，孩子生下来再说吧；孩子长到一周岁，"离婚了，孩子怎么办？"没办法，只能"再等等"。这一等，将近三十年。"三十年里，吴同无数次地想到过离婚，又无数次地打消了这个念头。"他内心的痛苦，随着时光流逝而一天天加深。他在田野上狂奔，他对着天空狂喊，他让大雨把自己浇透。当他终于下定决心要离婚的时候，他妻子"肝癌晚期"。命运对吴同的打压，至此已到谷底。他唯一的抗争机会是，在妻子告别人世那一瞬间，让她在离婚协议书上按个手印。"妻子的眼睛瞪大了，笑容一下子僵在脸上。好一会儿，才缓缓地抬起手，可抬了一半，猛地垂了下来……"随后，"吴同愣了一会儿，放声大哭"。

太棒了！这篇作品中种种细节，都很棒，而结尾处按手印的叙述，更是精彩。有了这样一个细节，作品便被稳稳地支撑起来。吴同盼离婚盼了很多年，妻子弥留之际，他还要拿出离婚协议，说明他离婚的愿望是何等强烈。他是有理由放声大哭的，为他自己，为他那个未了的心愿而放声大哭。

小人物的生活里，究竟蕴藏了多少尴尬和无奈呢？洪卫用微型小说的方式写出了对他们的同情和理解，这就足够了。一个作家，能做到这一点，相当不容易。他很难做得更多。

古人感慨："文之作也，以记人叙事为难。"难点之一是传神。要想传神，必须在细节上下大力气才行。

延伸阅读：

离 婚

邓洪卫

　　吴同是在三十岁那年的春天决定离婚的。在这之前，他和妻子的感情一直很好。也正是那年的春天，吴同发现妻子有了外遇。

　　那天晚上，吴同打电话告诉妻子，自己要加班写材料，很晚才能回家。吴同是单位里的笔杆子，领导有什么材料都要他写。单位里的事儿不多，可要写的材料却不少。因此，吴同就经常要加班给领导写材料，一写，就到深夜，有时能写一宿。

　　可那天，吴同的笔很顺，本来预计写到下半夜两点的材料，十点多钟就完成了。吴同收拾好东西下了楼。到楼下的车库里，吴同怎么也找不到自己那辆崭新的自行车了。多年以后，吴同总觉得自行车的被盗是以后家庭不幸的征兆。

　　丢失了自行车的吴同，只好步行回家了。

　　吴同的家是三间老式平房。那天吴同走到后街的拐弯处，就看到自家的屋里没有一丝灯光。吴同想，妻子怎么这么早就休息了呢？这时候，吴同看到自家的门开了一半，从里面溜出一个人来，那人随手把门带上，匆匆地拐上了前街，很快消失在夜色里。

　　吴同看那人的背影，好像是妻子的顶头上司。

　　吴同的脑子"嗡"的一声，像一下子钻进了上千只蚊子苍蝇，身体也一下子被抛进了万丈深渊。吴同知道，自己原本幸福的婚姻将面临解体。

　　那天，吴同没有回家，而是又回到了办公室，在沙发上躺了一夜。那一夜，吴同怎么也不能合眼。满脑子只有两个字：离婚！

　　我一定要离婚！

我不能失去男人的尊严！

天明我就去离婚！

可天快亮的时候，吴同离婚的决心开始动摇了。

局里将提拔一个科长，过几个月就见分晓。局长曾经表示吴同是重点培养对象，这时候闹离婚，一定会对吴同的政治前途有影响。唉，还是等几个月再说吧。

几个月后，吴同果然当上了科长。吴同知道，这时候如果提出离婚，别人会怎样看他，还是再等几个月吧。又过了几个月，吴同觉得科长的位置比较稳固了，就又想到了离婚。可这时，妻子已经怀孕八个月，眼看就要分娩了。吴同长长叹了一口气，想，还是等孩子生下来再说吧。

孩子终于生了下来，是个男孩。让吴同欣慰的是，孩子的眉眼像极了自己。

孩子到了一周岁，吴同又想到了离婚。可吴同一看到孩子，就犹豫了。吴同想，离婚了，孩子怎么办？妻子肯定不会把孩子让给他的，而自己又实在舍不得孩子。再等等吧。

这一等，就是近三十年。

这三十年里，吴同无数次地想到过离婚，又无数次地打消了这个念头。孩子正在上学，吴同怕影响孩子的学习成绩。还是等孩子考上大学再离婚吧。终于，孩子考上了大学，吴同又想，还是等孩子工作了再谈离婚吧。这三十年里，吴同时时感到有挥之不去的痛苦像一头怪兽在咬啮着自己的心，吴同对自己说，离婚吧，不然我会疯的。吴同经常一个人来到旷野上，发疯一般地狂奔，跌倒了，爬起来再跑，直到精疲力竭地仰躺在地上，像死了一样，一动不动。有时，吴同还会对着天空一遍遍地狂喊：我要离婚！直到把自己的嗓子喊哑。有许多次，吴同被大雨浇得浑身精湿却全然不顾。

如今，孩子工作了，吴同该提出离婚了。可他怎么也不会想到，这时候，一向身体很好的妻子却病倒了。诊断书上赫然写着：肝癌晚期。

吴同一下子蒙了。

接下来，吴同把妻子送进了医院。几个月后，妻子的病情恶化。

这一天，妻子已经到了生命的最后一刻，病房里挤满了亲友。妻子用微弱的声音说，请你们都出去一下，我对他说句话。亲友们都出去了。吴同俯下身来，吴同听见妻子用微弱的声音对自己说，谢谢……你对我……的照顾，我感到很……幸福。说着，妻子苍白的脸上露出一丝笑容。吴同却抖抖索索地从衣兜里掏出一张纸来说，这是一张离婚协议书，我已经代你签过名了，你按一下手印好吗？妻子的眼睛瞪大了，笑容一下子僵在脸上。好一会儿，才缓缓地抬起手，可抬了一半，猛地垂了下去……吴同愣了一会儿，放声大哭。外面的亲友听到哭声都涌进来。他们看吴同哭得那么伤心，都劝。可吴同哭得更厉害了。在场的人都流下了眼泪……从殡仪馆出来，吴同从兜里掏出那张纸，撕碎了，扔在空中。这时，吴同看到不远处的路边，有一辆崭新的自行车，在阳光下闪闪发光。

吴同觉得它跟自己三十岁那年春天丢失的那辆车一模一样。

可是，怎么会呢？那辆车，已经丢失近三十年了，即使找到，也已经破旧不堪了。

一种风流吾最爱：读王往

王往是一位迅速成长起来的作家。没错，是迅速！认识他的时候，他还是个努力学习写作的有志青年，不料一眨眼，他就在微型小说地界稳稳地拥有了耀眼的存在感，多种文学选刊和选集再三选载他的作品。之后再一眨眼，他又迅速把自己塑造成一位颇有名气的中短篇小说作家，而且，还是个专业作家。

2017年5月，王往给老侯寄来一部新作，由江苏凤凰文艺出版社出版的中短篇小说集《如此忧伤如此之美》。其开本，其厚度，都让老侯大感意外。打开版权页，定神一瞅，哇，整整七十万字。后来知道，这些还不到他十年来小说生产总量的一半。

好一个王往，十年不见，已羽化成蝶且"如此之美"。

这部作品集中有一组系列小说，总题为《平原诗意》，由多篇微型小说连缀而成。

读《平原诗意》，一读便放不下。

日本僧人大沼枕山有言："一种风流吾最爱，南朝人物晚唐诗。"这里不说南朝人物，也不说晚唐诗，只说"一种风流"。我的意思是，我从王往的作品中，也看到了一种风流，而且也是我的"最爱"。这风流的名字，叫"老庄气质"。

老侯对老庄气质是颇有些向往的。向往的核心，叫"有所不为"。

在名利面前，哪怕是微名微利，能有所不为的，几人哉？

王往笔下，却存在各种方式的有所不为。我想，这大概也是王往的向往吧。这样说来，老侯跟王往，是可以喝上一壶的。喝它一壶浊酒，笑谈人间鸟事。

后来我又读到王往《平原诗意》的"续集"。我对续集中的《拾穗》印象深刻。东北话，叫"捡麦穗"。在收割过的麦田上，一群"老奶奶"和"小布"捡麦穗。小布手脚快，捡得多，老奶奶们便笑她夸她。老奶奶队伍里，有两位特殊的奶奶，一位陈奶，一位冯奶，都是病入膏肓之人。她们来捡麦穗，只在乎一个"捡"字，捡多捡少是不在乎的。她们都知道自己活不长，却不悲不戚，还时不时用生死来戏谑打趣，同时为自己还能"吃上新麦子"感到欣慰。

《银匠》中的浦先生也是老庄的粉丝。浦先生的女婿是银匠。银匠登门拜望岳父，村里有人就便请银匠翻新银器，浦先生不让女婿收钱，说："乡里乡亲的，收什么钱！算了！"于是银匠劳作三天分文不取，浦先生才终于"开心起来"，把银匠当初拐走女儿的旧账，一下子翻过去。

王往的早期作品，《风云散》和《活着的手艺》等等，各色人物，也都有浓浓的老庄气质。看来，自始至终，王往保持了"吾道一以贯之"的写作风格。

《风云散》中的美少妇"骆依然"是个闲人，开了一个名叫"风云散"的小吃店，却啥事也不干，整日坐在门口的太阳伞下吸烟看报，店里店外各种杂务，都由丈夫一人承担。有好色之徒常来小吃店聚餐，意在诱她红杏出墙，不料这美少妇油盐不进。于是大款"奔驰黄有贵"出场，请骆喝咖啡。骆还真就去了。黄直言不讳，说打算"包"了她，开出条件，房子、车子，还有"工资"……没承想，骆的答复是，黄所说的一切，她十年前就有了。她告诉黄大款，她跟那位坐过监狱的、看起来很没出息的丈夫在一起，是因为他跟她说过："有些人一辈子就是一辈子，有些人一辈子过了几辈子的生活。我们什么都有过，也什么都会有。"于是，她觉得"不跟他在一起好像没地方去"。作为呼应，一次酒后，骆的丈夫大着舌头对聚在小吃店里的好色之徒说："各位兄弟，你们不知道，别看依然什么都不会做，没有她，风云散真的就散了。"

我觉得《风云散》里的骆依然身上，有很浓的尘外之气。当然也可以说是有很浓的南朝人物的神韵。这尘外之气，或叫南朝人物的神韵，当然也是老庄气质不可割舍的组成部分。

我至今都忘不掉王往写于七八年前的那篇《活着的手艺》。

"他是一个木匠。"作者故意不透露木匠的名字，只叫"他"。"很小的时候，他便对木工活儿感兴趣。"在"兴趣"之外，还有一项特异功能。"他会对着一棵树说，这棵树能打一个衣柜，一张桌子。桌面要多大，腿要多高，他都说了尺寸。"第二年树的主人真要用树了，小屁孩说那是去年的话啊，今年还能多打两把椅子。事实果然如此。小屁孩长大后真就当了木匠，不是一般的木匠：锯木头，不用墨斗和弹线，雕刻的蝴蝶和鲤鱼，在即将出嫁的女孩眼里是会飞会游的样子……"他来了，死去的树木就活了"。谁承想，这样神奇的木匠，竟然会是一个"懒木匠"。很多活他不干，打个小凳子、猪圈门、铁锹柄之类零碎活儿，找他没用，"没空儿"。这做派让很多人不理解，"我"同样也不理解，不光不理解，为一件小事还"有些生气"。很多年后，当"我"积攒到足够的职业经历，才恍然大悟："职业要有职业的尊严。"

这篇作品的结尾让我感觉很温暖。木匠的生存状态由"这些年打工没挣到什么钱"，转变为"两年间就把小瓦房变成了两层小楼"，而同时他的"职业尊严"硬硬的还在："别的不想做。"

不知为什么，读完这篇小说，我的思绪会陡然移植到官员身上。我想找人问：一个当官的，不贪污，不受贿，也不行贿索贿，且在自己的岗位上有所建树，叫不叫有职业尊严？

王往在一篇文章中说，文学性是微型小说唯一的尊严，表现在，它必须跟其他小说一样，写"人性，人情，人的故事，人的命运"；还必须跟其他小说一样，"有着对历史深刻的洞察，对现实真实的揭示"；当然也要"有着生动的人物刻画、逼真的细节描写，有着作家个人风格的语言、独特的美学趣味"。

王往是一位对小说艺术有过深刻思考的作家，他把话说到这个份上，老侯还能说什么？

打住。

延伸阅读：

活着的手艺

王　往

他是一个木匠。

是木匠里的天才。

很小的时候，他便对木工活儿感兴趣。曾经，他用一把小小的凿子把一段丑陋不堪的木头掏成了一个精致的木碗。他就用这个木碗吃饭。

他对着一棵树说，这棵树能打一个衣柜，一张桌子。桌面要多大，腿要多高，他都说了尺寸。过了一年，树的主人真的要用这棵树了，说要打一个衣柜，一张桌子。他就站起来说，那是我去年说的，今年这棵树打了衣柜桌子，还够打两把椅子。结果，这棵树真的打了一个衣柜，一张桌子，还有两把椅子，木料不多不少。他的眼力就这样厉害。

长大了，他就学了木匠。他的手艺很快就超过了师傅。他锯木头，从来不用弹线，木工必用的墨斗，他没有。他加的榫子，就是不用油漆，也看不出痕迹。他的雕刻才真正显出他木匠的天才。他雕的蝴蝶、鲤鱼，让那要出嫁的女孩看得目不转睛，真害怕那蝴蝶飞了，那鲤鱼游走了。他的雕刻能将木料上的瑕疵变为点睛之笔。一道裂纹让他修饰为鲤鱼划出的水波或是蝴蝶的触须，一个节疤让他修饰为蝴蝶翅膀上的斑纹或是鲤鱼的眼睛。树死了，木匠又让它以另一种形式活了。

做家具的人家，以请到他为荣。主人看着他背着工具朝着自家走来，就会对着木料说："他来了，他来了！"

是的，他来了，死去的树木就活了。

我在老家的时候，有段时间，常爱看他做木工活儿。他快速起落的斧子砍掉那些无用的枝杈，直击那厚实坚硬的树皮。他的锯子自由而不屈地穿梭，木屑纷落，他的刻刀细致而委婉地游移……他给爱好写作的我以启示：我的语言要像他的斧子，越过浮华和滞涩，直击那"木头"的要害；我要细致而完美地再现我想象的艺术境界……多年努力，我未臻此境。

但是，这个木匠，他，在我们村里人缘并不好。村里人叫他懒木匠。

他是懒，除了花钱请他做家具他二话不说外，请他做一些小活儿，他不干。比如打个小凳子，打扇猪圈门，装个铁锹柄……他都回答：没空儿。

村里的木匠很多，别的木匠好说话，一支烟，一杯茶，叫做什么做什么。

有一年，我从郑州回去，恰逢大雨，家里的厕所满了，我要把粪水浇到菜地去。找粪舀，粪舀的柄坏了。我刚好看见了他，递上一支烟：你忙不忙？他说不忙。我说，帮我安个粪舀柄。他说，这个……你自己安，我还有事儿。他烟没点上就走了。我有些生气。

村里另一个木匠过来了，说："你请他？请不动的。没听人说他是懒木匠？我来帮你安上。"这个木匠边给我安着粪舀柄子，边说走了的木匠："他啊，活该受穷，这些年打工没挣到什么钱，你知道为什么？现在工地上的支架、模具都是铁的，窗子是铝合金的，木匠做的都是这些事，动斧头锯子的少了。他转了几家工地，说，我又不是铁匠，我干不了。他去路边等活儿干，等人家找他做木匠活儿，有时一两天也没人找。"

我说："这人，怪。"

我很少回老家。去年，在广州，有一天，竟想起这个木匠来了。

那天，我躺在床上，想着自己的事。一些声音在耳边聒噪："你给我们写纪实吧，千字千元，找个新闻，编点故事就行。""我们杂志才办，你编个读者来信吧，说几句好话，抛砖引玉嘛。"……

我什么也没写，一个也没答应。我知道我得罪了人，也亏待了自己的钱包。我想着这些烦人的事，就想到了木匠。他那样一个天赋极高的木匠，怎么愿意给人打猪圈门、安粪舀柄？职业要有职业的尊严。他不懒。他只是孤独。

去年春节我回去，听人说木匠挣大钱了，两年间就把小瓦房变成了两层小楼。我想，他可能改行了。我碰见他时，他正盯着一棵大槐树，目光痴迷。我恭敬地递给他一支烟。我问他："在哪儿打工？"

他说："在上海，一家仿古家具店，老板对我不错，一个月开五千元呢。"

我说："好啊，这个适合你！"

他笑笑说："别的不想做。"

意会则可：读刘荣书

中国微型小说地界，偶尔会出现神光一现的瞬间。一刹那视觉的盛宴之后，那神光便翩然而去，再无踪影。

20世纪90年代前后在中国大放光芒的微型小说写作者，老侯绝大多数都比较熟悉。不光是熟悉名字，熟悉作品，还熟悉他们的面容。不过凡事总有例外。当我前不久无意中读到刘荣书的《乡韵三唱》，一下子愣住：这组作品以前怎么没读过，这人我怎么没见过？

网上搜索一番，得知刘荣书纯属误入微型小说空间的另类。他是典型的中短篇小说作家，因缘巧合，在某时某刻，写过一组比较短一点的短篇小说而已。

好吧，老侯现在就说说这一组"比较短一点的短篇小说"。

老侯在《乡韵三唱》中看见了令人心动的光影，也听见了令人感喟的声音。光影是记忆中黑白照片般的旧时光，声音是回荡在旧时光里的一声声悠长的叹息。此外，这组作品叙述语调的温婉和含蓄，以及缠绕在温婉和含蓄中的别样的情感涟漪，也都让我怦然心动。

所有的情感冲突，作者都避开正面写侧影。在读者一方，意会则有趣；在作者一方，言传则无味。好似藏着无限玄机。

《乡韵三唱》第三唱，《养蜂人》，最抓老侯眼球之处是对"女人"的描写。女人是"养蜂人"的女人，仲春季节，她随养蜂人来到老荒河边驻扎下来。养蜂人忙着养蜂，她呢，则常常坐在帐篷里，缝缝补补，洗洗涮涮，也常到河边汲水。"她穿的是一件碎花红袄，拎了水桶，左顾右盼地走下河坡，身子柔韧地一抖，丰圆的臀一拧，右臂便钩起满满一桶河水。女人的脸红扑扑的，鼻尖上沁出细汗，眼里的那层湿润，让许多人看了心动。"

老侯也心动，特别是"眼里的那层湿润"，让我忍不住去猜，到底是怎样的"湿润"呢？

村里人心动之后，常去树林里"看热闹"。养蜂人很随和，给"好奇的人们"讲解采集蜂蜜的过程。村里人呢，"着迷地听"，目光却落在女人身上。

后来有一天，一个光棍跟养蜂人打起来了。"光棍的光头上起了两个大包，锃亮。脸腮也肿起来，显然是被蜜蜂蛰的。"光棍要把养蜂人撵走，凶巴巴的样子。"女人叉腰站在丈夫身边，一双秀目圆睁，很愤怒。"

看官你猜你猜，光棍为什么跟养蜂人打起来了？

《乡韵三唱》第二唱，《守夜》，还是"女人"写得好。女人心里有一个未圆的梦。很多年前，也是割稻季节，她有过一个"美丽的约会"。"她精心地装扮了自己，夜色使她看上去美丽异常。"可她"蹑手蹑脚"刚刚出门，就被爹娘堵住了去路……于是她只好嫁给另外一个男人。巧的是，几年后，那男人死了，而那个要跟她约会的男人还在等待，等待跟她一起花好月圆。故事从很多年后的割稻季节开始讲起，已经不年轻的女人，突然想起当年的那个约会，心里头软得不行不行，于是在夜色中离家，去看望在稻田中守夜的丈夫。奇怪的是一连三个晚上，女人都扑了空。丈夫去哪儿了呢？忍不住问了才知道，丈夫给沉迷于赌博的村主任"放风"去了。于是女人不再说什么，"蹲在地上，呜呜哭起来"。

看官你猜你猜，女人为什么要呜呜哭？

《乡韵三唱》第一唱，《情歌》，是三篇作品中老侯最喜欢的一篇。我想好好说它。

故事发生的时间：秋天。地点：老荒河西岸。人物：一个乡下老人，一个城里来的年轻人。事件：老人在河滩上割草，年轻人在河边闲坐，捎带着看老人割草。

老人和年轻人互不理解。在老人眼里，"这城里人，年纪轻轻，放着大好时光，跑到河边来闲坐"，到底是弄啥咧？不如割草喂牛嘛。而年轻人到河边来，是"想让流水带去他全部的失意和忧伤"，他觉得老人很奇怪哦，"忙一个秋天，割下的草能值几个钱呢？"

老人是忙人，年轻人是闲人，于是忙人就成了闲人眼中的风景。

"世界也很静，只有鸟的叫声，有河滩上老人割草的嚓嚓声。"可忙人也不能总是忙啊。"割累了，老人就歇一会儿"，饿了还要吃饭，渴了还要喝水。作者写吃饭写喝水写得都很耐心。饭是几块玉米饼。吃饭这样吃："老人牙口不好，嘴漏。右手攥着饼，左手在下巴那儿接着。饼渣儿落在手上，老人拢一拢手掌，仰头磕进嘴里。"喝水这样喝："老人去河边……单膝跪在岸边，摘下头上的草帽；草帽焦黑，一层油腻，想是被风雨淋了几个年头。老人一双大手捏拢它，成一个荷叶的形状，帽檐漂去水面浮物，打一帽壳水上来，很甜地喝下去。"

吃饱喝足的老人，"对着满河滩的空寂，对着河边呆坐的城里人"，突然扯开嗓子，唱了一首情歌：

> 园子里长的是绿韭菜，不要割，
> 你叫它绿绿地长着；
> 哥是阳坡嘛，妹是水，不要断，
> 你叫它清清地淌着。

老人这么一唱，坐在河边的年轻人"忽地就泪流满面了"。

看官你猜你猜，年轻人怎么就泪流满面了呢？"他全部的失意和忧伤"，让流水带走了没有？

写到这里，老侯终于看清，这刘荣书，原来是小说家中的太极拳高手。很明显嘛，太极拳的关键词，也都蕴含在《乡韵三唱》里：柔和、缓慢、轻灵。

抽空，老侯还想去瞅瞅刘荣书的中短篇。这人，是文学里一个不可忽视的存在。他别具一格，别有韵味。

延伸阅读：

情 歌

刘荣书

秋天，老人开始来这里打草。他把割倒的草摊在河滩上，晒一个白天，草就干了。临回家堆起来，河滩里有许多这样像蘑菇一样的草垛。

这是老荒河的西岸。

离村远。一般时候河滩里只有这么一个老人。

这一天，河岸边又来了一个人。

老人看他的模样，像是城里的。偶尔，这里也会有城里的人来，三三两两，都是活蹦乱跳的。不像这个人，蓬头垢面，在岸边一坐就是半天，像是怀揣了心事。

老人光着上身，继续割他的草。

老人头上戴着顶旧草帽，花白胡子，下巴很大，胳膊和胸脯上的皮肉很松弛了，被太阳晒成酡红色。黑色抿裆裤裤腰上满是白花花的汗碱。

城里人在河边体验着他的痛苦。这是换了一种时空的体验。他来到这里，想让河水带走他全部的失意和忧伤。但河水很浅，露出河床上的沙砾。世界也很静，只有鸟的叫声，有河滩上老人割草的嚓嚓声。城里人不明白——这么一个老人，忙活一个秋天，割下的草能值几个钱呢？

老人也搞不懂这城里人，年纪轻轻，放着大好时光，跑到河边来闲坐。这一大片河滩的草，是属于老人的财富。夏天他不舍得割，但等着秋天，阳光吸净草的水分，只留下芳香。城里的人怎么会知道，老人养着两头牛，牛是他的命根子；草是牛过冬的饲料。

割累了，老人就歇一会儿，手拄在光滑的镰把上，眼睛微眯，仰望远天的鹰。割到晌午，老人饿了。他看看河边的城里人，还没走。老人坐到草垛边的阴凉里，吃早上带出来的干粮。

干粮是几块玉米饼。

老人牙口不好，嘴漏。右手攥着饼，左手在下巴那儿接着。饼渣儿落在手上，老人拢一拢手掌，仰头磕进嘴里。

吃完，老人去河边。走过城里人身边时，老人笑笑。老人单膝跪在岸边，摘下头上的草帽；草帽焦黑，一层油腻，想是被风雨淋了几个年头。老人一双大手捏拢它，成一个荷叶的形状，帽檐漂去水面浮物，打一帽壳水上来，很甜地喝下去。

吃饱喝足的老人，对着满河滩的空寂，对着河边呆坐的城里人，抖一抖沾湿的抿裆裤，扯开嗓子，唱出一首很动听的情歌：

园子里长的是绿韭菜，不要割，
你叫它绿绿地长着；
哥是阳坡嘛，妹是水，不要断，
你叫它清清地淌着。
……

老人唱着，老人不知道，此时坐在河边的城里人，手搭在膝盖上，忽地就泪流满面了。

又过了一年，城里人约他的新女伴，旧地重游。但见满河滩野草，唰唰作响，越发衬出河滩的空寂。两三个草垛被雨水浇黑了，趴在地上。想必是去年老人留下的。只是再也不见当年那割草老人。

城里人试着唱那首情歌。词记不清了，调子缠缠绵绵的。

一旁的女伴咯咯笑着，推着他说："唱的什么呀？"

这怎么得了啊：读曾平

七年前的夏天，一个名叫曾平的文友，从遥远的四川来到大连，在某所大学接收专家学者的再教育。老侯闻讯匆匆赶去，约他到一个可以观海的所在小酌一番。没想到这位来自著名白酒之乡泸州的家伙，竟然不胜酒力。无奈，老侯只好用啤酒跟他抒情。

老侯端起酒杯，对曾平说，那什么，老朋友相见，啥也别说，咱先走一个！该同志闻言一哆嗦，愣愣地问我，咱去哪儿？

等曾平终于弄懂"走一个"的真正含义，顿时开心起来。那天晚上，他一连跟老侯走了很多杯啤酒，走得满脸通红。

据说就是从那天开始，每逢朋友聚会，曾平都兴高采烈要跟谁谁走一个。听到这消息，老侯无比欣慰，心说，哼哼，像曾平这等一脸佛相的人，不也是"近墨者黑"吗？

在写作方面，老侯没想到，曾平同样也是……那什么，一个擅长中短篇的小说家，不知道靠近了谁，竟然偶尔也写写微型小说。

老侯在一个无所事事的下午，一口气读完曾平的三篇微型小说，然后自言自语，这怎么得了啊。

老侯脱口而出的这一声感慨，便是曾平的写作密码。

《身后的眼睛》，写一个七岁小男孩跟野猪之间的对峙。有些时候了，"孩子没有退缩，也没有呼喊，他死劲地咬紧牙，举起木棒严阵以待"。孩子并不知道，在他身后的窝棚里，他父母的眼睛，和一杆猎枪的枪口，也都跟他一样，紧盯着那头野猪。父亲原本是打算开枪的，但母亲阻止了他。母亲的意思，他们只需要用一双眼睛来帮助孩子就足够了。事情的结局，证明母亲是对的，突然间，"野猪扭转头，一溜烟跑了"。可读者心里都捏着汗，孩子心里当然也捏着汗，一旦出现意外，可怎么得了啊。

《洗澡》，写乌龙山里一个农家女子"春香"对水的渴望。这是一个爱美爱干净的女子，可惜生她养她的这片土地极度缺水，"不到夏天暴雨时候，乌龙山哪个会洗澡？"于是春香跟"爹"之间爆发了严重的情感冲突。爹一个耳光接一个耳光打春香。很快就把春香的爱情打下来了。"秋成"说："春香别哭，不就是一桶水嘛……我给你两桶行不？"秋成挑着两只水桶下了山，夜深人静时，真就给春香送来两桶水。"不久，春香嫁给了秋成。"她爹骂她，她顶嘴。可她怎么都没想到，结婚之后，秋成摇身一变，也像她爹一样用耳光扇她，不准她在春天洗澡。开小四轮的"夏至"对她说："春香，我给你一车水行不行？"随后春香坚决改嫁，跟夏至一起过日子。她爹特别不理解，春香这孩子，为两桶水就嫁人，为一车水就改嫁，这怎么得了啊。

最让人揪心的是《厂子》。乡里招商引资，"乡长"像龟孙子，三个月没下酒场，五次差点住院，才好不容易把"王老板"的厂子引进到坝坝村。"村主任"是一个特别善于理财的人，他跟村民们算了一笔账，"一亩地，人家给一千斤谷子"，比你起早贪黑玩命干，还多出二百斤，是不是求之不得的好事？何况，"今天签合同的，一人奖一百块，一百块是多少？一百五十斤谷呢！"于是大家都签字，厂子很快便在坝坝村"耸立起来"。可问题随后也跟着来了，"烟囱上面那些黑烟，把天全给吃完了"。村主任为此又专门跟村民算了一笔账："王老板的决定，每家每户给一个名额，去厂子当工人，月工资一千块，干得好，还发奖金！"谁能说这不是好事呢？于是"不到十天，在城里打工的男人，纷纷回家，去了厂子"。随后，村民又发现一个问题，村里那条原本"水清得像玉"的玉泉河，竟然变成了臭水沟，不光不能吃，连浇地也不行了。村民很忧伤，村主任还在继续算账："这好办，明天，我就让厂子给大家打井，一家一口，这下，好了吧？"

曾平告诉老侯，《厂子》一文，是他2007年创作并发表的。这说明，至少在十年以前，他已经注意到，有些地方的有些领导干部，只会像坝坝村的村主任那样，整天算经济账，却从来不算环境账。现在我们当然知道，只会算经济账，会导致什么样的恶果。不幸的是，在老侯眼里，直到今天，还有某些掌握话语权的人，其见识，仍然没超过那个只懂理财的村主任。

在老侯看来，《厂子》是一篇直面现实的微型小说力作。曾平是以文学方式提醒国人，为一笔经济账，为这P那P，我们正在失去天空和河流。看官你说，这怎么得了啊？

延伸阅读：

厂 子
曾 平

村主任把大家叫到他家外面的坝子上开会。来的都是老人、妇女、孩子。身强力壮的男人全跑到城市打工去了，到春节，才像鸟儿一样飞回来。村主任的咳嗽比往常认真了好多。他要宣布重大决定时都咳嗽得厉害。

村主任说，人家乡长，像龟孙子，陪了三个月，王老板才答应过来！

村主任又说，你们不晓得，为了把王老板拉到我们坝坝村，乡长喝了多少酒！三个月没下战场，五次差点儿住院！

大家对乡长喝不喝酒不感兴趣，只对自己的事情感兴趣。这一点，村主任非常清楚。村主任接着说，把地交给王老板，一亩地，人家给一千斤谷子。一亩地，起早摸黑地干，一年收多少？满打满算，八百斤。还没算化肥、种子、汗水。现在啥都不干，坐在家里，一年的收成全进屋，还多二百斤。

坐在家里收成就能进屋，大家求之不得，就叽叽喳喳地热闹起来。

村主任的大嘴巴继续翻动，说，王老板说了，今天签合同的，一人奖一百块。一百块是多少？一百五十斤谷呢。村主任从裤腰带里取出一摞叫合同的东西，来回在大家面前晃，说，签了就是钱哟！

大家都签上大名，然后领走一百元的奖金。

推土机轰隆隆地开进大家的土地，厂子一天天地耸立起来，一根大烟囱，高得像要插进蓝天白云里面。

大家问，这王老板，建的啥厂哟？

村主任说，今年租地的谷，王老板给了没？

大家说，给了！算成钱，安逸。

村主任说，安逸你还操啥子闲心？村主任叼着带过滤嘴的香烟，反剪着手，到厂子去了。村主任兼着厂子的副厂长呢。

没多久，大家把村主任围住，还是在他家坝子边。不同的是村主任家房子的外墙全贴上了白花花的瓷砖。村主任说了，明年春天，村上盖一座四层的办公楼，钱，厂子那边出。以后，村上开会，用不着他家的坝子了。村主任很忙，偌大一个厂子，需要他忙的事情多。要不是大家带信给他婆娘，说如果不出来，就把厂子推了重新种庄稼，村主任断然不会出来。

村主任没有好脸色，说，种庄稼，还没种够？

村主任继续没有好脸色，说，王老板的租金，给没有？

大家你看我我看你，说，主任，烟囱上面那些黑烟，把天全吃完了。大家的眼睛都望着直插云霄的烟囱和那些奔腾咆哮的黑烟。

村主任见惯不惊的样子，说，天空是你家的？办厂子怎能没有烟囱？有烟囱怎能没有黑烟？大家说，主任，你没闻到臭味儿？

一些忍耐不住的，早已肆无忌惮地咳嗽开来。村主任也忍不住跟着大家咳嗽起来。村主任说，办厂子就有烟雾，有烟雾就有臭气！臭气没闻过？茅坑臭不臭？大粪臭不臭？久了，惯了，还香！

过了几天，村主任传达了王老板的决定，每家每户给一个名额，去厂子当工人，月工资一千块，干得好，还发奖金。

村主任说，你们的男人、儿子，在城里打工，一个月挣多少钱？赶快把他们喊回来，到厂子当工人，既挣工资，还照顾家里，人家王老板，想得周到不周到？

不到十天，在城里打工的男人，纷纷回家，去了厂子。

过些时候，大家再次围住村主任。都是一些老人，年轻的男人女人，全进厂子当工人了。

大家说，主任，你去看看玉泉河。玉泉河成臭水沟了。

坝坝村有条河，水清得像玉，甜得像泉，祖祖辈辈都叫它玉泉河。大家长年累月靠玉泉河浇地，饮水，河水滋润着村子。

村主任说，臭水沟怎么了？王老板的租金，少了你们？你们的儿女进厂子，少了工钱？

大家忧伤地说，主任，那河水，咋吃啊？

村主任笑笑，很释然，说，这好办，明天，我就让厂子给大家打井，一家一口，这下，好了吧？

轻轻一声叹息：读申永霞

1

王奎山说："德云，你要读一读申永霞。"

为什么要读一读申永霞？

王奎山说："读一读，你就知道了。"

好吧。既然奎山这么说，那么好吧。

当我开始阅读申永霞的时候，她在遥远的南京。在南京跳舞。"一个人跳。一个人在房间里跳。穿最简洁的衣服，最聪明的鞋，扎最智慧的丝带。"

也不仅仅跳舞。

她说："我对自己的命运，有一种奇异的欣喜与好奇。"

为了这份欣喜和好奇，她还写小说。

我没有读到过她的舞姿和汗水，只读到她的小说。微型小说。

2

当我对申永霞的作品有了初步认知之后，她来到北京，在离我近些的地方，在一个又一个胡同里，"携着自己的身影"，走来走去。

她说："北京这样的街道很多，北京像我这样的女孩子也很多。很多时候，我不知道，这样活下去，会发生什么。"

究竟会发生什么呢？

3

我明显感觉到，申永霞的微型小说里，有一缕缕一丝丝的寂寞，岩石缝隙中那些无名小草般的寂寞；还有淡淡的惆怅，露珠在玉兰花瓣上滑落时的惆怅；以及，青春的脸上偶尔几滴晶莹的泪水。

更多的，是一声轻轻的叹息。

那是对生活、命运和成长的感叹，类似于夏天的夜晚，一株青春期的玉米在田间拔节时的自言自语。

她几乎所有的作品，都有一声轻轻的叹息。

4

申永霞喜欢问自己一些问题。

她说："眼前的日子似乎不真，明天的日子几乎很迷茫。失去的不愿想了，拥有的又是什么呢？"

她说："死将使他永远地爱着我。这难道不比平淡地活着忧伤地分手重复地继续更让人回味吗？"

并不是所有的问题都有答案。于是：

"烟雾袅袅，袭思诺切断了回忆，她轻轻地叹了口气，下意识望了望舞池，神情突然凝结了。"（《舞者思诺》）

"此时汤红美才悄悄叹了一口气。说，没办法，累呀！"（《弧状人生》）

"唉，方郁想，生活！"（《冷石街上的玫瑰》）

"毛珊叹叹气，离开了。"（《毛珊的笑与泪》）

"小飞脸上火火辣辣，心里冰冰凉凉。"（《寻找一脸青春痘的女孩》）

"可茹想，你哭什么，你不要哭。想着，去摸自己的脸，却陡然摸到两掬冰凉的泪。"（《酒吧之夜》）

我很愿意告诉读者，申永霞的作品，大多是对自身命运直接的关怀和抚慰。作品中所有女性人物身边，都有她心灵的孤影。她毫不保留向读者敞开了自己的精神历程。她依靠直觉确立自己的叙述方式。她的作品印证了克罗齐先生的观点：直觉就是艺术。

忽然想到一个问题，申永霞会不会认可我对她的解读呢？很难说。真的很难说。但不管怎样，我都想告诉她："作者有时并不完全清楚他心灵中发生的东西。"这也是克罗齐先生的观点。

5

我曾经在一篇随笔中歌颂过申永霞的小说语言。对，一点没错，是"歌颂"。她的语言动感极强。儿歌里唱："小白兔，白又白，爱吃萝卜爱吃菜，蹦蹦跳跳真可爱。"她不是小白兔，可她的语言，真的，"蹦蹦跳跳真可爱"。她的语言是感性的舞蹈，简洁、聪明、智慧，借她自己的话说："好得一点都不客气。"

申永霞的语言跟玛格丽特·杜拉斯有几分相像，但她比格拉斯多了一份幽默。"直到最后，狗子妈才知道狗子既不缺铁也不缺钙，而是缺少教养。缺少教养赶紧补教养，可是晚了，狗子他已经长大了。"如此恬淡飘逸的轻幽默，也许会让声名远扬的杜拉斯愁得吃不下饭，甚至很可能，让她老人家也睡不着觉。

6

女性作家大多喜欢描摹花草树木在静水中的倒影，却很少探究被浮萍遮蔽的卵石和游鱼。申永霞也是这样。对她来说，能拥有一塘浮光掠影就足够了。她拒绝深刻。那么果断地拒绝了。她说："我觉得特轻松，有一种边写边玩的意思。"

然而文学，不深刻行吗？

申永霞的微型小说，我最喜欢《弧状人生》。

奎山说："德云，《弧状人生》，你写不了。"

是的。我说："是的。"

7

已经很久没读到申永霞的微型小说了。不知为什么，近来我经常轻轻地想念她。据说她早已搁笔，不再想、不再看微型小说的事。据说还有不少像她一样优秀的微型小说作家，也都陆续搁笔，不再想、不再看微型小说的事。

难怪微型小说一天天地式微。

关注心灵：读秦俑

    对微型小说的阅读，在十年以前，曾经是老侯日常生活的一部分，而且还是比较重要的一部分。当然，我不是用读者的眼光，而是以作者和批评者的眼光，来掂量那些作品。老实说，持续多年的研读，让我遭遇很多迷惑。我一直想搞清楚，为什么会有那么多写作者，把就事论事当成是作品的使命？为什么还会有那么多写作者，会在现实关怀的层面上踯躅不前？

    在老侯看来，就事论事的写作是故事赖以生存的基本手段，但它不是小说的。永远不是。小说里至少要有一点点现实关怀，比如给凄凉以温暖、给不幸以同情、给离别以惆怅、给远方以思念、给幼小以父爱和母爱等等，这些都是感动读者的元素。但是不是有了现实关怀就能树立小说的尊严？我觉得不是。我觉得小说还应该去探究永恒的、与人类长久共存的精神难题。换句话说，就是要关注人类的心灵。

    我们在现实生活中很难找到一颗真正和谐的心。这到底是因为什么呢？在心理学家的答案之外，小说家有责任为这一疑问提供鲜活的案例。

    很多年前，美国作家福克纳在诺贝尔文学奖的获奖演说词中，毫不留情地指责那些没有心灵的写作。他说："它所描绘的不是人类的心灵，而是人类的内分泌。"这话让老侯想起多年前中国文坛风行一时的"下半身写作"，陡然失笑。不必讳言，国内确实有很多作家是靠描绘内分泌而成名的。

    老侯欣喜地发现，在微型小说作家部落中，秦俑的作品，一度以关注人物心灵而见长。这些作品，比较集中地收录在他的作品集《纪念日》

里边。

秦俑对微型小说的痴迷和认真态度，让很多"功成名就"的"老作家"都望尘莫及。他的作品很少直接描绘现实的生活情态，更多的是，把探究的目光深入到人物的内心。

秦俑的作品中，爱情题材占据了比较多的篇幅。对爱情的关注，依老侯的理解，也是对当代青年的心灵关注。

《我的网恋手记》是秦俑爱情题材的一篇代表性作品。谈到这篇作品中的人物，他说："他把感情当成是一场精心策划的游戏，无所谓结局；她把身体当成是一个欲望的舞池，而又止于欲望。一切都是虚假的，像一部冒着肥皂泡的华丽电影；但一切又都是真实的，它离我们如此之近，彼此可以互相触摸，但永远不会相爱。"

为什么会这样？这就是作品诱导我们去思考的问题，是精神追问。类似的精神追问在《鸡蛋经营的爱情》和《更多的人死于心碎》中也有程度不同的体现。当鸡蛋经营起来的爱情遇到危机，再用更多的鸡蛋去支撑去巩固为什么会失效？当死于心碎的男人死而复生，女人心中为什么没有丝毫欣喜？那颗尝试相信爱情的心还会不会继续尝试下去？这些追问是留给虚构人物的，同时也是留给读者的。

在爱情之外，秦俑当然还会关心另外一些问题。爱情是生活不可缺少的一部分，但不是全部。不出老侯所料，秦俑用他日渐成熟的创作思维，循序渐进地探究了当代心灵更为广阔的丰富性和复杂性。在这方面，最值得称道的作品，无疑是《化妆》和《榜样》。

《化妆》里写到派系，写到对美的渴望，写到人与人之间的距离，以及这种距离的转换。当然，最重要的是写到死亡，写到死亡对爱美之心的摧残。相比之下，死亡对一个年轻生命的摧残倒退居其次。"陆小璐"每次上手术台都面临着生命危险，但她对生命似乎没有过分的担心，她担心自己的美。她用整个上午为自己化妆。她说："我参加过别人的追悼会，殡仪馆的人化妆很差劲的，我可不想死得那么难看……"到底是生命重要还是美更重要？同宿舍的五姐妹用化妆的方式为陆小璐送行，此举在老侯看来，根本不是对生命的送行，更像是对美的送行。

《榜样》里写到一颗热血沸腾的心在现实面前所遭遇的寒冷。这篇作品中弥漫着浓郁的反讽意味。"峰子"大学毕业后选择回家乡教书，他奇怪地发现，以往把他当成榜样的乡村娃娃，由于他的归来，大部分都辍学了。榜样的作用几乎烟消云散，仅仅一句轻轻的嘟囔，"上了大学又怎啦，还不照样回家种地"，就"刺得峰子的心一阵阵地疼"。也不怪村里人不理解，连峰子的父亲也照样不理解，既然在学校没犯错误，"那怎么回这破村？"在乡下人看来，只有远远离开村庄，到大城市工作和生活，才算是有出息。既然读完大学还是没出息，那还不如早点出去打工算了。在这种观念支配下，学校里的学生"竟爆减到了往常的三分之一"。耐人寻味的是，县教委捎信过来，让峰子去领"扶贫助学志愿者"奖章，因为他成了全县教师的榜样。两个榜样，一个是火海，一个是冰山，峰子面对这两个榜样，内心的冲突自然不可避免。在这内心冲突中，作为读者，我们会想到什么呢？

延伸阅读：

榜　样

秦　俑

峰子最后还是选择了回家乡教书。当同学们都去火车站送他时，峰子不知怎的就想起了一句悲壮的古诗：壮士一去兮不复返。

先到县教育局报到，签了字后，办公室的同志瞪着一对金鱼眼问，你是师大毕业的？峰子什么话也没说，背起两大袋子书和行李，头也不回地搭车回了家。

父亲见峰子回来了，远远地迎了上去，说，工作好了吧？

峰子没吱声，把行李往父亲手上一放，回到家"咕嘟咕嘟"喝了一大杯水，然后才说，省晚报让去做记者，没去。

怎么？

我想回村里学校教书。

父亲颤着声问，是不是在学校里犯了事？

年年都评三好生呢，怎会犯事？峰子坐了下来。

那怎么回这破村？

学校不是少了老师吗？

父亲愣了好一阵，叹了口气便去张罗着煮面条。

峰子早没了娘。他看着驼了背的父亲，心中不由惴惴地慌：父亲要是骂他一顿，或者打他一记耳光，他的心里也许会好受一点。

吃过面，峰子便去村里的学校找校长。

说是学校，其实不过一层四间的茅草土坯屋，屋旁竖着一根四五米高的杉木，上头飘着一面早已发白的旗。而且长年留校工作的，也只校长一人。

峰子在学校的自留地上找到了校长，校长正戴着那副掉了一条腿的老花眼镜在地里侍弄自己种的蔬菜。

峰子轻轻地唤了一声，校长。

校长回过头，眼镜差点就掉到了地上。他见了峰子，脸上的笑便浮了上来，说，峰子回来了。

我是来向您报到的，我也来学校教书，以后我就是您的部下了。

你……校长激动得什么话也说不出来，只是汪了泪，用沾了泥土的手紧紧地握住峰子的手。

校长破例炒了一盘蛋，邀峰子喝一盅。校长一边喝酒一边说，想你考上大学那年，学校里的娃儿就加了一倍，大家都把你当榜样呢。

峰子就想起往年的寒暑假，他一回家，总有东家西家的请他到家里吃饭教课，说是要自家的娃子学学他的样。

可是，这一年暑假过去，也没见哪家有人来请他。和乡里乡亲的见了，还有人不相信地问：峰子，你真回村里教书？

峰子就爽快地回答：是！

到秋天开学了，报到的学生竟爆减到了往常的三分之一。校长和峰子都不明白：老师多了，学生怎么反倒少了？

于是峰子拿了一份花名册挨家挨户去问，问来问去，都回答说：我家的娃儿不念书了，过两年让他到外面打工去。

峰子说，孩子还小，怎就不让念了？

念了书没用。

怎没用？念了书可以考大学啊。

对方就不吭声了，任峰子怎么劝说也没用。等峰子一脚跨出大门，后边就传来轻轻地咕哝：上了大学又怎啦，还不照样回家种地……

这话刺得峰子的心一阵阵地疼。

跑了几天，来报到的孩子没见增多。倒是县教委捎了信过来，说是让峰子去领"扶贫助学志愿者"奖章，他成了县里好几万教师的榜样呢……

女性的暴力：读刘黎莹

1996年春天，老侯在一家文学期刊上读到刘黎莹一组微型小说，受到极大惊吓，从此牢牢记住这个名字。

后来在各种名目的文学笔会上，老侯跟刘黎莹多次握手，也多次畅谈文学以及文学之外的某些话题。笔会之后，我偶尔也会接到她的电话，电话的主要内容，都是谈论微型小说。

阅读刘黎莹作品，让我多次想起一个名叫贺双卿的古典女子。该女子生活在大清国雍正年间，出身"贫农"。她舅舅是一位乡村的私塾先生。在舅舅的启蒙和引导下，她渐渐领悟到诗词创作的奥妙。十八岁，嫁给一个目不识丁的樵夫，苦难生活由此开始。"汲水种瓜偏怒早，忍烟炊黍又嗔迟。日长酸透软腰肢。"她在植物叶片上用淡墨抒发自己的农家生活感受。"怜春痛春春几，被一片春烟，锁住春莺。……做一场春梦，春误双卿。"她的生活里塞满了不如意，但她怨而不怒。"凄凉劝你无言，趁一半沙一半水，且度流年。"一位外乡的书生向她敞开心扉，她却用一首诗冷淡了他的热情："书生漫负怜才癖，妾在田家静安帖。"

跟贺双卿的生活态度完全相反，刘黎莹笔下的乡村女性，几乎都是擅长抗争的强人。她们的抗争有时还伴随着激烈的形体动作，有那么一点暴力革命的意思。

《房客》中的"荣"，由于丈夫在外头有个女人，一气之下离了婚，住进娘家的老宅。老宅有个房客叫"长顺"。日久生情，荣爱上长顺，可她不知道该如何表达，一天晚上终于崩溃："啪啦，一根门闩从荣的窗子里飞了出来……啪啦，又一根门闩从荣的窗子里飞了出来……荣的手在空中一扬，又一扬，门上的帘子烂了，哗哗啦啦落了一地。"你瞅瞅这个发了癔症的荣。

《姐妹》中的"梅"，由于种种原因，"只好中途辍了学，进城给人当保姆"。她把自己的人生理想寄托在妹妹"兰"的身上。她希望兰能考上大学，一再叮嘱并创造各种条件让兰好好学习。可"兰的学习成绩还是上不去"。梅急了，对兰说："往后你错一道题，姐就扯一回自己的头发，你不怕让姐变成秃子你就错。"就这样，"梅的头发一天比一天少了"。兰实在熬不下去，"高中毕业前的一个月，悄悄离家出走了"。

《婚床》里的"小艾"深深地爱着"万钟"，在两人约好去看席梦思床的那天，万钟出了意外，"匆匆走了"。小艾"要死要活"嫁给了那个做席梦思床的木匠。婚后，两人经常打架，"小艾急了，就用嘴去咬木匠的手和胳膊。家里的人来劝，小艾红了眼，谁过来拉她，她就疯了一样咬谁"。

《新娘穗子》中的"穗子"，也是由于感情问题，"心里屈得慌"，把怒火烧到弟弟头上。"一巴掌扇在弟的脸上……一缕缕的血丝从弟的嘴角淌出来。"让人很难容忍的是，穗子竟然对弟弟大吼一声："上学上学，八辈子没上过学？"

刘黎莹的作品给老侯留下印象最深的是《端米》。新娘子"端米"比上文里提到的那些女人温柔多了，但面对嗜赌成性的丈夫，她心里也在一天天发狠。丈夫"回家往外偷粮食卖"，端米说："你想往外扛就尽管扛，我不拦你就是。"那个叫"泥"的丈夫卖光了家里的粮食，"守着空了的大缸发愣"，端米却把自己卖血的钱递给他，说："你现在只能用我的命去赌了泥，直到赌干我身上最后一滴血。"

当暴力革命中的女人取得最后胜利的时候，刘黎莹的欣喜显而易见。《端米》的结尾："就有人问端米有没有绝招，端米甜甜地笑笑……"《仲夏的莲》的结尾："咯咯咯，一阵清脆的蛙鸣传来，秀儿看见村头池塘的莲花开得爽人眼睛。"《一朵茉莉花》的结尾："一阵南风刮过来，学生闻见了一股很好闻的茉莉花香味儿。"而与此相反，当胜利遥遥无期的时候，作者心中的惋惜和酸楚也显而易见。

　　站在男性立场，老侯并不赞赏贺双卿的逆来顺受，但同时对刘黎莹笔下那些女性抗争命运的方式，颇有些忐忑不安。贺双卿的不幸能唤醒老侯的同情心，而梅和穗子，只能让老侯心惊肉跳。

温暖：读何晓

　　很多年前，在一家微型小说网络论坛上，一个名叫"赵晓霜"的女士，曾引起老侯的高度关注。她喜欢在网上发言。从她长长短短的发言里，我看到一个写作者思想的表达，是那么从容，那么纯净。我对她的内心独白更是留下深刻印象。她说："生性木讷的人，除了写作，还有更好的宣泄方式吗？感谢主，让我们不开口，也能说话。"

　　2004年春天，老侯到河南参加龙湖文学笔会时才知道，赵晓霜的真正面目是"何晓"，来自遥远的四川。何晓告诉我，她是"在古街院的阳光里写阆中风情小说"。我的理解，这是一个写作者通过写作方式，对自己的城市表达最深沉的爱。这让老侯好生羡慕，羡慕那座城市，羡慕那座城市竟然拥有这样一个痴情的写作者。

　　初次见面的几个月以后，老侯读到何晓的微型小说作品集《锅盔西施》。从中看见远在大西南巴山深处的阆中古城的历史和现实，看见古城的人文和人性，看见古城的民风民俗和日常生活。所有这一切，都是属于阆中的，同时也都是属于何晓的。它是何晓的阆中，是何晓感性与理性交织而成的阆中。

　　作者在《锅盔西施》自序中深情地表达了她对"从容和纯净"的渴望。这是对的。这让老侯联想到，为什么阅读何晓的文字，时常会产生一种花瓣在水面上缓缓流动的感觉。

　　当然，还有温暖。何晓关于现实的叙述，都是温暖的。在阅读的脚步声中，我仿佛看见有袅袅炊烟在"古街院"的上空升起。这是情感的炊烟。对老侯来说，看见炊烟，就如同疲惫的旅人回到了自己的家乡。

《东坛井的陈皮匠》写一个普通人对古城历史的尊敬和珍惜。行为古怪的皮匠，"上午挣了多少钱，下午就要买多少钱的书"，都是一些古旧的书。当他把这些书全部寄给一个历史学家以后，便"和古城的其他皮匠一样，下午也要补鞋了"。我们完全可以把这篇作品，看成是作者本人的心灵自传。我毫不怀疑，古老的阆中，拥有"陈皮匠"和何晓这样的子孙，一定会焕发出别样的活力。

《锅盔西施》写的是人性的黑色、灰色和白色。它非常真实。"马三娃"这样的人，还有他母亲，其实每时每刻都生活在我们身边。我不知道，"小梅"扮演的究竟是怎样的一个角色。在我看来，她的脸色无论苍白还是红润，都值得我们同情。她是一个弱者，她身临其中的生活，无法逃避，也不能逃避。这篇作品，点中了人生的一个穴位，这穴位叫作"啼笑皆非"。

《天命》与《卖报纸的吴更》，依然是对人性的关注。这两篇作品可以对照来读。通过对照，我们可以更加深刻地感受到，一个健康人内心的残疾和一个残疾人内心的健康。毫无疑问，"王万夫"是一个善于伪装的人，就像一只毛虫伪装成树枝来欺骗它的天敌一样，但不管怎样伪装，他永远都是一只毛虫。"吴更"却恰恰相反，身体的畸形，并不妨碍他以"人"的形象行走在人生路上。

《那是留给雀子过冬的》，是一篇难得的精品佳作。那棵高大的柿子树，是张家小院里最耀眼的风景。严格说来，柿子树本身不是风景，小院主人"张伯"的心才是。满树的好柿子一个也不摘，而且还"严厉地吩咐客人不要踩了刚从树上落下的柿子"。这是为什么呢？不为别的，就因为"那是留给雀子过冬的"。为了让雀子们有歇脚的地方，张伯甚至还想把小院西北角的名贵花卉送给别人，腾出空地栽一丛竹子。以爱为媒，在这里，人与自然已经浑然一体。

老侯确信，只有心态平和的人，才能写出如此温暖的作品。

何晓最近十年的创作，以中长篇小说为主攻方向，且已收获许多果实。老侯在这里，愿意以兄长的身份，祝愿这个"生性木讷的人"，在自己的文学之路上，走得更远，攀得更高。

延伸阅读：

那是留给雀子过冬的
何　晓

这个地方是古城西边的张家小院。

小院里有两棵树，一棵是海棠树，另一棵是柿子树。

海棠是百年贴梗海棠，嶙峋的干傲立在用汉砖砌成的花台上，花台在天井里，海棠的枝任性地铺满了整个天井。虽然在天井和街道之间，有两道大门和一间门厅，但过路的人还是一眼就能穿过这两扇开着的厚重的门，看到海棠树上吊满了木瓜一样的果，闻到空气中浓郁的苹果味一样的香。

柿子树的年龄就更长了，树干粗得可以任由一个五六岁的孩子躲在后面藏猫猫——当然，这只是比喻，怎么会有孩子来这里玩游戏呢？这里是后花园，平常时候，没有熟人引见，树的主人是不会随便让人进来的。柿子树上挂着灯笼一样的果，果子高高的密密的。香气嘛，因为树太高，站在地上的人一点都闻不到。

古城的三千多株名木古树，大都藏在深山古庙里，唯有这两株，张扬地俯瞰着闹市，一副荣辱不惊的样子。就是关于闹市里的这两株树，古城有一句传了几辈人的歇后语：张家院儿的果木子——俏货。

很少有人能拒绝这两棵传奇名木的诱惑，他们总是好奇地进去并在树下站很久，看主人小心地登上人字木梯给邻居摘一个两个海棠作药引，听他严厉地吩咐客人注意不要踩了刚从树上落下的柿子。

很久之后，他们中有人满怀敬意地悄然离开了，也有人急切地想问个明白："为什么一树好柿子竟不摘啊？"主人的一句"没啥，不想摘"像禅机一样让人琢磨不透。

于是，就有人去问张家小院的常客、从文物管理所退下来的文物专家老宋，他可是啥都知道的哟。老宋听了，只是笑，却不答。问得紧了，他就说，你晓得，我也有好久没去张家小院了。众人一打听，原来老宋近来喜欢上了摄影，而且专门拍雀子。

大家都不明白，可老宋心里明白着哩。

老宋是张伯的茶友。两人前几十年泡茶馆，后十来年懒得泡了，就把窝点定在小院里。他们喝茶的时候和其他茶客不一样：人家热热闹闹、高谈阔论；他们却像两个闷葫芦，无声息的，喝茶倒水全凭心领神会。偶尔有几句话，也是关于那两棵树的。

春天，有整整三个多月的时间，他们坐在天井里的海棠树下，看海棠花像火苗一样绽放成一团火球，牵住所有过往行人的眼睛；夏天的时候，他们在天井旁的街沿上，看海棠花落，看海棠的叶子变着花样地绿，看米粒一样的果子一天一天长大；秋天的时候，他们把据点搬到后花园，花园中央是柿子树，东面是走廊，其他三面是梯形花台，花台上摆了近千件盆栽。在树下有一张小几两张躺椅，都是明朝的，家传的。几上的茶具和烟灰缸，都是清朝的，自然也是家传的。然后半躺半坐，看满树的柿子一个一个地转黄，看雀子一只一只地飞来；冬天，依然是一样的桌椅一样的茶具，但必须搬到走廊里，因为雀子多起来了，雀子粪下雨似的往下落。

老宋最后一次去小院那天是十月底。还只是深秋，但雀子已经很多了，老宋和张伯不得已只能提前到走廊里喝茶。

老宋说：有203只。

张伯说：十姐妹来了，你眼睛不好，没看到。

十姐妹是一种只有拇指大的雀子，喜欢成群结队地飞来飞去，停在高高的枝上，很容易被忽视。

张伯说：我要把西北角的花送出去，你有没有朋友要？

老宋说：那是你儿子专门给你栽的，红唇碧玉兰、夏素、白花春剑……都是名品哟。

张伯说：我要栽一丛竹子。这城里雀子能歇脚的地方不多了。

老宋说：你们张家一辈比一辈固执。

于是老宋就走出了张家小院，再没回去过。在那之后的整个冬天，他都在小院旁边的中天楼上喝茶。中天楼高出四周的民居一大截，隔着十几米，正好可以看到张家小院里的那棵柿子树。老宋每天从早到晚地守在楼上，怀里抱个长镜头照相机，翻来覆去地给那棵柿子树拍照。有人把这事说给张伯听，张伯听了，一句话都不说。

来年立春那天，在古城的广场上，一下子摆出了一百多张巨幅照片，照片上只有结着果子的树和树上的雀子。这是古城有史以来最成功的一次影展，不仅古城的人来看、市上的人来看、省上的人来看，连中央电视台《人与自然》栏目的那个漂亮女主持人也来了。女主持人要采访摄影师老宋，老宋却要求人家把镜头对准照片上的柿子树，树干上有一行清晰的字：树上的果子是留给雀子过冬的。

古城人好像解开了一道谜，却又好像面临更多的谜团，对张家小院的敬重里，多了几分亲近。

没想到：读伶伶

好多年以前，我就把作家李伶伶叫作伶伶。那时候，伶伶只是一个辍学不久的乡村小丫蛋。可能连她自己都不会想到，日后她会成为一个知名度很高的微型小说作家。

我跟伶伶相识，是通过书信。那时没微信，电子邮箱之类也不太普及，人与人的远距离交流，有时还需要借助传统的书写和邮递方式。

那时候，我是一个积极向上的文学爱好者，热衷于微型小说创作，且在报刊上发表了一定数量的作品。很显然，我的作品引起了伶伶的注意。

据伶伶回忆，她是在2001年，"有了可以代步的轮椅"，才从辽西一个名叫北柳树屯的小村庄，走进了县城。在"县城的杂志店"，她认识了微型小说。

当年的某些微型小说杂志，有个特点，喜欢刊登作者简介和联系方式。于是伶伶给我来信了。

我不记得那是哪一年。不过肯定是伶伶坐上轮椅之后。伶伶在给我的信中，谈到她的病和她的轮椅。可惜伶伶的早期来信，我都找不到了。真是可惜。事关一位作家的成长，以及这位作家对文学的迷恋和觉悟，这些，现在都应该看作是微型小说史料。

没想到，当时我绝对没想到，从2005年开始，我在《天池小小说》和《百花园》等多家微型小说刊物，接二连三读到伶伶的作品，而且阅读的频率越来越高。我心中不免一次次感叹：那个名叫伶伶的小丫蛋，原来是个才女啊。

认识伶伶至今，我共有四个没想到。上面所说，是第一个。成作家了嘛，可喜可贺。此外还有三个没想到，也都可喜可贺。

第二个没想到，是2010年秋天，中央电视台金牌制片人俞胜利先生，决定把伶伶的微型小说《翠兰的爱情》，改编成同名电视剧。当然，剧本的执笔人，还是伶伶。

伶伶"触电"了，把一篇不到两千字的作品，活生生改编成一部三十集电视剧。这部电视剧在2014年某月某日，由河北卫视首播。出乎很多人意料，该剧竟将河北卫视的收视率排名，由二十四位提升到第六位。俞先生说："这极可能是我国电视剧改编史上的一个奇迹。"我也觉得"极可能是"。

当然，这里边蕴藏了俞先生很多的心力。但也不能不说，伶伶的才情，在其中起到了重要作用。

我看过这部电视剧，一集一集，用心去看，而且写下了观感日记。长处说长，短处说短，对每一集的剧情和人物言行，也都提出自己的看法。那是一次公开的交流，在一个微型小说网络论坛上。我的初衷，是以这种方式，对伶伶，以及伶伶的创作，表达自己的敬意。当年的小丫蛋，已经长成一棵树了。尽管，还不是参天大树。可哪棵大树，不是从小树成长起来的呢？

第三个没想到，是2017年初春传来消息，伶伶的微型小说作品集《起舞》和《羊事》，将同时由延边人民出版社隆重推出。

伶伶告诉我，《起舞》收录了她2005至2009年之间的作品，《羊事》收录了她2010至2016年之间的作品，各一百篇左右。伶伶说，她所有的微型小说，都在这两本书里了。

伶伶让我给她的两本书写一则"推荐语"，说这是出版社的构想。我不能拂了出版社的美意，更不能凉了伶伶的热望。我答应得很快，却写得很慢。我想了很久，两个星期，或者三个星期，才写出下面一段话：

读李伶伶的微型小说，我的思绪里，总会夹带一丝怪异的味道。这感觉伴随着我的阅读旅程，曾让我深深迷惑。直到不久以前，我才终于看穿她的"写作密码"。她几乎所有的作品里，都潜伏着一个独特的"因果"关系。她的叙事，不是围绕人物，不是围绕情节，而是围绕因果展开的。她用这种别样的创作手法，为我们呈现了人间的另一种真相。

这是我的心里话，没有丝毫恭维的意味。那时候，伶伶的代表性作品，我认为有三篇，与电视剧同名的《翠兰的爱情》，还有《说不出的悲伤》，以及《数学家的爱情》。我在一篇评论文章里，对这三篇作品，有比较细致的剖析，这里略去不提。但我同时也给伶伶提出一点希望，这里不能不提。我说："伶伶确实到了'应该有些突破'的时候，'在语言里'以及'别的方面'，都要'加点什么'或者减点什么。"

第四个没想到，是伶伶竟然很快突破了自己。前不久的一篇《小偷之死》，吓老侯一跳。伶伶以前的作品，都是在生活层面跳踢踏舞。而《小偷之死》不是。看外表是，骨子里不是。骨子里，这篇作品，是对国人灵魂的拷问。我从这篇作品中看到了国人灵魂深处的粗暴，看到了人性的阴冷。

这篇作品的情节走向，颇让人感到意外。但细琢磨，好似又在意料之中。"陈武"是个抓小偷的人。抓到小偷，扯了头套一看，我靠，认识。是个惯犯，总偷总偷，连他爸的钱也偷。大伙都气愤。于是陈武要"替他爸教训教训"小偷，围观的人立马响应。这有什么奇怪吗？不奇怪。很多人都会这么做。何况，陈武比别人更恨小偷，他妈就是被偷了钱，才着急上火得心脏病去世的嘛。可谁能想到，小偷这么不经打呢？大家都说是陈武把小偷踢死了。于是陈武进了监狱。原先有家有工作，一进监狱，成光杆了。十五年后，他出来了。总得找个工作养活自己吧？可是屡屡被拒绝。一次偶然的斗气，让他跌落到抢劫和偷窃的深渊里了。在偷窃被抓遭到众人殴打的那一刻，他想到自己入狱之前痛打小偷的那个瞬间。"他的命运就是从那一脚开始转变的"嘛。随后，"他微笑着闭上了眼睛"。

读完这篇作品，我心里特别不踏实。说不清道不明的，就是不踏实。我想了很多事。忍不住要想。我想了又想，得出一个结论：人生是一条沟壑纵横的山路，时刻得用理性来控制前行的方向，稍一松懈，就很有可能跌落深渊，像陈武那样。

很多年前我曾经扬言，一篇作品存在的理由，有四个："让人笑，让人哭，让人回味，让人思考。"说实话，在微型小说领域，能让人思考的作品，还不是很多。所以我说，这是伶伶迄今为止最杰出的作品，也是中国当代微型小说的杰作之一。

延伸阅读：

小偷之死

李伶伶

陈武下班回到小区，看到小区的人正在追一个小偷。陈武最痛恨小偷，要不是小偷把他母亲刚从银行取出的工资偷走，他母亲也不会急得心脏病发作去世。所以不用人招呼，他就加入了抓小偷的行列。陈武学过武术，抓小偷对他来说太简单了，他追上小偷，几下把他撂倒了。

小区的人很快围了上来，有人说报警，有人说把他送到公安局。小偷戴着头套，看不到他的脸，大家让他把头套摘下来，他不摘，陈武一下把他的头套扯了下来。大家看到小偷的脸后，都很气愤，他居然是打更老头那个败家儿子。挺大个人，啥也不干，整天游手好闲的，不但偷他爸的钱，还偷小区住户的钱，大家几次把他送到派出所都屡教不改，他爸被他气得哮喘病都犯了。今天得替他爸教训教训他了。这话得到了大家的响应，大家你一脚我一脚都来踢小偷。小偷挣扎着想跑，被陈武一脚踢趴下了。

这时警察来了，大家七嘴八舌地跟警察说小偷的行为。警察让小偷起来，小偷趴着不动，警察去拽他，他还是不动。警察一探他的鼻息，没气了。警察说，他死了。大家都很吃惊，没想到小偷会死。警察说，谁把他打死的？大家你看看我，我看看你，把目光都投到了陈武身上。陈武很惊讶，说，不是我一个人，他们都踢了。大家说，之前他还好好的，你踢完之后他就不动了。陈武说，不对，不是这样。警察说，你踢没踢吧？陈武说，踢了。警察没再多问，直接把陈武带走了。

案发现场没有监控录像，关键时刻，小区的人又都不承认自己踢了小偷，所以陈武要对小偷的死负责。因为小偷有错在先，陈武属过失致人死亡，法院判他十五年刑。陈武不服，要求上诉。上诉的结果是维持原判，因为证据不足。

陈武不理解，不是法不责众吗？明明大家都参与了，为什么让我一个人负责？这个问题，他想了十五年也没想明白。出狱后，陈武发现自己一无所有了，工作丢了，媳妇早跟他离婚了，连房子都被她偷偷卖了。陈武出去找工作，因为他有坐牢的经历，屡遭拒绝。

一天，他去一个汽车维修店应聘，看到一个男人在修车，修了半天也没修好。他走过去，几下就修好了。男人意外地看了他一眼，说，手艺不错。陈武说，小意思。这时走过来一个女人，看样子像是老板娘。女人说，以前在哪儿干过？陈武说，监狱。女人说，监狱也开修车铺啊？陈武说，在监狱学的修车。女人没说话。陈武说，我看到招聘信息，说你们这招聘维修工，我是来应聘的。女人听后马上歉意地笑了一下，说，真对不起，我昨天刚招了一个。说着掏出五十块钱递给陈武说，刚才让你辛苦了，你再去别处试试吧。陈武犹豫了一下，拿着钱走了。

走出没多远，听见女人说，今天真晦气，碰见个倒霉鬼，害我损失五十块钱。陈武转身又回去了。陈武走到女人面前说，你说谁晦气呢？女人吓了一跳，尖叫着说，你想干什么？陈武说，把钱都拿出来，你不是说你倒霉吗，我就让你倒霉到底。女人乖乖地把兜里的钱都掏出来了。一边的男人刚想做点什么，陈武顺手抄起店里的一把修车扳手，说，别动，敢报警你们都没命。俩人都没敢动，陈武拿着钱走了。其实他心里很紧张，怕他们报警，也怕警察再把他抓起来。陈武在出租屋待了好几天没敢出门，后来见没什么动静才出去。

二天找工作依旧不顺利，抢来的钱又很快花光了，没有经济来源的陈武想到了偷窃。几次得手后，他的胆子渐渐大了起来，后来干脆以偷盗为生。

三天有一次入室盗窃，被人堵在屋里。陈武从窗户往外跳。二楼的窗户离地面不高，他以为自己能逃脱，没想到落地时崴了脚。户主大喊抓贼，小区的人很快围了过来，对他一顿拳打脚踢。他挣扎着想跑开，被人一脚踢到心窝。一阵钻心的疼痛之后，他感觉自己要死了。这时，他猛然想起当年他踢小偷的那一脚，他的命运就是从那一脚开始转变的。想到这儿，他意味深长地看了最后踢他的那个人一眼，微笑着闭上了眼睛。

37℃的感觉：读李广宇

　　李广宇是一位资深文士，早在20世纪80年代后期就有诗作发表，此后又在中短篇小说的原野上颠簸多年。可能连他本人都没有想到，某一天他会对微型小说发生兴趣。而这种兴趣的转换，只是源于一个约稿电话。看来人生的种种因缘，都有其说不清道不明的偶然性在推动或引导。

　　我是先听到友人对广宇微型小说的高声赞美之后，才开始注意他的。一家文学杂志的美女副主编，在电话里跟我说广宇，竟然声情并茂夸奖了二十分钟之久（该美女夸奖老侯从来没超过五分钟，哼哼），让老侯好生嫉妒。嫉妒的同时也颇有些糊涂。那时候我还没读过广宇的作品嘛。老侯不得不追问那位美女，广宇微型小说的个性是什么呢？美女说她喜欢广宇作品中那种37℃的感觉。我愣一下，美女接着说，就是跟体温相似的那种感觉哦。

　　噢，我好像明白了一点什么。

　　此后几天里，我读了多篇广宇的作品，果然37℃。

　　广宇的微型小说里边充满了日常的生活经验，都是普通人的普遍遭遇，比如，男人与女人间的情感纠葛，比如父母的养老问题该如何解决，等等。这些平平常常的素材，对写作者的压力，要远远超过传奇故事。但广宇驾驭得很好，好到每一篇作品，都能迅速融化在老侯的情感之中，且久久难以忘怀。

　　广宇的笔下，有两个人物频频出现，一个是名叫"李伟"的男人，另一个是名叫"王小美"的女人。有时故事在这两人之间展开，有时只涉及其中一个人。毫无疑问，这二位是广宇虚构空间里的重要人物。

《迁就》一文，写的是女人对男人，也就是王小美对李伟，从容忍到忍无可忍的情感旅程。李伟提出离婚，王小美不同意，拖着，拖到两人分居，还在继续拖。王小美知道李伟外边有情况，是个年轻漂亮的电台主持人。你说怎么那么巧，王小美有一天想搭车去公司，约了滴滴，没承想应约而来的奔驰司机，就是那位电台主持人。两人起初并不知道彼此的身份，竟然有说有笑。途中女司机接到一个微信，看了看，回了一句语音："你什么时候离婚，我们再见面谈！"之后不久，王小美看见女司机的手机屏幕亮了，有电话打进来。王小美就是在这一瞬间崩溃的。显然电话是王小美的丈夫李伟打来的。强烈的报复心，让王小美对弯腰捡手机的女司机动了邪念，她"突然按住女人的头，用力将她的头别到方向盘下"。一场车祸发生了……王小美在迷迷糊糊中想到，这回，她要痛痛快快跟李伟离婚。

《隐者》中的李伟，是离婚之后的李伟。他出差到外地，在一个小地方的小旅馆里，目睹了喜欢书法的旅馆老板跟他妻子之间的一场打斗。打得那个凶啊。"男人突然从椅子上跳起来，抓住女人的头发，猛地按向那张条桌，桌子上的纸笔被撞飞起来。撞了几下，男人又猛打，女人先是挣扎，接着放松了身体，任男人挥拳暴打。男人一边打一边说着什么，女人却再无反抗。"这一场打斗深深刺激了李伟。第二天，他在火车上给王小美打电话，说孩子的抚养费不用催，每月都会准时到账，"还有儿子学的那个书法班，停了吧"。旅店老板跟妻子的一场打斗，竟然改变了李伟儿子的学业走向，你是不是觉得不可思议？然而在生活中，这种情绪上的蛙跳现象，并不罕见。

广宇的微型小说，我最看重的一篇，是《车站》。

还是李伟的故事。李伟回老家，为老妈的养老问题，跟妹妹大吵一架。他不同意把老妈送到养老院，但妹妹坚持。兄妹俩闹僵了。这是故事背景。小说的叙事主体，是李伟在高铁车站的遭遇。李伟算错了时间，提前两个小时到达车站。他感到孤单。"买了五杯可乐，上了三次厕所，又在列车表前磨蹭了很久，看表，还有一个小时。"你说这可怎么好啊。这时，一个卖充电宝的女孩出场了，向李伟推销产品。李伟本人就是搞推销的，知道些底细，要价五十的充电宝，他还到十元。女孩为了点燃李伟的善良和购买欲望，坐到他身边，给他讲了"一大段惨兮兮的故事"。李伟知道女孩的故事只是故事，却在检票前，分两次，总共给了女孩二十块钱。第二个十块，是感谢女孩陪他说话。故事的结尾陡然一跳，回到开头的话题。李伟在站台上给妹妹打电话，说他同意把老妈送到养老院。这情节看似突兀却又顺理成章，你说是不是？

日本作家星新一所擅长的逆转本领，中国作家李广宇也同样擅长。

另外有一点老侯不能不说，在广宇几乎所有的微型小说中，都镶嵌着一个别样的写作观念，这便是话剧创作中的"三一律"原则（即同一时间、同一地点和主题的统一）。广宇说："单一的时空有助于集中读者的关注点，有助于故事舒展地铺陈，在这样的时空里，表面的平静如水，往往反衬出故事冲突对人物的影响与冲击。"

广宇愿意在微型小说创作中恪守"三一律"，这是他的自由，谁都无权干涉。同样，另外的什么人，宣扬推崇别的什么原则，老侯也会保持沉默。总之在写作这件事上，任何手段都是可以尝试可以使用的，终极目的是把作品写好。

王小波谈论写作时，有过一句痛快话："先把文章写好了再说，别的管他妈的。"此言深得我心。

广宇你就好好写吧。好好写。

延伸阅读：

车　站

李广宇

　　等高铁的时间有点长。李伟百无聊赖地翻看着手机。刚才跟妹妹的争吵还在耳边，争吵的结果是妹妹摔门而去。本来说妹妹要开车送他，谁料出了这样的岔子，李伟只好自己搭公交车到高铁站，时间没算准，竟然提前了两个小时。

　　妹妹的想法——送老妈到养老院，让李伟愤怒。她真想得出！很多年前，李伟离开家乡到另一个城市定居，年迈的父母跟着妹妹一起生活。父亲去世后，母亲独居，平时全靠妹妹照顾。这么多年过去，直到这一次回家探亲，妹妹突然向李伟提出，送母亲进养老院。

　　李伟暴跳如雷。母亲有两个孩子，送养老院？岂不让邻居嘲笑？妹妹却笑他观念落伍，都什么年代了，谁还管别人家的事？再说现在养老院设施很好，母亲身体越来越差，总得有人贴身照顾才好。李伟却犟，死活不同意，妹妹冷了脸，说，那好，你接妈妈去你那里住吧。这话难倒了李伟。李伟做产品推销，一年有一半时间在外面飞，这些妹妹当然知道，只是话说到极端，妹妹才变得口无遮拦。

　　李伟买了五杯可乐，上了三次厕所，又在列车时刻表前磨蹭了很久，看表，还有一个小时。李伟靠在长椅里唉声叹气，不知道怎么打发这漫长的时间。高铁站里人来人往，却都是冷着面孔、拒人千里的表情，脚步匆匆，生怕错过了什么。李伟丧气地闭了眼睛。往常他也经常在高铁站等车，但每次都有工作，心里挂着催命一样的任务，根本没时间想自己的心思。

　　有人问，大哥，买充电宝吗？李伟睁开眼睛，见一个女孩站在面前，二十几岁的模样，梳着马尾，面目清秀。女孩把一个充电宝递过来，李伟迟疑了一下，接了，电二哥。李伟从来不屑于火车站里的这种推销，可这一次却不大一样。

李伟问，多少钱？女孩伸出五个手指。李伟笑着问，五块？女孩忍不住也笑，说，大哥，你在开玩笑吧，五十。李伟讨价道，十块钱。女孩一脸诧异，用力摇头，说，十块钱？不可能。李伟把充电宝递回去，说，那就算了。女孩却不气馁，跟李伟磨，各种夸。李伟盯着女孩的脸，突然问，你是学生吧？女孩愣了一下，反问，大哥，你怎么知道的？李伟笑了，问，在哪个学校读书？女孩想了想，说了一个名字。李伟问，怎么不好好读书，到这里来卖这个？女孩脸上起了愁云，说，大哥，你不知道，我卖这个还不是为了攒学费吗？说着，女孩在李伟身边坐下，开始讲她的故事。

李伟跟妹妹吵架时，母亲在公园里散步。等妹妹走后，李伟去公园，远远就看到母亲一个人坐在人工湖边发呆。这情景让李伟心酸不已。一起往回走的时候，母亲突然提起了邻居张叔叔。母亲说，老张死了，心梗，死了三天才被发现，人都臭了。李伟小心翼翼地问，怎么会？母亲却没有回答，而是叹口气说，我可别像他一样。李伟伸手挽住母亲的胳膊，安慰道，妈！你别想那么多！母亲却低头不语。

火车开始检票了。刚好女孩的故事也告一段落。讲那么一大段惨兮兮的故事，女孩的脸上却没有一丝悲伤。李伟从口袋里掏出十块钱，塞给女孩，又从她手里拿过那个砖头一样的电二哥。女孩犹豫了一下，没说什么，只是把十块钱折成豆腐块，装进口袋里。李伟想了想，又从口袋里掏出十块钱，递给女孩。女孩吃惊地看着李伟。李伟说，拿着，谢谢你陪我说话。女孩没有拒绝，握住钱，想了一下才说，其实，我说的……都是编的。李伟笑笑，说，我知道。

在站台上，李伟给妹妹打电话，妹妹似乎还在生气，口气很冲。李伟犹豫了一下，说，那个……如果妈妈想去养老院，你就选个好一点的。妹妹一时没反应过来，惊讶地反问，你同意了？李伟长出一口气，说，送吧，别让她太孤单了。

奇奇怪怪午后茶：读宁春强

一个写文章写了很多年的人，其言也行也，大概总有些奇奇怪怪的地方吧？

我想一定是这样。我承认自己是个奇奇怪怪的家伙。我同时也发现，身边交往多年的文友中，也有好多个奇奇怪怪的面孔。"物以类聚"，古人的话，说得好极好极。

认识到这一点，我情感的天空上，太阳、月亮、星星，还有彩虹，唰地一下，都瞬间闪现出来，好看得不行不行。

老侯打算从今天开始，用不同方式，说说身边那些奇奇怪怪的"文学狗"。

先说"午后茶"。

早先，午后茶是网名。一个从不喝茶的人，为自己起了这个很生活很悠闲的网名，在我看来，其目的相当不纯洁。事实也正是如此。他是为了吸引众多网虫前来关注，才违心如此这般。谁都知道，网虫们的太阳，多数都从午后升起嘛。

后来该同志又把这三个字提拔为笔名，从此各种款式的作品一概署名"午后茶"，并且在文章中也自称"午后茶"或者"午后"。以老侯的小人之心来猜测，大概这三个字在网名阶段有过卓著"战功"，其主人才大刀阔斧地放手开辟第二战场。

该同志跟地球上所有的男女同志一样，也有真名。他的真名，叫宁春强。

读宁春强，我的建议，要先读其人，再读其文。

其人好玩得很。哪位大仙大侠若有闲情来瓦城盘桓半日，老侯一定把春强"借"给您老人家玩玩……

关于春强的奇奇怪怪，得让他自己说。老侯多厚道的人啊，哪能背后说人"坏话"。

春强写过一篇散文——《我的婚事》，讲他的恋爱与婚姻。他讲得细，讲得生动，老侯无法照搬，只能掠其大意，看官多多包涵。

说，20世纪80年代后期，春强所在的单位要分房子，条件极为诱人，凡大专以上学历的已婚职工，人人有份。春强学历没问题，只是还没来得及结婚。咋办哩？急啊。经朋友提示，急中生智，找到只见过一面就再无联系的"女朋友"，开口就问："你处对象了吗？"姑娘说没处，春强乐坏了，一个劲搓手，一个劲搓手。隆冬季节，小北风不大，"却格外硬"，愣是把姑娘给冻糊涂了，竟然答应第二天跟春强一起去登记。于是春强特别幸福地分到一套房子。春强兴奋地搬进新房，在里边忘情地张扬着自己的文学理想，结果把跟他登过记的姑娘给忘了。直到第二年秋天，因某种机缘才恍然想起，呀，咱是有媳妇的人啦，这才匆匆忙忙把媳妇娶回来。让老侯大为不解的是，对登记前后发生的所有事情，那姑娘竟然一点抱怨都没有……

我认识春强是20世纪90年代初期的事。我从外地调入瓦城，到事先联系好的单位安顿下来。不久，就跟本地几位文学发烧友有了比较亲密的接触。春强是那群发烧友中火苗最高的一个。

2004年，我在春强小说集《远山有绿色》的序言里，追溯了我跟他之间的交往。我说：

> 我和春强之间的交往已经很多年了……出于对文学共同的爱好，我们走到了一起，在复杂的社会背景中，静静地享受着落寞的单纯。那是一段值得回味和怀念的岁月，在贫瘠的生活层面上，盘

然地生长着我们的理想。

……

春强是一名数学教师，会解算很多种怪模怪样的数学题，而对有关人生的种种应用题，他能对答如流的却很少。这从他当时的装束和言行举止上就能看得出来。

对我来说，在文学方面，春强一直担任着兄长的角色。刚刚认识他的时候，他已经在报刊上发表了很多让我敬美不已的作品。但没有发表的作品似乎更多。他把那些没有发表的作品，用写惯了数学公式的手，工工整整地抄在几个笔记本上面，对自己比较得意的篇章，还精心地配上了插图。这是他最早的作品集，在内部发行，读者只有两个，一个是他，另一个是我。在时光的缝隙里，每当我想起这些陈年旧事，内心深处总会涌出一种无法言说的感动。

春强的早期作品中，至今仍有相当数量的篇目，还挂在文友的嘴角上，散文《你那里下雪了吗》，短篇小说《指王轶事》，微型小说《雁阵》，等等都是。在相当长一段时间的沉寂之后，春强又重新执笔，陆陆续续推出他的"石门系列"，其中有散文也有微型小说。我们今天"读其文"，是针对"石门系列"中的微型小说而言。

石门，是春强老家那个村庄的名字。老家位于长兴岛的肩头，整天被海风吹来吹去，于是生活在那里的人，言行举止，或多或少都有点潮气。

在本土语境中，"有点潮气"的表象，就是奇奇怪怪。

我对石门人物是有些怕了。怎么那么多奇奇怪怪的人，都住在一个村子里啊。

经营小卖店的"宁春有"，很有幽默感。嘴上幽默，腿上也幽默，特别善于治疗老婆的肚子疼，而且呢，白天晚上都能治。孩子跑来说，家里草垛着火了，春有纹丝不动，说什么"着了着了，一了百了"。众人劝他也不听。孩子跑来说："爹，爹！俺娘肚疼病犯了，喊你回家！"春有嗖的一声站起来，临走扔话给众人："女人嘛，肚子不疼，肯定有病。"呵呵，你说春有好玩不？

正当芳华的"李铁梅"，单恋"乡卫生院的一个白大褂"，感觉自己"注定是这个白大褂的人"，"不管他结没结婚"……于是常到卫生院看白大褂打羽毛球。有一天，她看见白大褂跟小护士打情骂俏，还"弹她的脑门"，李铁梅的情感围墙顿时坍塌，"哇的一声大哭起来，遂掩面匆匆跑去"。跑哪去呢？跑到村外的梨树园，上吊了。唉，你说这李铁梅，怎么这么脆弱啊。

从城里搬来一个三十多岁的单身狗"高鹏达"，见人就握手。乡下人不习惯，可他坚持要握。不光跟男人握，还跟女人握，特别是二十岁的"小娥"，他握的时间格外长。后来村里人发现，他妈妈的，高鹏达不光跟小娥握手，还亲嘴来着。那么好的小娥，俺们都没舍得亲，你狗日的倒亲上了，打他！一哄而上，打！被打断胳膊的高鹏达从城里治胳膊回来后，见人仍然伸出手去……

我想重点谈谈《光美嫂》。"光美嫂"比石门人物中的其他人，更奇奇怪怪。

光美嫂是一个有尊严的人。她穷，她算计，什么事都计较。不是斤斤计较，是一毫一厘去计较。但她有尊严。她常去邻居家借东西，"因是同宗"，还是近邻，"光美嫂到我家的次数，就格外地频，一天要来好几次，甚至十几次"。她借东西，一点点的自卑感都没有，借得理直气壮。借五根火柴，要一根一根明明白白数给你看；借酱油，只借一勺，多给不要。借这么点东西，也要"不日"送还。不让还不行。

光美嫂最常借的东西，是一杆老秤。"光美嫂不知中了哪门子邪，整天猫在家里称东西。"借鸡蛋，要称；借玉米面，要称。当然还的时候，也要称。你借我，秤杆高高的；我还，秤杆也是高高的。不占便宜，也不吃亏。

让人心酸的是，光美嫂自家做格子粥，也要称一下，有数，多一丁点都不行。生产队分玉米，上千斤，她用最大称重才二十斤的那杆老秤，硬是一秤一秤给称了一遍！

更让人心酸的是，光美嫂突然"卧床不起"，男人给她买回一斤牛奶补身子，她却"咋劝都不喝"。大女儿聪明，"匆匆跑到我家"，借走那杆老秤，在光美嫂眼前称牛奶，秤杆高高的。"光美嫂看着高高翘起的秤杆，嘴角掠过一丝不易被察觉的微笑，满意地合上了双眼。"

读罢此文，老侯眼角湿润，特别想找人问问，一个人分分毫毫算计到这程度，却到死过的都是穷日子，原因何在？

不客气地说，在我眼里，作为文学形象，春强笔下的光美嫂，跟鲁迅笔下的祥林嫂相比，毫不逊色，同样活生生夺人眼球。

奇奇怪怪的春强，能塑造出一个奇奇怪怪的光美嫂，我觉得一点都不奇怪。

延伸阅读：

光美嫂

宁春强

我要说的这个王光美，绝非前国家主席的夫人，而是石门村我本家春久大哥的老婆。我们都叫她"光美嫂"。连作为长辈的母亲，也这么称呼她："你光美嫂来了！"云云。

光美嫂跟我家住在一条老街上，中间隔着队长宋庆云一家。因是同宗，光美嫂到我家的次数，就格外地频，一天要来好几次，甚至十几次。

多是来借东西的。

光美嫂借东西，说出来别人不大会相信。她颠着碎步，好袖起手，颠儿颠儿地颠进院子里来。家狗大黑见了她，有时咬两声，有时不咬，懒懒地哑着。若是家狗冲她汪汪了，光美嫂的嗓子就会压过大黑，嚷着："个死鬼，个死鬼！不分好坏人了，见谁都咬啊你？"大黑默了声，理亏似的不再搭理她。光美嫂的碎步就快了起来，边走边说："大婶呀，借五根火柴用用，明天就还。家里火柴被俺家那个死鬼揣走抽烟用了！"

光美嫂常来我家借火柴，每次都是借五根。母亲知道五根火柴一天就会用光的，就拿出一盒给她。光美嫂却不要。她蛮认真地从火柴盒里取出五根来，一边数一边给母亲看："大婶，你看仔细了，正好五根。"就握紧火柴，颠儿颠儿地离去。大黑不再多事，甚至连头都懒得抬一下。

连酱油也借。只借一小勺。母亲常想多给她一些，她却依旧死活不肯接受。不日，光美嫂定然会举着一勺酱油，小心翼翼地挪进院子里来。哪怕不识趣的大黑又叫唤了，哪怕好奇的鸡鸭鹅们呀呀呀地跟随，光美嫂都不发一声，不理不睬，只专注于挪动脚步。勺子里的酱油纹丝不动，一滴不洒。

光美嫂常来借的东西是秤。

我家有杆老秤，最大称重是二十斤。光美嫂不知中了哪门子邪，整天猫在家里称东西。母亲说她好算计，算计得分毫不差。去别人家借几个鸡蛋，要称；不日，还回几个鸡蛋，固然也要称。就连秋天生产队分粮食，上千斤的玉米，光美嫂用我家二十斤的老秤，硬是一下一下地给称了一遍。

称秤成了光美嫂生活中不可或缺的重要组成部分。做玉米格子粥，要称。称称该下多少格子。九两就九两，多一丁点都不行。队长宋青云家做格子粥，下二斤格子面，惊得光美嫂直咋舌头："你说说，你说说，浪不浪费，浪不浪费啊！"光美嫂家的格子粥，就常年稀成了万恶旧社会，从不改变。烙饼子前，更要称玉米面，反复称，斤两不差。光美嫂家的饭，总比别人家的晚，原因就是她在做饭前，反复地称，磨去了好些时光。

也有揭不开锅的时候，就常来我家借玉米面。当然要称。当面称，秤杆高高的，至少多出一两。母亲就这么个为人法。过几天，光美嫂来还玉米面。当然要称，不称不行，不称跟你急。秤杆也高高地翘起，像光美嫂和母亲此刻的心情。

印象中，光美嫂似乎从来没有病倒过。却在秋天来到的时节，突然就卧床不起了。春久大哥从供销社买回一斤牛奶，想给光美嫂补补身子。她却不喝。咋劝都不喝。大女儿猛然想起了什么，匆匆跑到我家，再次借走了那杆老秤。

一斤牛奶挂在了秤钩上，秤杆高高翘起。光美嫂看着高高翘起的秤杆，嘴角掠过一丝不易被察觉的微笑，满意地合上双眼。光美嫂死于啥病，至今不详。

大女儿很聪明。那天，她是故意把秤砣码到九两星上的，把一个高高上翘的秤杆，留给了辛劳一生、勤俭一生的母亲。

侧面与正面：读丛棣

2018年8月8日，我写过一篇关于丛棣也关于微型小说的文章，题为《读丛棣：眼花》。我在这篇作品的开头，用二百多字的篇幅，回顾了我和他的友情基础，这里不妨将大意复述一遍。

我和丛棣的交往，始于1996年。那时候我是《辽南文学》的责编，他是文青。他给刊物投稿，第一次投的是诗，让我给退了。第二回再投，是两篇微型小说，发表了，放在"新人新作"栏目里。

随后我跟丛棣便一直交往至今，二十几年间，包括他北上求学南下求职，都没有中断联系。

丛棣是一位成功的诗人，国内各种诗选本，都常常收录他的作品。而他在诗选本之外的作品，无论数量和质量，也都让人眼热。值得欣喜的是，跟诗的热恋，并没有影响到他跟小说之间的友情。

复述到此截止。

到我写《眼花》那一刻，丛棣总共发表过二十几篇微型小说。这数量有些出人意料，二十几年写二十几篇，他写得可真仔细。

我写《眼花》前后，丛棣都在跟中短篇小说较劲，也读也写，且颇有斩获。我原本以为他会沿此方向大步前行，不料在2020年春节期间，在"宅家也是做贡献"的同时，他竟回眸一笑，跟微型小说再续前缘，未出正月，就有十数篇作品列队而出。

《百花园》这回集中发表的三篇，便是丛棣再续前缘的成果。这些新作中当然也有跟旧作一脉相承的元素，比如因人物命运的顿挫而弥漫的阴雨氛围，以及语言层面的遣词、细节层面的腾挪等等。但在这些元素之外，我欣喜地发现，他从侧面切入人生境况的文字功夫，以闪现方式展示人物内心隐痛的手段，跟往日相比，都要纯熟很多。

下面让我们一起走进文本，看风吹云散，看水流花落。

《陪我坐会儿》是丛棣从侧面切入的范例之一。小说主角"他"，是"我"多年没见的少年好友，某天突然来电，说要请"我"到西山公园坐坐，犹豫之后，"我"答应"他"一起坐坐。这是开头，平淡无奇。但总不至于平淡到底吧？好啦不说闲话，往下看，看他们如何坐坐。

两人见面，竟无寒暄，只"眯起眼睛点点头"就算打了招呼，然后并排在秋千上吱嘎吱嘎地晃荡。随后的几句对话，也不咸不淡。然后呢，然后"他"领"我"上山，在半山腰上，用花生和榛子喂松鼠。"我"看见"他"的"手很纤细，毫无血色"，"惨白，皮下血管异常清晰"。随后又知道"他"很在意这惨白的手腕，"每天会洗好几遍"。

叙事到手腕这一桥段便告一段落。之后"他"又约了一次，"我推说忙，走不开"。拒绝的原因，跟"我"的境遇有关，"丢了工作，又离了婚"，没心情"陪谁坐一会儿"。

"两个月后我才知道"，"他"死了，"自杀，还是割腕自杀"。

"割腕自杀"这四个字太重要了。实话说，没有这四个字，整篇作品就会坍塌，根本立不住。有了这四个字，前文中每天都把手腕洗好几遍的细节，就一下子魅力四射，却又让人细思极恐。"他"是一个在意念中每天都自杀好几回的人哪，可偏偏，他还要上山喂松鼠。喂松鼠的细节也很重要，彰显了"他"对生的眷恋。对死的决绝和对生的眷恋，构成了强烈的情感冲突，几乎可以叫作一个人的生死较量。

《羊驼小姐》同样也是从侧面切入。一家烧烤店，"花大价钱从外地购进这只羊驼"，是想用它为自己挣些流量。流量是有的，还不小，"来来往往的人停下脚步，还有很多是慕名而来的。逗弄，拍照，大人兴奋，小孩欢喜"。可那流量只流到羊驼那里便凝固了。来人自己不想吃东西，只想让羊驼吃，喂它各种各样的食品。两位小老板中的甲，先是突发奇想，打算"拍照收费，一次十元"，乙不同意，赌气说，"要这么干的话，还不如趁早关门算了！"甲很快发现羊驼对胡萝卜最感兴趣，又想出个卖胡萝卜的主意，乙还是不同意。"直接杀了，烤了，一串肉卖五十你看行不？"小老板创业的艰辛，由这两番对话可以窥见，笔者无须多言，但有句话不能不说，人物内心的隐痛，是被作者掩藏在一层戏谑的色调之下，不瞪大眼睛，你还真就看不见。

丛棣也有少量从正面进入的作品，《酩酊》便是。典型的点面结构，三点三面。点是事件，面是人物关系。第一点，小陶要复读考大学，面是小陶与父母与村长与淑芳的关系；第二点，两个儿子名字被改写，面是小陶与淑芳与儿子的关系；第三点，淑芳患病，面是小陶与淑芳与儿子的关系。在第一点上，疼痛产生；在第二点上，疼痛加剧；在第三点上，疼痛转化。夹带在这三个点面之间的文字，在我看来，只是些过渡段落，对作品起不到支撑作用。

我觉得丛棣的情感方式特别适合写小说，无论中短篇还是微型小说，都适合。我还觉得丛棣的理性能力，会在将来的某一天，让他成为一个优秀的小说家。这是大话题，这里不宜展开。舍大取小，就当下而言，就他的微型小说作品而言，不知为何，我更看重他从侧面切入的作品，种种的欲说还休里，有别样的含蓄和别样的风韵。

延伸阅读：

陪我坐会儿

丛　棣

某天，我的电话响了，是个陌生号码，这让我很紧张。犹疑着接通了，对方跟我很熟的样子，声音有些慵懒："忙吗，有没有时间？"我嘴上哦哦着，同时脑子飞速旋转，过滤掉一些名字，听他继续说："就今天下午，出来陪我坐会儿？"

想起是谁了……

城市不大。两家离得不远，却有些年没见了，也不通电话，我们之间的友谊似乎还停留在少不更事的年代。我一时语塞，不知该如何应对，他也没有察觉出我的慌乱，语气近乎哀求："我想见见你，出来坐坐嘛。"

"出来坐坐"，一度是社交辞令，时真时假，最多会牵扯出一场无意义的酒局，我对此一直很抗拒。好在，他的话及时跟进："去西山吧。下午两点，我在秋千那儿等你！"

西山，勉强能称之为山，已作为公园向市民敞开，是休闲健身的好去处。不是周末，避开一早一晚，看不见几个人影。我是循声找去的，秋千上，他在轻轻晃荡。那排铁架子有些年头了，是某家工厂捐赠的，很结实，荡起来吱吱扭扭，动静挺大。他变化也挺大，脸色苍白，单薄得像张纸片，我生怕他会荡进一阵风里……

没有寒暄，他眯起眼睛点点头，仿佛天天打照面一般，这让我很释然。

秋千也是座位，有点凉，被无数屁股打磨得锃亮。我挨着他坐下，也轻轻地悠荡起来，一度两脚离地。

"最近怎样？"

"还那样，你呢？"

"也还那样。"

之后，就是吱吱扭扭的声响。我俩都眯起眼睛，看向别处，好像都在走神。

我递过去一根烟，他不好意思地摆摆手："戒了，早就不抽了。"

又说，"你也少抽点，烟不是什么好东西。"

好像一下子找到了话题，我问他："酒还喝吗？"

"喝不动了，也停了。"

"呵呵，你这是要成仙啊……"

他愣怔了一下，随即赔笑："以前净瞎折腾……"

我知道他说的是年轻时候，十多年前，或者更早，有段时间我俩形影不离，无酒不欢，除了嘻嘻哈哈没别的事干。那时候我们都没结婚，喜欢说过头话，做出格事，总觉得飞黄腾达是指日可待的小事，天天欢快得毫无理由。此时，他应该也沉浸在悠远的回忆中，午后的秋阳很暖，天空出奇地蓝，我们头顶的树叶也跟着绚烂起来……

不知过了多久，他站了起来："走，带你去个好地方！"

盘山步道很平缓，也迂回，他大口地喘着气，像个伛偻的老人。我们停歇在山腰某处，他说了句俏皮话，有点突兀："哈，见证奇迹的时刻到了！"开始从口袋里往外掏东西，左手一把花生，右手一把榛子，摆在石台上，然后抱着胳膊往上看。我也好奇地望向山坡：杂树、荒草、怪石……直至亮点出现。

是松鼠。三两只，警惕而敏捷，矜持片刻就全都跳跃着过来了。

一点都不认生，伸手喂它们，还知道立起来用两只前爪去接，很有礼貌。个个皮毛油亮，尾巴蓬松，它们捧食坚果的样子呆萌又虔诚。我从没与野生小动物亲昵过，不禁怦然心动。他又分给我几颗榛子："你看，一个个多肥，都让大伙惯坏了！"我俯下身引逗："真好看，真好玩……"

他的手很纤细，毫无血色，手心的花生和榛子也越变越少，终于空了。

好像察觉到什么，他撸起袖子给我看，还要和我比比手腕粗细，结果，相差悬殊。问题是白，惨白，皮下血管异常清晰，很扎眼。

"白吧？"

"你以前就白，我比不了。"

"来时我还特意洗了洗，尤其手腕，我每天会洗好几遍……"

他扯扯嘴角，脸上现出一丝怪异的笑。

我很费解，也没再问什么。我没问他的身体他的生意他的家庭生活，就像他没问我一样，我们似乎早就懒得诉说和倾听了。早前隐约听说他日子不好过，这也正常，大家都不好过，这些年也都这么过着。我无法理解的是，他怎么会忽然想起我并叫上我，真就是陪他坐会儿那么简单吗？如果没那几只小松鼠凑趣，这个下午将变得毫无意义。那只是倏忽而过的一抹亮色，如果是单纯来给松鼠投食也说不过去，大把时间，两个大男人……

之后，他还给我打过一次电话，还是那两句话，好像一个字不多，一个字不少。我推说忙，走不开。其实我一点都不忙，我丢了工作，又离了婚，整日宅在家里，连电话都不想接。我实在不想出去，也没什么心情陪谁坐一会儿……

他死了。两个月后我才知道，其时外面大雪纷飞。

什么癌晚期吧，就算不出意外他也看不到今冬的雪，算算，应该是在我拒绝他后不久出的事。嗯，他是自杀，还是割腕自杀。

我踩着雪去了西山，先是荡了会儿秋千，吱吱扭扭的声响尖锐又寂寥，后来又找到了那个给松鼠投食的地方，掏出一把花生，坐在那里等。松鼠一直没有出现，它们好像已储备好了过冬的食物，此时应该都躲在隐秘的家里，耳鬓厮磨，睡意昏沉……

雪又下了起来，沸沸扬扬。忽然想打个电话，随便给谁，只说：能陪我坐会儿吗？

对抗：读老汤

2011年某月，老汤出版了诗集《风中的碎影》。蒙他看重，亲手赠送一本给老侯。那时候老侯的日子还算悠闲，于是风吹哪页读哪页，一段一段读完那本诗集。意犹未尽，随后又写了诗评《一段一段读老汤》。我在诗评中这样说他："老汤并不刻意追求作品的数量。他只是愿意待在诗的意境里，或者说，是愿意待在文学的氛围里，以此对抗当下社会各种元素的侵扰、玷污、刺痛，甚至是踩躏。"

老汤写过一首诗，叫《逻辑》。诗中说："如果我有一百万闲钱/我会考虑捐建一所希望小学/可是每当我看见那些贪官的手/我就会忍不住好奇之心/我想知道/这是哪个学校的副产品"。从这首诗里，我看得出老汤的思维逻辑，跟别人的逻辑，不一样。在诗的层面上，别人的逻辑，很可能是从表象再到表象，从情感再到情感。而老汤，手里是提着一把铁锹的，一锹下去，把草根树根，都掘出来给你看。

老汤是时刻携带着工具的人。他用各种各样的工具，跟外部世界交战。我相信自己没有说错。你从他的微型小说作品中，更容易看到这种对抗的姿态。

《屈大宽》中的"屈大宽"，是20世纪60年代某乡村的"粪官"，"具体点说，就是把各家各户茅坑里的人粪尿，掏出来，用木桶挑到生产队的粪场去。每挑走一担大粪，他要发给人家一张大粪票，秋后可以顶工分"。这活儿很脏，人人避而远之，可这个大宽除了这活儿竟没干过别的。你别说，这么卑微的人，也有人讨好，用几只黄瓜西红柿"贿赂"一番，多要两张粪票的事，也时有发生。甚至，那颇有姿色的半老徐娘"吴寡妇"还招呼大宽到家里"喝点水"呢……屈大宽拒绝了所有的好意，恪守内心的纯洁。而他的死，更是干净利落。不光是洗过澡，换了干净衣裳，还留下谜一样的遗言："浊世一遭，我不离我。""村里最有学问的教书先生看了半天，也不太明白。"

《毒瘤》里的"老胡"，怀揣两个诉求找领导谈话，一个是单位财务科少一个主任，老胡认为自己资格最老，应该上；另一个是儿子当兵复员两年，希望领导给安排一个工作。领导拒绝了老胡的要求。老胡把自己的病历和一个很大的信封给领导看。领导很快"脸就不是颜色了"。老胡临走给领导撂下话："妈的，顶多活一年，老子不怕了。"结果呢，老胡的两个诉求都迅速得到满足。

《汤大个子》里的"汤大个子"，抗战时期牺牲了一个儿子，享受烈属待遇。其他三个儿子成家后，都不再照顾他的生活。汤大个子对别人感慨："没想到是死儿子养活了我。"老伴死后，汤大个子变成一个罗锅，下炕都费劲。有一天他把三个儿子都叫到面前，对他们说："土改前你们的爷爷和我把一筐大洋埋在了南山上，我知道埋在哪里，你们背我去挖出来。"三个儿子二话没说，轮流背他去南山。"他们先是到了自己家坟地转了半天，又到了自己家承包的几块土地以及果园子转了半天，三个儿子全累熊了，也没找到大洋。"就这么天天转悠，半个月后，儿子们觉得上当要找他理论，却发现他已经死在炕上了，"胸前搂着一个相框，里面镶的是他们大哥的戎装照片"。

让老侯最为震撼的是《亡灵的座号》中的那个"他"对现实世界所采取的对抗姿势。他和他的七名同乡一起到矿山打工，一次瓦斯爆炸，同乡都死了，他侥幸逃过一劫。回家路上，他为每位同乡的骨灰盒都买了一张车票，为此跟火车上的乘客和警察起了一场纠纷。他的怪异之举不为别的，就因为"打工离家去南方的火车很挤，没有能买到座号。如今他们死了，要让他们的亡灵坐着回家……"

《亡灵的座号》，是一次思维的也是情感的旅行。这种离奇故事，依当下的出行规则，绝对不可能在火车上发生。在以往的火车上会不会发生呢？老侯不敢妄言。不敢妄言的理由是，老汤当了很多很多年火车司机，火车上的故事，他比老侯更有发言权。

其实生活中的老汤也常以对抗的姿态，抵御外界种种元素的侵扰。诗人丛棣曾在《老汤》一文中对酒后的老汤大发感慨："老汤读过很多书，知识面也广，这让他可以游刃有余地深入各种话题，而他的一些见地总是尖锐而突兀，百无禁忌，不但不会迎合任何人，还总爱哪壶不开提哪壶。让人难堪，他却浑然不觉，一脸天真，一身舒展。时间长了，大家也都习惯了，都觉得他的可憎与可爱是合为一体的，喝酒少了他还真没意思。"

嗨，这个老汤啊。

延伸阅读：

亡灵的座号

老　汤

南国的春天比北方要来得早。

正当南国早春，繁花似锦。他的心却一片荒凉。

他坐在飞奔的列车上从南方一路向北。他要看看，春风能否追上他并把他染绿。

他一个人买了七张票。检票的时候列车员觉得很奇怪，但是没多问。

他一个人占了七个座位，每个座位上都放着一个红布包裹。

有人要来坐空座，他就说，有人。并出示车票。车票上印有座号。

列车一路向北，车上的人越来越多。有个人就把他占座的包裹挪开，坐了过去。

他急眼了，撵那个人走。

那个人说，我先坐坐，你的朋友回来我立刻就让地方，还不行？

他说，不行！你赶紧点起来，不然我不客气！

那个人是个中年男子，体格很壮。他说，怎么着？你碰我一根汗毛试试！

砰！一记老拳直袭面门……

两名乘警过来后，要把他们俩都带走。他说，我的包裹丢了怎么办？

胖乘警问，是重要的东西吗？

他点头。

是啥？胖乘警又问。

他不说。胖乘警起了疑心，说是要开包检查，看看是不是危险品。

他又急眼了，说，你个驴养的，你不要动我的包裹！

瘦乘警用枪顶住他的脑壳，大喝，信不信我打死你！并对胖乘警说，开包！

开包的结果令大家都十分吃惊。七个红布包裹里分别包着一个骨灰盒！而且里面有骨灰！

胖瘦二乘警软硬兼施，终于逼他说出了实情。

事情的大概情况是这样：他和七名同乡到南方一个小型私人矿山打工，一次瓦斯爆炸事故，他的七名同乡都死了。他因为那天拉肚子没下矿井，捡了一条小命……骨灰盒里分别装的就是他同乡们的骨灰。他要把同乡们的骨灰带回家乡掩埋。因为打工离家去南方的火车很挤，没有能买到座号。如今他们死了，要让他们的亡灵坐着回家……

大家一片唏嘘……有人安慰他，有人要给他钱……

那个挨打的中年男子对乘警说，我们刚才不是打架，我们闹着玩……

他终于踏上了故土。广袤的大地，残雪尚未完全消融。

冷风吹彻。北国，一片苍茫。

男人没有好东西：读一池萍

　　无意中遭遇一个微信公众号，一群纯粹的文学痴迷者组建的"人间草木深"。名为"草木"，但其言其行，无丝毫草寇痕迹。有主编，有编委会，有责编，有征文启事……我觉得他们的做派，类似于民国年间比较流行的同人杂志。

　　在"人间草木深"的旗帜下，还设有"人间草木"微信群，人数一百几十，来自十几个省份。入群之初，我惊奇地发现，这是一个真正尊重文学的族群，比遍布中国大大小小的作家协会或小说、散文学会之类，更尊重文学。老侯深感意外，在文学与文坛已经分手很久的今天，在文学已经沦为名利或非名利工具的今天，在文学已经被某些肮脏的灵魂裁剪成遮羞布的今天，在文学已经被"婆婆世界"所抛弃而化身为怨妇的今天……竟然还有这么一小撮冷静的狂热分子，那么虔诚、那么真挚、那么激情、那么坚持不懈地沉迷于写作并热衷于讨论各种文学话题。

　　让我尤为感佩的是，这个群体中，不乏文学修养深厚、言说精辟深刻的智者；不乏不为尊者讳、不为权势者讳的敢言者；不乏持有一颗虔诚心、认真探究学问的俊男靓女，同时也不乏亦庄亦谐的言说氛围。

　　我还欣喜地看到，他们在公众号上推出的每一篇作品，都能在微信群中激荡出悠扬的回声，让人心里有一种别样的温暖和感动。

　　他们曾在公众号上推出过老侯，也在微信群里讨论过老侯，还用酒精度很高的言辞把老侯灌得头重脚轻……老侯在这里双手合十微微颔首，掏心窝子说一声，谢谢他们。

　　他们在公众号上的推送，有时，我会读上一读；他们在微信群里的讨论，有时，我也会插上一嘴，聊几句不咸不淡的家长里短。老侯最想说的话，都一天天写到文章里了。文章之外，也就没有多少要紧的话，非得说几句，只能不咸不淡，只能家长里短。我这种偏冷的性格，注定我在草木群中，是一个边缘化的存在。

边缘化的好处是，有利于老侯以平常心关注草木群的成长。换种好听的说法：有利于我以草木群为观察对象，审视文学在特定历史时期的民间存在和发展。

老侯眼里的草木群，是一个"母系氏族公社"。主编是女性，编委会成员和微信群中的活跃分子，也以女性居多。公众号上的亮相，还是以女性作者比较耀眼，比如那个名叫"一池萍"的小妮子，就一度牵引过老侯的目光。

今天只说一池萍。显然这是一个笔名。看她的简介，知道是山东莱芜人。该小妮子的真名，老侯不知。不知也不问。要不怎么说这厮性格偏冷呢。

一池萍的叙事文字，像她的笔名一样，简洁而脱俗。有山泉般的灵动，有游鱼般倏来倏往的承转，有秋风中芦花飞扬的轻逸……更有尘世间的烟火气息。都难得。难得中之最难得，是尘世间的烟火。

在难得的另一面，我还发现，一池萍是一个女性至上主义者。她的作品中，有无时不在的女性立场。她以女性视角关注女性生活，以细腻而幽怨的情感触手来抚摸女性的心灵疼痛。散文《想我了你就去芹菜地》《老屋里的旧光阴》和《八号病房》，叙述的重点，无一不是女性的挫败感和内心的纠葛。即便状如散文诗般的《烟，如烟》，我也看得见里边有锥心的内伤。而她在微型小说中写到的女性，其疼痛的重量，让老侯这种情感粗糙的家伙，也几乎难以忍受。

读微型小说《骂街》，老侯吃惊地瞪大眼睛。自家菜地里的青菜被偷，被糟蹋，"父亲"责令"母亲"去骂街。"去！给我骂街去！骂死狗日的！"

对村妇而言，骂街并不是什么难事。很多村妇都拥有这种特长。我的记忆中，最奇葩的一位，能站着房顶骂俩钟头不重样的脏话。不过也有例外。一池萍笔下这位母亲，就是一个例外。你听你听：

"那谁啊……你摘俺家的菜干啥？"

"你吃韭菜行啊……别薅啊，你拿镰刀割啊……"

"你吃豌豆也行啊……别扯啊，你慢慢摘啊……"

"你要是忙啊……就说一声，俺给你送家里去啊……"

"你爱吃啥，说一声，明年俺再给你种啊……"

这哪里是骂街，这分明是面对虚空的祈祷。母亲的性格，因这几声另类的叫骂，一刹那，活生生凸显出来。

读微型小说《我们一起照张相吧》（下文简称《照相》），让老侯心里一阵阵抽搐。作品的情节很淡很淡，淡得几乎看不见，细节却个个鲜亮。从个个鲜亮的细节中，我们不难窥视蕴藏在作品中的"故事曲线"。

"女人"有个愿望，想跟女儿和"她爹"一起照张相。即便是在清汤寡水的年月，这心愿也应该归于合情合理的范畴。可没想到，由此而引发的情感冲突，从作品开端一直延续到结尾。

全家人一起照张相的要求，女人总共提出过三次。

第一次得知村里来了照相的，女人心情激动，麻利地拿起湿毛巾给自己也给女儿擦袖口，"擦完又拿干毛巾吸水。小拇指在胭脂盒里小心按了一下，给女儿眉间点了颗朱砂痣。末了，又在自己的唇上轻点几下"。看官注意，接下来，她"抱起女儿，掐着兴奋的声带"向"她爹"提出到麦田里照相的要求。

第二次得知村里来了照相的，女人的激动程度大幅下降，尽管还是拿湿毛巾擦袖口，但"捧出胭脂盒，又放回去"，而且是"摩挲着女儿的小手，吞吞吐吐地"向"她爹"提出要求。

第三次得知村里来了照相的，"女人一把抱起女儿。两人一起朝这个声音的方向望去。出神地望着"。女人的心碎了。老侯听得见她心碎的声音。

很多年后，亭亭玉立的女儿，第三次提出要求："爹，咱们去照张相吧！"

三次要求都遭到拒绝。最后一次，爹对女儿的拒绝，让情感冲突达到沸腾的临界点。但真正的沸腾是在作品的结尾。年已六旬的女人照了一张单人照，男人还要问一句："哪儿来的？"这等于是往女人永不愈合的伤口上撒了一把盐。

这篇作品中的两名女性，女人和女儿，都有精神层面的兴奋点，而"她爹"，一辈子都在物质的阴影里转圈子。老侯以为，人与人之间的距离莫过于此。

一池萍这两篇作品中的核心事件，都是琐碎的生活小事，但它们给女性带来的心灵伤害却浩大无边。《骂街》中的母亲在心碎之后，选择了"分开"，而《照相》中的女人，在遭遇情感暴力之后，却是隐忍一生。

与近来气温骤降的天气类似，老侯一腔悲凉地看到，一池萍笔下的男人，像很多女人的口头禅一样，"没一个好东西"。想到自己也不是什么"好东西"，心里顿时拔凉拔凉，生出无限惭愧。

说起来，一池萍作品中的两个男人，也确实不是什么好东西。一个，有气往老婆身上撒，非打即骂；一个，连老婆孩子最微不足道的精神需求都不肯满足。这二人的古怪行为，显然缺少正常的生活逻辑做支撑。给人的感觉，特别渣，也特别荒唐。我想问问他们，男人最起码的担当在哪里？最起码的气度和胸怀，又在哪里？

我承认，生活里潜伏着很多渣男和荒唐男，就像生活里也潜伏着很多渣女和荒唐女一样。但在我看来，当代文学屋檐下的生活场景，最好不要延续某个荒唐时代的文学观念，一而再再而三地出现让读者可以轻易辨认的"反面角色",不管这角色是男是女。

从古至今,现实生活里都布满被命运捉弄的无辜受害者,他们的疼痛必将成为小说的疼痛。这是小说的职责和使命。在这一前提下,老侯特别愿意看到,我们找遍小说的每一个角落,却谁都没有发现"凶手"的踪迹。

最后我要说,必须说,不能不说,一池萍构筑小说细节的能力,超出我所熟悉的很多作家。舞弄过小说的人都知道,对日常生活场景的掌控,是一件难度很大的事。可我觉得,对一池萍而言,看起来竟然特别轻松。好像那一幕幕,她都亲眼所见,只是事后耗点时间和精力,收放自如地把它们记录下来。就这么,人家在《照相》里随便一记,女人遭拒绝后的一连串动作,便木刻般凿入老侯的心头,成为永恒的文学画面。若是撇开那些动作描写,女人的形象便不可能像现在这样丰满且富有质感。这等用笔如刀的功夫,在名满小说江湖的大侠身上,也不是谁都有。

由此老侯可以预言,一池萍的文学潜质,及其充沛的生活经验,足以支撑她在日后的某一天,跻身于优秀微型小说作家的行列。前提是她想。

延伸阅读:

我们一起照张相吧

一池萍

隆冬的早上。女人倒了一滴桂花油在手心,往头发上细细揉搓。天还黑着,喂猪还早。先摊煎饼,女儿说醒就醒。她轻手轻脚走进灶房,柴火潮湿,半天没点着,女人呛得连声咳嗽。旁边发酵好的玉米糊不谙世事,调皮地吐着泡泡。

"照相喽!五寸两毛……"中午时,村里来了个照相的小伙子,沿着胡同吆喝。女人麻利地拿湿毛巾擦了几遍袖口。又给孩子擦。擦完又拿干毛巾吸水。小拇指在胭脂盒里小心按了一下，给女儿眉间点了颗朱砂痣。末了，又在自己的唇上轻点几下。

男人下田回来了。女人抱起女儿，掐着兴奋的声带说："她爹，村里来照相的了，咱们去麦地里照张相吧。绿油油的，多好看……"

话音还未落下，男人"腾"地一下站起来。"照个球！那玩意儿能当饭吃？烧包蛋！"

女人抿着嘴唇，把不会走的女儿夹在一边的胳肢窝，提起猪食桶去喂猪。

开春了，灶房的燕子窝热闹起来。一对燕子出出进进，好几天都在忙活着修缮旧居。麦子一天一个样，整个田野都在蓄势待发。

"照相喽！五寸两毛……"照相的小伙子又来了。

女人拨灭了鏊子里的火，把灶房清理干净。女儿已经蹒跚学步了，小脸蛋红扑扑的，圆圆的，红毛线扎了两个羊角辫。

棉衣还没有换下来，袖口油光可鉴。春天的棉衣格外脏。没得换。再熬几天就好了。女人拿湿毛巾一遍一遍地擦。再熬几天就好了。

女人捧出胭脂盒，又放回去。

男人扛着橛头回来了。女人摩挲着女儿的小手，吞吞吐吐地说："她爹，来照相的了，咱们去麦地里照张相吧……"

男人一屁股蹲在蒲团上。"咕咚咕咚"灌下一杯水。歪着头说："嗯。照吧。单看你照了那玩意儿还吃饭不。"

女儿惊慌地扶着家什跌进妈妈的怀抱。羊角辫紧紧贴着妈妈胸口。女人不言语，埋头端过针线筐。

男人把杯子拍在桌子上，探着身子，瞪着女人手里的活计。"你在鼓捣个啥？变着花样烧包！"

"这不天暖和了嘛，闺女没有替换的单衣。咱结婚时，她姨娘送了几匹棉布，我打算着……"

不等女人把话说完，男人一把抓起女儿身上的棉袄。"没衣裳？这是啥？掏出棉花不叫衣裳？"这一抓，把女儿小小的身子拎起来了。

女人把棉布压在箱底。埋头"哧哧哧"磨镰刀。泪珠滚在磨刀石上。提着镰刀，把女儿驮在背上。上山割柴。

乍暖还寒的时节，哪里有柴火。芦花飘摇在风里，东一根，西一根，半天还不满一把。

天又暖了一些。女人把棉衣拆了。掏出里面的棉花，又缝起两层棉裤片。这叫夹衣。里面空空荡荡，什么也没夹，却叫夹衣。

燕窝里不知什么时候添了几张嫩黄的小嘴巴。一对大燕子出双入对。每次归来，嘴里都衔着一只虫虫。麦子抽穗了。看麦娘野心勃勃，女人整日在地里劳作。女儿像铃铛一样跟着。有时扯扯麦子，有时拽拽妈妈的衣襟。

"照相喽！五寸两毛！照相喽……"

女人一把抱起女儿。两人一起朝这个声音的方向望去。出神地望着。麦浪连绵起伏，拍打着女人的双膝。

春脖子短。女人又把夹衣拆开，揭掉一层布。

麦子发黄了。麦子黄了又黄。女人也黄了。

女儿已经亭亭玉立。"爹，咱们去照张相吧！"

"你和你娘一样烧包！"男人转身把手上的烟头掐灭。

灶房的燕窝还在。只是空了很多年。

男人晒太阳回来，一眼看见墙上有张十寸大的相片。相片里女人一件红色毛衣，抿着嘴，怯怯地笑着。背景是合成的，一汪绿。分不清是碧水，还是麦浪。

"哪儿来的？"

"村里免费给六十岁的老人拍遗照。"

问君能有几多愁：读契诃夫

我越来越觉得，从短篇小说的营盘里，硬生生扯出个微型小说（或叫小小说）文体，是一件比较扯淡的事。为啥这么说？其一，从字面来看，"短篇"，说得很清楚了，短嘛。有这个短在前面罩着，你还"微"个什么劲？"小"个什么劲？其二，从篇幅——按多数人心目中微型小说的字数限定，三千字以下，或两千字以下——来看，很多以短篇小说扬名的作家，也都写过微型小说，国内作家有汪曾祺、阿成、贾大山等等，国外作家有契诃夫、欧·亨利、星新一等等。你偏要在短篇小说之外，给这些个作家再戴一顶微型小说的帽子，别扭不别扭啊。不光你别扭，作家本人能愿意吗？而你要是不给他们戴顶小帽子，你那个微型小说的阵容，也就不入方家法眼，对不对？

这是微型小说的尴尬之一。

不过既然有人愿意扯淡，而且老早就开始扯淡，老侯也只好继续往下扯。人生漫长，闲着也是闲着，扯呗。

今天扯扯契诃夫。

契诃夫不是一般作家。世界各地很多作家都捧他，从19世纪捧到20世纪，随后又捧到21世纪。

捧契诃夫的，也都不是一般作家。有列夫·托尔斯泰，有托马斯·曼，有海明威……还有"英国契诃夫"卡特琳女士。卡女士最卖力气，她几乎把契诃夫捧到天上去了。她说："我愿意将莫泊桑的全部作品换取契诃夫的一个短篇小说。"（这话说的，叫莫泊桑情何以堪？）她还说："如果法国的全部短篇小说都付之一炬，而这个短篇小说（《苦恼》）留存下来的话，我也不会感到可惜。"

话都说到这份上，我们要是不读读《苦恼》，那就不对了。

读《苦恼》，把我愁得不行不行的，愁死我了。那个19世纪的俄罗斯车夫，"幽灵"般的车夫波塔波夫，儿子得热病死了，他想跟别人说说这伤心事，可他的乘客，那些"老爷"们，谁都不听。不仅他们不听，竟然，连扫院子的仆人也不听，连住在大车店里的同行也不听。他愁得睡不着觉，"穿上衣服，走到马房里"，跟他的马说了一通心里话。

《万卡》也一样，让人愁得要命。九岁的小男孩万卡，早早就领会到人生的苦难。他这个靴子铺里的小小学徒，整天除了干活就是挨打，可他一肚子的委屈说给谁听啊？他只能给他唯一的亲人"亲爱的爷爷"写信。万卡把写好的信寄出去了，信封上写"寄给乡下爷爷收"。

《渴睡》里的小保姆，十三岁的丫头蛋子瓦丽卡，整天"累得要死"，想睡个囫囵觉而不得，认准了"那个不容她活下去的敌人"，是主人家的小娃娃。于是她掐死了小娃娃，"赶快往地下一躺"，半分钟就睡得"跟死人一样"。这个故事里，有人生最极端的疼痛和最极端的哀愁。不用契诃夫宣布，我们完全能想象得到，瓦丽卡的人生结局，是把自己也愁死了。

契诃夫这三篇小说，都属于精品无疑。有个共性，小说人物都是选择一种出人意料的手段，来摆脱或企图摆脱自己面临的困境，从中可以透视人情之冷漠与世态之炎凉。你说这个契诃夫啊，是不是很了不起？

我今天最想说的，是《一个文官的死》。

还是愁得不行不行。三品文官伊万在剧场打了个喷嚏……打就打呗，多大事，可他往四下一瞅，前排一个小老头——他认出来了，是交通部的文职将军，职位比他高——"正用手套使劲擦他的秃顶和脖子，嘴里嘟嘟哝哝"。这怎么得了啊，伊万想，"应当赔个罪才是"。于是他赶紧向将军说"对不起"。絮絮叨叨絮絮叨叨，弄得将军很不耐烦，再三打断他。这让他更加紧张，第二天赶到交通部继续说"对不起"，还是絮絮叨叨絮絮叨叨。絮叨之后，觉得话还是没有说透，第三天又去。将军终于怒不可遏，连声大叫，"滚出去！"伊万回家，"往长沙发上一趟……死了"。嗨嗨，这又是一个把自己愁死的故事。

如果你还有点空闲，不妨随我再读读契诃夫的《胖子和瘦子》。读它，有助于加深对《一个文官的死》的理解。不瞒诸位，我从这篇作品里，清晰地看到当代中国人情世态的一个侧面。这篇作品写于1883年，那时的俄国，与2018年的中国，隔着遥远的时空距离，可这两者之间，竟然不可思议地完成了一次精神穿越。

胖子和瘦子是中学同学，车站偶遇，都很惊喜。拥抱，接吻，热泪盈眶。随后亲热地聊天。聊往事、聊婚姻、聊子女、聊职位。胖子的职位是三品文官，而瘦子，是八品。聊到这里，瘦子对胖子，态度陡然一变，先是"脸色变白，呆若木鸡"，之后"把身体缩起来，哈着腰"，之后说"大人……做了这么大的官，您老！嘻嘻"，之后"把身体缩得越发小了"，再之后是双方告别："瘦子握了握那只手的三个手指头，弯下整个身子去深深一鞠躬，嘴里发出像中国人那样的笑声'嘻嘻嘻'。"

连握手都没敢全握，只握对方三个手指头，怪哉得很嘛。

我敢断言，只有在畸形的等级社会里，才能出现这种怪哉的言与行。

看官，现在你明白了吧，《一个文官的死》里边的那个文官，为什么要翻来覆去跟将军"请罪"。注意啊，不是"道歉"，是"请罪"！

契诃夫的伟大，在于他以稍稍揶揄的文学笔法，说尽人间愁滋味。

延伸阅读:

一个文官的死

[俄]契诃夫

在一个挺好的傍晚,有一个也挺好的庶务官,名叫伊凡·德米特利奇·切尔维亚科夫,坐在戏院正厅第二排,举起望远镜,看《哥纳维勒的钟》。他一面看戏,一面感到心旷神怡。可是忽然间……在小说里常常可以遇到这个"可是忽然间"。作者们是对的:生活里充满多少意外的事啊!可是忽然间,他的脸皱起来,眼珠往上翻,呼吸停住……他取下眼睛上的望远镜,低下头去,于是……阿嚏!!!诸位看得明白,他打了个喷嚏。不管是谁,也不管是在什么地方,打喷嚏总归是不犯禁的。农民固然打喷嚏,警察局长也一样打喷嚏,就连三品文官偶尔也要打喷嚏。大家都打喷嚏。切尔维亚科夫一点也不慌,拿出小手绢来擦了擦脸,照有礼貌的人的样子往四下里瞧一眼,看看他的喷嚏搅扰别人没有。可是这一看不要紧,他心慌了。他看见坐在他前边,也就是正厅第一排的一个小老头正用手套使劲擦他的秃顶和脖子,嘴里嘟嘟哝哝。切尔维亚科夫认出小老头是在交通部任职的文职将军勃利兹查洛夫。

"我把唾沫星子喷在他身上了!"切尔维亚科夫暗想。"他不是我的上司,是别处的长官,可是这仍然有点不合适。应当赔个罪才是。"

切尔维亚科夫就嗽一下喉咙,把身子向前探出去,凑着将军的耳根小声说:"对不起,大人,我把唾沫星子溅在您身上了……我是出于无心……"

"没关系,没关系……"

"请你看在上帝的面上原谅我。我本来……我不是有意这样!"

"哎,您好好坐着,劳驾!让我听戏!"

切尔维亚科夫心慌意乱,傻头傻脑地微笑,开始看舞台上。他在看

伴我半生:一个人的微阅读　　**241**

戏，可是他再也感觉不到心旷神怡了。他开始惶惶不安，定不下心来。到休息时间，他走到勃利兹查洛夫跟前，在他身旁走了一会儿，压下胆怯的心情，叽叽咕咕说："我把唾沫星子溅在您身上了，大人……请您原谅……我本来……不是要……"

"哎，够了……我已经忘了，您却说个没完！"将军说，不耐烦地撇了撇嘴唇。

"他忘了，可是他眼睛里有一道凶光啊。"切尔维亚科夫暗想，怀疑地瞧着将军

"他连话都不想说。应当对他解释一下，说我完全是无意的……说这是自然的规律，要不然他就会认为我是有意唾他了。现在他不这想，可是过后他会这么想的！"

切尔维亚科夫回到家里，就把他的失态告诉他的妻子。他觉得妻子对待所发生的这件事似乎过于轻率。她先是吓一跳，可是后来听明白布里兹托洛夫是"在别处工作"的，就放心了。

"不过你还是去一趟，赔个不是的好，"她说，"他会认为你在大庭广众之下举动不得体！"

"说的就是啊！我已经赔过不是了，可是不知怎么，他那样子有点古怪……他连一句合情合理的话也没说。不过那时候也没有工夫细谈。"

第二天，切尔维亚科夫穿上新制服，理了发，到勃利兹查洛夫那儿去解释……他走进将军的接待室，看见那儿有很多人请托各种事情，将军本人就夹在他们当中，开始听取各种请求。将军问过几个请托事情的人以后，就抬起眼睛看着切尔维亚科夫。

"昨天，大人，要是您记得的话。在'乐园'（帝俄时代夏季露天花园和剧院常用名）里，"庶务官开始报告说，"我打了个喷嚏，而且……无意中溅您一身唾沫星子……请您原……"

"简直是胡闹……上帝才知道是怎么回事！您有什么事要我效劳

吗？"将军扭过脸去对下一个请托事情的人说。

"他话都不愿意说！"切尔维亚科夫暗想，脸色发白。"这是说，他生气了……不行，这种事不能就这样丢开了事……我要对他解释一下……"

等到将军同最后一个请托事情的人谈完话，举步往内室走去，切尔维亚科夫就走过去跟在他身后，叽叽咕咕说："大人！倘使我斗胆搅扰大人，那我可以说，纯粹是出于懊悔的心情！……这不是故意的，您要知道才好！"

将军做出一副要哭的脸相，摇了摇手。

"你简直是在开玩笑，先生！"他说着，走进内室去，关上身后的门。

"这怎么会是开玩笑呢？"切尔维亚科夫暗想。"根本连一点开玩笑的意思也没有啊！他是将军，可是竟然不懂！既是这样，我也不想再给这个摆架子的人赔罪了！去他的！我给他写信封就是，反正我不想来了！真的，我不想来了！"

切尔维亚科夫这样想着，走回家去。那封给将军的信，他却没有写成。他想了又想，怎么也想不出这封信该怎样写才对。他只好第二天亲自去解释。

"我昨天来打搅大人，"他等到将军抬起问询的眼睛瞧着他，就叽叽咕咕说，"并不是像您所说的那样为了开玩笑。我是来道歉的，因为我打喷嚏，溅了您一身唾沫星子……至于开玩笑，我想都没想过。我敢开玩笑吗？如果我们居然开玩笑，那么结果我们对大人物就……没一点敬意了……"

"滚出去！！"将军脸色发青，周身打抖，突然大叫一声。

"什么？"切尔维亚科夫低声问道，吓得愣住了。

"滚出去！！"将军顿着脚，又说一遍。

切尔维亚科夫肚子里似乎有个什么东西掉下去了。他什么也看不见，什么也听不见，退到门口，走出去，到了街上，慢腾腾地走着……他信步走到家里，没脱掉制服，往长沙发上一躺，就此……死了。

隔住玻璃亲嘴儿：读巴别尔

苏联作家伊萨克·巴别尔，在我眼里，是一位著名的陌生作家。

国内关于巴别尔的小说译本，都说他是"俄国作家"。我以为很不准确。巴别尔的写作，开始于苏联时代，也终结于苏联时代，我们怎么好意思说他是俄国作家？

说巴别尔著名（不是我说的，是小说《骑兵军》的中译本说的），理由如下：一、1926年，高尔基说巴别尔是苏联当代"最卓越的作家"；二、1936年，海明威说他读过《骑兵军》的法译本，"非常喜欢"；三、1986年，意大利《欧洲人》杂志评选一百位世界最佳小说家，巴别尔名列榜首；四、2001年，《伊萨克·巴别尔全集》在美国出版，"震动了欧美国家的读书界"，美国某评论家在导言中说巴别尔和卡夫卡具有"同等地位"；五、不知哪年，博尔赫斯说巴别尔的短篇小说《盐》"写得很优美，用的是诗一样的语言"。

我是在2003年春天听说巴别尔的。花开的季节，一些文学笔会也开了。文学笔会嘛，传递一些文学消息，很正常，就像蜜蜂向蜜蜂传递花朵的消息一样。

于是我知道了巴别尔；于是路过北京时，我到三联韬奋图书中心，买了浙江文艺出版社的巴别尔中译本《红色骑兵军》；于是读巴别尔；于是后来又买了人民文学出版社2004年出版的巴别尔中译本《骑兵军（全译插图本）》；于是再读巴别尔。

说实话，读巴别尔，断断续续读了十多年，老侯怎么也没读出个"苏俄时代的莫泊桑"。惭愧啊惭愧。

于是我对巴别尔的"著名"过程产生兴趣。想了解这一过程，不难，人文社译本《骑兵军》附录翻译家蓝英年的文章《巴别尔之死》，读后便知，巴别尔的"著名"，在某种程度上，是"怄气"怄出来的。

怄气一事，始于巴别尔写作之初。

从1924年起，巴别尔在《红色处女地》《列夫》等杂志上陆续发表描写苏联第一骑兵军的短篇小说，共三十四篇，1926年结集，名为《骑兵军》。小说一发表，立马惹怒了第一骑兵军原军长布琼尼。老布在1924年第三期《十月》杂志上，发表文章猛烈抨击巴别尔，说巴别尔写的不是第一骑兵军，是"马赫诺匪帮"，"作者是在向人民撒谎"。老布的指责遭到文学界的强力反驳，一群有声望的评论家同声相应，说老布的指责毫无说服力，是"仗势欺人"。

1928年，高尔基从意大利的疗养地回到苏联，旧话重提，把1924年的那场激烈的争辩，拿出来又争辩了一回。当年9月底，他在《真理报》和《消息报》同时发表《我是怎样学习写作的》一文，文中提到巴别尔时说"布琼尼同志曾痛骂巴别尔的《骑兵军》，我觉得这是没有道理的"。为啥呢？因为巴别尔美化了"战士的内心"，比果戈理对某类人的美化"更出色、更真实"（你说老高是不是被老布气糊涂了，既然承认美化，就别提真实好不啦）。老布对老高的言论大大不屑，两个月后在《真理报》上发表《致马·高尔基的公开信》，信中再次大骂巴别尔。老高于次日回敬《答谢·布琼尼》一文，对老布的言论"表示坚决抗议"。

后人说"二十世纪二十年代至三十年代初，巴别尔在苏联是最引人注目的作家之一"。这当然是实话。但这实话，是跟布琼尼对巴别尔的指责，以及文学界特别是高尔基的回应紧密相关。我这样说，不算过分吧？

还有一种怄气，我觉得跟政体和意识形态有关。

巴别尔死在斯大林的专制之下。死得很惨。死因是说真话。

巴别尔说"斯大林不喜欢历史上没有污点的人"，布琼尼就是因为"历史肮脏"才被起用。巴别尔说："我们这里什么事情都有可能发生。"是的没错，包括说真话被枪毙这类的事。巴别尔甚至在作协全国代表大会上公开说："我们倾诉爱情到了令人作呕的地步……"谁都知道他说的"倾诉爱情"，指的是向斯大林表达热爱，斯大林也知道。

1939年，巴别尔在严刑拷打之下，承认自己是"间谍、托洛茨基分子和恐怖分子"。克格勃档案记载："巴别尔1940年1月27日在莫斯科被枪决。埋葬地点不详。"

你说，意大利《欧洲人》杂志搞的那个世界最佳小说家评选，巴别尔之所以名列榜首，有没有西方世界跟苏联意识形态怄气的成分？你再说，这事跟巴别尔敢用真话对抗斯大林有没有关系？此外，有没有主办方对巴别尔的惨死表达同情的元素？你要说没有，就请审查一下历届诺贝尔文学奖的评选，看看里边有没有意识形态的成分，查清楚再来回话。

高尔基的第一任妻子彼什科娃，曾在一份证词中写道，高尔基认为巴别尔天才非凡，是写微型小说的高手。这说法很有意思。实际上，在我看来，《骑兵军》中有不少作品，从篇幅长短的角度来看，的确可以归拢在微型小说阵营，如《泅渡兹勃鲁契河》《战马后备处主任》《二旅旅长》《普里绍帕》《歌谣》《拉比之子》等等，都是。

以上所说，都是巴别尔的"著名"。下面再说说读他作品的感受，以微型小说为例。

《泅渡兹勃鲁契河》。叙述按时间顺序，车队出发，路过田野，路过白桦林，路过山冈……路上，"我们"看花，看黑麦，看荞麦，看落霞，颇有些诗情画意。然后天黑下来，"我们"渡河。"桥梁都已毁坏，我们只得泅渡"。深夜，抵达一座城市。此时叙事已耗掉了三分之一的旅程，而故事才刚刚开始。"我"进入一个犹太家庭休息，梦中又是叫又是踢，很快被那个骨瘦如柴的犹太孕妇扰醒。孕妇说想给"老爷"换个睡觉的角落，以避免"老爷"在睡梦中踢到她爹。原来"老爷"身边那个"贴着墙蒙头大睡"的家伙是个死人。波兰人当着犹太孕妇的面砍死他爹，把喉咙切开，把脸劈成两半……而她爹在死前曾恳请波兰人："把我拉到后门去杀掉，别让我女儿看到。"

在《骑兵军》一书中，有若干年前我为这篇小说写下的眉批："这只是一个叙事片段。开端和结尾，没有任何关系。主体事件是抵达城市以后发生的，跟泅渡兹勃鲁契河没有必然的联系。两者为什么要连在一起写？"

其实当时我已经知道，现在更为肯定，"连在一起写"唯一的理由是事实如此。《骑兵军》中的作品，是巴别尔根据1920年的军旅日记整理而成的，而日记的最大特点是真实。对巴别尔来说，事情就是这样，于是就这样写。

巴别尔的《战马后备处主任》《二旅旅长》等等都一样：时间顺序，线性结构，老老实实说一件事，说完便完。

人文社译本《骑兵军》的"内容简介"说得很清楚："1920年……他（巴别尔）以战地记者的身份，跟随布琼尼统帅的苏维埃红军第一骑兵军进攻波兰。战争历时三个月。巴别尔目击了欧洲历史上，也是人类历史上最后一次大规模的空前惨烈的骑兵会战……他根据这次征战，陆续创作了三十多篇短小精悍的文章，有战地速写，也有军旅故事，这就是《骑兵军》。"

在我看来，《骑兵军》的可贵之处，就是说真话。布琼尼对巴别尔破口大骂，是由于他说真话；斯大林的意识形态害死了巴别尔，还是由于他说真话。

一本非虚构的书，硬是让后人给划归在虚构文体之列，而且用它说东道西，我看没多大意思。

写到这里，我想起几天前在曹乃谦小说中读到的一句山西话："隔住玻璃亲嘴儿你瞎解瘾。"我看那些口口声声把巴别尔当作著名小说家的人，都是"瞎解瘾"。

延伸阅读：

泅渡兹勃鲁契河

[苏联]巴别尔

六师师长电告，诺沃格拉德—沃伦斯克市已于今日拂晓攻克。师部当即由克拉毕夫诺开拔，向该市进发。我们辎重车队殿后，沿着尼古拉一世用庄稼汉的白骨由布列斯特铺至华沙的公路，一字儿排开，喧声辚辚地向前驶去。

我们四周的田野里，盛开着紫红色的罂粟花，下午的熏风拂弄着日见黄熟的黑麦，而荞麦则宛若处子，伫立天陲，像是远方修道院的粉墙。静静的沃伦逶迤西行，离开我们，朝白桦林珍珠般亮闪闪的雾霭而去，随后又爬上野花似锦的山冈，将困乏的双手胡乱地伸进啤酒草的草丛。橙黄色的太阳浮游天际，活像一颗被砍下的头颅，云缝中闪耀着柔和的夕晖，落霞好似一面面军旗，在我们头顶猎猎飘拂。在傍晚的凉意中，昨天血战的腥味和死马的尸臭滴滴答答地落下来。黑下来的兹勃鲁契河水声滔滔，正在将它的一道道急流和石滩的浪花之结扎紧。桥梁都已毁坏，我们只得泅渡过河。庄严的朗月横卧于波涛之上。马匹下到河里，水一直没至胸口，哗哗的水流从数以百计的马腿间奔腾而过。有人眼看要没顶了，死命地咒骂着圣母。河里满是黑乎乎的大车，在金蛇一般的月影和闪亮的浪谷之上，喧声、口哨声和歌声混作一团。

深夜，我们抵达诺沃格拉德市。我在拨给我住的那间屋里，看到了一个孕妇和两个红头发、细脖子的犹太男人，还有个犹太男人贴着墙在蒙头大睡。在拨给我住的这间屋里，几个柜子全给兜底翻过，好几件女式皮袄撕成了破布片，撂得一地都是，地上还有人粪和瓷器的碎片，这都是犹太人视为至宝的瓷器，每年过逾越节才拿出来用一次。

"打扫一下，"我对那女人说，"你们怎么过日子的，这么脏，一家子好几口人……"

　　两个犹太男人应声而动。他们穿着毡底鞋，一蹦一跳地走动着，收拾掉在地上的垃圾。他们像猴子那样不发一声地蹦跳着，活像玩杂耍的日本人，他们的脖子一个劲地转动，都鼓了起来。他们把一条破烂的羽绒褥子铺在地板上，让我靠墙睡在第三个犹太人身旁。怯生生的贫困在我们地铺上方汇聚拢来。

　　万籁俱寂，只有月亮用它青色的双手抱住它亮晶晶的、无忧无虑的圆滚滚的脑袋在窗外徜徉。

　　我揉着肿胀的腿，躺到破褥子上，睡着了。我梦见了六师师长。他骑着一匹高大的牡马追赶旅长，朝他的眼睛连开两枪。子弹打穿了旅长的脑袋，他的两颗眼珠掉到地上。"你为什么带着你的旅掉转枪头？"六师师长萨维茨基冲着脑袋瓜开花的旅长怒吼道，就在这时我醒了过来，原来那个孕妇在用手指摩挲我的脸。

　　"老爷，"她对我说，"您在梦里又是叫又是踢。我这就给您的地铺挪个角落，省得您踢着我爹……"

　　她的两条骨瘦如柴的腿，支着她的大肚子，从地板上站了起来。她把那个睡着的人身上的被子掀开。只见一个死了的老头儿仰面朝天地躺在那里，他的喉咙给切开了，脸砍成了两半，大胡子上沾满了血污，藏青色的，沉得像块铅。

　　"老爷，"犹太女人一边抖搂着褥子，一边说，"波兰人砍他的时候，他求他们说：'把我拉到后门去杀掉，别让我女儿看到我活活死去。'可他们才不管哩，爱怎么干就怎么干——他是在这间屋里断气的，临死还念着我……现在我想知道，"那女人突然放开嗓门，声震屋宇地说，"我想知道，在整个世界上，你们还能在哪儿找到像我爹这样的父亲……"

逆转：读星新一

谈论微型小说，有一个人，你绕不开。这人便是日本作家星新一。不管你喜欢不喜欢，都绕不开。

彝族《敬酒歌》里唱："喜欢呢，也要喝；不喜欢，也要喝；管你喜欢不喜欢，也要喝。"敬酒敬到这个份上，你能怎么办呢？

星新一就是这样。他把微型小说推到一个前所未有的广度，全球累积印数超过一亿册，让中国古今微型小说作家都好生惭愧。此种情态之下，老侯怎好对他不置一词？

嗨，喜欢不喜欢，都要说。

星新一的微型小说作品，突破了老侯对小说艺术的认知。在老侯看来，小说人物，应该是立体的，有温度的，有性格的，而这些，在星新一的作品中，你都很难见到。他笔下的人物是平面的，是符号化的，面孔模糊，性格模糊。他不在乎人物。他关注的重点是事件。是事件的传奇性。说白了，他的微型小说，跟传奇故事非常相像，说是孪生兄弟也不过分。

可是，整个日本文坛都说星新一是小说家而不是故事家，老侯又怎能以一人之口舌而抵一国之唾沫呢？

我只能后退一步，说星新一是一位通俗的微型小说作家。这样说，没有丝毫歧视的意味，是羡慕还来不及。

在我眼里，电影和电视剧这些东西，都是通俗小说的翻版，关注的重点，是故事情节的三翻四抖。不翻不行，不抖也不行。不翻不抖，如何吸引海量观众，又如何赚取天价利润呢？

下面我以《给S夫人的报告》（以下简称《报告》）为例，来简要分析星新一如何施展翻抖的本领。有句话老侯得说在前面，受篇幅所限，即便星新一这样的翻抖高手，也不可能做到在一篇短小的作品中反反复复地翻抖。对微型小说而言，有一次漂亮的翻抖就足够了。

不瞒诸位，老侯是在会场上，有滋有味读完了《报告》。

在适合读书的会场上读书，是老侯多年来保持的优良传统和作风之一。古人云："不为无益之事，何以遣有涯之生？"老侯亦云："不学会在会场上读书，还哪有时间读书？"当然，不是所有的会议都适合读书，至于哪些适合哪些不适合，老侯自有主张。这主张秘不外传，看官不必为此消耗脑汁。

言归正传，在报告声中读完《报告》，老侯突然觉得，这个会开得很有意义。

《报告》的故事情节大致如下：一位年轻貌美的夫人（该夫人过着富足舒适的生活），雇用一位年轻的私人侦探，去调查她的丈夫，想知道丈夫是不是在外边另有新欢（这故事的开头老套得很，老侯差一点中止阅读，就因为是星新一的作品，才继续往下读）。夫人心中的疑点有两个，一是丈夫"常常回家很晚"，二是问他在外边做什么总是支支吾吾。侦探接受了夫人的委托，两个星期后，给夫人带来一份调查报告。报告显示，她丈夫在外边没有男女情事。那两个疑点该怎么解释呢？报告给出让人信服的答案：丈夫靠敲诈别人赚钱。情节至此开始翻滚抖动起来。侦探调查结束，夫人应该给侦探付钱，可侦探的答复竟然是，日后定期来要钱，如此这般才能为夫人保守丈夫的秘密。本文的关键点就在这里。这不是一般的翻抖，这是一次华丽的逆转，用老话说是"以其人之道还治其人之身"。面对侦探的敲诈，夫人既"不能同优裕的生活告别，更不能同深深爱着自己的丈夫告别"，只能乖乖束手就擒。作品的结尾充满反讽意味。侦探对夫人说："托您的福，这下我也可以结婚了，娶像夫人一样出色的女人。"

在我看来，"逆转"二字，是星新一作品的主要构思技巧，也是我们解读星新一作品的关键词之一。

有意思的是，我刚刚用思绪完成对《报告》的解读，主席台上某人的报告也正好结束，会场上顿时响起比较热烈的掌声。

然后我听见有人说，散会！

延伸阅读：

给S夫人的报告

[日]星新一

大门铃响了。靠在长椅上心不在焉地看着电视的S夫人踌躇地站了起来，顺手关掉电视机开关，出去迎接来客。

"我是接到您的电话后从信用所来的。"一个手拿提包，看上去颇为诚实的青年彬彬有礼地说道。

"承蒙你立即赶来，真是过意不去。请进吧。"

青年跟着夫人走进客厅，四下环顾，禁不住感叹道："真是间考究的屋子啊！"

宽敞的屋子里样样齐备。进口的大型电炉向各个角落递送着舒适的暖气，壁上挂着一幅重彩浓抹的抽象派油画，地上铺着一张厚厚的大地毯，边上静静地躺着一只暹罗猫。

"丈夫外出挣钱，所以才……"

她做了个恰如暹罗猫似的漂亮的手势，示意青年坐下。

"我真羡慕您的丈夫，能和像夫人这样年轻美貌的女人结婚，过着如此美满舒适的生活。我不知到什么时候才有这份福气。"

他靠在椅背上，显出一副羡慕的神情。但马上转入正题。"夫人到底委托我去调查些什么事呢？"

"我是想麻烦你调查一下丈夫的品行。"

一听这话，青年颇觉意外："什么？难道你丈夫不爱夫人了吗？"

"他非常爱我，我喜欢的他都给我买。向他要钱时，他绝无二话，也从不问用途。我晓得他是真正爱我。"

"那，还要调查什么呢？"

"可是，女人只有在丈夫只爱着自己一个人的时候才会感到心满意足。"

"您已经发现了什么没有？"

"就是他常常回家很晚。"

"可能是因为工作什么的脱不开身吧？"

"但究竟是什么样的工作呢？这可不清楚。问他吧，只回答说是重要工作，闪烁其词，支支吾吾。看来他肚里好像有什么见不得人的东西。我一直非常担心。"

"这倒也是。"

"我想他也许另有新欢了吧！像我丈夫那样挥金如土的人，是会干出这等事情来的。"

"但我难以理解，家里有像夫人这样的女人，还会去寻花问柳了？"

"可我就是担心。我不愿让丈夫内心深处存有半点隐私，得让阳光将他的内心世界的每个角落都照个透亮。因此，我想请你来彻底调查一下。"

"这是我们的工作，只要有委托就办理。"

"那么就劳驾了。"

两个星期后，信用所的青年给S夫人带来了调查报告。

"让您久等了，总算调查清楚了。"

"可真花了不少时间哪！那么，我丈夫到底在外面和什么样的女人乱搞呢？"

他从皮包里取出调查册："看了这报告，一切就会清楚了。不是什么男女情事！"

"那是什么呢？快让我瞧瞧。噢，先得付钱！"

"不，没关系，先看吧！"

夫人接过报告看着，美丽的脸颊上呈现出一丝复杂的表情。

"您的丈夫，确实是在干重要工作！"

青年说得不错，但她丈夫所干的实在难以称之为体面工作。这"工作"就是看准了别人的要害处进行要挟，每月定期地敲诈一定的金钱。

"这种事情，还是不知道的好。"夫人自言自语道。

"为了填补对夫人的爱情，您的丈夫正在干这种'工作'呢！"

"是啊，真不该怀疑他。我不知道为了我他竟在干这种事！"

"这钱……"

"我付。"

"怎么样，以后能否每月定期向您要！"

"你说什么？！"她惊叫起来。

"迄今我还不知道世上有这么好的活计呢！我自己也得试试，因此我想先在您这儿开个头。"

"真是岂有此理！"

"可是您丈夫之事要是在社会上宣扬开去，就不怎么体面了。不但警察，便是税务局也不会袖手旁观，无动于衷的。所以，为了保守这一秘密，夫人您不管付多少钱也不会在意吧？"

"无论你怎样说，我总得……"

"我不会硬要您付许多的。我全调查了，夫人向您丈夫要多少钱都会如愿以偿，您只要将其中一部分让与我便行了。这样，一切将会平安无事。反之，要是您认为即使现在这美满殷实的生活彻底崩溃也在所不惜的话……"

S夫人斜靠在椅子上，向屋内环视了一眼。回答是不言而喻的：不能同优裕的生活告别，更不能同深深地爱着自己的丈夫告别。

"没法子，就按你说的办吧！"

看到S夫人无可奈何地点了点头，青年高兴地提高了嗓门："托您的福，这下我也可以结婚了，娶夫人一样出色的女人。"

底层的冷暖：读欧·亨利

　　跟日本作家星新一类似，美国作家欧·亨利也是国内微型小说话题中频频出现的人物之一。这位享誉20世纪世界文坛的"短篇小说大师"，这位"美国的莫泊桑"，可能至死都没想到，他的名字有一天会漂洋过海，在一个陌生的国度里，成为微型小说的一面大旗。

　　欧·亨利的社会底层身份，让老侯对他有一种天然的亲近感。这位先生比老侯年长一百多岁，生于1862年的一个美国小镇，幼年丧母，青年丧妻，日子过得挺悲催。十五岁在药房当学徒，十九岁成为药剂师，二十岁在农场混饭，二十二岁到三十二岁之间当过会计员、记者、制图员、出纳员等等，还经营过一本名叫《滚石》的周刊，只"滚"了一年就倒闭。三十六岁，因一场经济纠纷被判刑五年，狱中开始文学创作。三十九岁，也就是1901年，被提前释放，赴纽约以写作为生。四十二岁出版一部结构松散的长篇小说《白菜与国王》。四十四岁出版短篇小说集《四百万》，两年后出版短篇小说集《西部之心》和《都市之声》。四十八岁病逝。死后出版短篇小说集《善良的骗子》《命运之路》《陀螺》等。屈指算来，欧·亨利的写作生命，只有十年多时间。

　　在欧·亨利困顿而短暂的一生里，所能接触的，大多是社会底层的小人物，他们自然也成为他笔下的小说人物，诸如工人、店员、小职员、潦倒的艺术家、流浪汉、骗子、小偷等等，身价稍微高一点的，也不过是小商人、小业主、经纪人、警察、小绅士和小官吏等等。

　　没有传奇，没有诡异，欧·亨利的关注焦点，就是普普通通的日常生活，就是日常生活中弥漫在社会底层的人间冷暖。

老侯还特别注意到，欧·亨利作品中的冷暖色常在某篇作品中同时出现，而且大多数情况下，暖色总能覆盖冷色。这种创作的主观性，跟欧·亨利对社会对人生的认知密切相关。他说："每个人的内心都有过上体面生活的愿望，即使那些沦于社会最底层的人，只要力所能及，都愿意回到比较高尚的生活，人性的内在倾向是弃恶趋善的。"

于是我们看到《最后一片藤叶》里边那一方爱的风景：一个肺病缠身的年轻女画家"琼珊"，把自己的生命跟窗外寒风中不断凋零的藤叶联系在一起。"叶子，常春藤上的。等到最后一片掉下来，我也得走了。"不管她的同室好友"苏艾"怎样劝她，都改变不了她的固执。她说："我要放弃一切，像一片可怜的、疲倦的叶子那样飘下去，飘下去。"

百般无奈之下，苏艾去找住在楼下的老画家"贝尔曼"帮忙。一夜暴风雨之后，琼珊发现窗外的常春藤上还挂着最后一片藤叶，"靠茎的地方是暗绿色，锯齿形的叶片却是枯黄色"。奇怪的是，这片叶子一天天挂在那里，总也不肯掉下来。琼珊由此确立生命的信心，并一天天康复起来。后来苏艾告诉她，不肯掉下来的那片藤叶，是老画家贝尔曼画上去的。而贝尔曼为了画那片藤叶，在风雨中着凉，得了肺病死在医院。

欧·亨利笔下跟《最后一片藤叶》拥有同样声誉的作品，是《麦琪的礼物》和《警察和赞美诗》。前者写一对年轻夫妇为了互送圣诞礼物，妻子卖掉引以为自豪的一头长发，为丈夫买了一条怀表的表链；丈夫却卖掉祖传的金表，为妻子买来一套精美的梳子。后者写一个街头流浪汉，耐不住冬天的寒冷，想混进监狱以换取三个月的食宿，几番为非作歹，警察都视而不见，等他被教堂里传出的赞美诗所感染，决定重新做人的时候，警察竟无缘无故逮捕了他。

以上所说的三篇作品，在结构上有一个共同特点，都有一个出人意料的结尾，这在美国文坛被称为"欧·亨利式结尾"。1999年老侯写过一篇短文《重读欧·亨利》，对这位先生的小说结尾提出批评，认为这种刻意的构思，实质上是一种"精巧的局限"。尤为可叹的是，国内有人把这条尾巴的功能加以绝对化，提升到理论高度，说什么微型小说是"结尾的艺术"，"这等于是宣布蔬菜就是萝卜缨子，要让我们大家天天啃萝卜缨子下饭"。

你瞅瞅当年的小侯，真不会说话，怎么就不能说得含蓄一点委婉一点温暾一点呢？还是年少不懂事，要是换成现在，这个这个，即便换成现在，老侯的说法也不会有丝毫改变。生活中怎么会有那么多出人意料的事情哩？难怪美国评论家门肯说欧·亨利所写的全部人物，"没一个是真实可信的"。

不管欧·亨利的小说人物可信不可信，他毕竟已经屹立在20世纪短篇小说的高峰之上，我辈理应向前辈表达敬意才是。尤其是他作品中所散发的浓郁的人性温暖，让老侯再三感慨：人性的内在倾向，若是真的弃恶趋善，那该多好啊。

按国人的普遍标准来衡量，欧·亨利的微型小说作品并不多，以汉语计算，不超过两千字的作品，老侯也只读到十篇左右。不过他的短篇和微型小说，食料和佐料都完全相同，所以上文以短篇为例分析他的创作特点，并不算错。

老侯在这里想推荐欧·亨利的微型小说《爱的磨难》，供各位看官欣赏。这篇作品跟《麦琪的礼物》异曲同工，都是年轻夫妻间真挚的爱的表达。

可叹的是，欧·亨利一生有过两次婚姻，却都不美满。

延伸阅读：

爱的磨难

[美]欧·亨利

乔从中西部来到纽约，梦想当画家。迪莉娅从南部来到纽约，梦想搞音乐。乔和迪莉娅是在一间画室里相见的。不久以后，他们结了婚。

他们居住的只不过是一套狭窄的房间，却生活得很幸福。他们互敬互爱，而且双方都热衷于艺术。他们生活中的每一件事都是顺心满意的，但他们发现已经花完了所有的钱。迪莉娅决定去做家庭音乐教师。一天下午，她对丈夫说："乔，亲爱的，我找到一位学生了，一位老将军的女儿。她是位性情温柔的姑娘。一星期教三节课，一节课五美元。"

但是，乔并不高兴。"我干些什么呢？"他说，"你以为我可以眼睁睁地看你工作而自己却轻松地搞艺术吗？不，我也要挣钱。"

"亲爱的，你真傻。"迪莉娅说，"你必须继续练习绘画。我们一周有十五美元，会生活得很幸福的。"

"或许我还能卖掉一些我画的画哩。"乔说。

每天，他们早晨分手，晚上相见。一星期过去了，迪莉娅带回家十五美元。她却显得有些疲惫。

"克莱门提娜有时使我感到烦恼，她不下苦功夫练习。但是，那位将军真是一位最可爱的老人，我多么想你能见他一面呀，乔。"

这时，乔从口袋里摸出十八美元。"我卖给了一个来自皮奥里亚的人一张我画的画。"他说，"他还定购了另一张。"

"我太高兴了。"迪莉娅说，"三十三美元！以前我们从没有这么多的钱去花费。今晚我们要吃一顿丰盛的晚餐。"

第二个星期，乔回到家，把又得到的十八美元放在桌子上。过了半小时，迪莉娅回来了，她的右手上缠着绷带。

"你的手怎么了？"乔问道。迪莉娅笑着说："噢，克莱门提娜递给我一盘汤时，一些汤溅到我手上。"

"你今天下午什么时间烫着手的，迪莉娅？"

"我想大概是五点钟吧。那把烙铁——我的意思是说那盘汤——是在五点左右备好的。你问这个干吗？"

"迪莉娅，来，坐在这儿。"乔说着把她拉到长沙发上，坐在她身边。

"你每天都干了些什么，迪莉娅？你真的在做家庭音乐教师吗？告诉我实话。"她哭了起来。

"我找不到一个学生。"她诉说道，"所以，我就在一个洗衣坊里找到一项工作：熨衬衣。今天下午，一个女孩把一只烙铁放在我的手上，把我重重地烫了一下。但是，告诉我，乔，你怎么猜出我不是在做家庭音乐教师呢？"

"很简单。"乔说，"我知道关于你绷带的所有来历，因为是我把它们送给楼下洗衣坊的一个小女孩的，她用热烙铁烫坏了别人的手。你明白了吧，我就在那家洗衣坊里的动力机房工作。"

"那么，你画的画呢？你不是卖给那位来自皮奥里亚的人吗？"

"算了吧！你的将军和他的克莱门提娜是无中生有的，我那位来自皮奥里亚的人也是胡说的。"

接着，两人大笑起来。